袁庭栋说

川菜乡风味

袁庭栋·著

四川文艺出版社

图书在版编目（CIP）数据

袁庭栋说·川菜乡风味 / 袁庭栋著. — 成都：四川文艺出版
社，2021.6
ISBN 978-7-5411-5967-1

Ⅰ. ①袁… Ⅱ. ①袁… Ⅲ. ①随笔—作品集—中国—当代Ⅳ.
①1267.1

中国版本图书馆CIP数据核字（2021）第077570号

YUANTINGDONGSHUO CHUANCAIXIANGFENGWEI

袁庭栋说·川菜乡风味

袁庭栋 著

出 品 人	张庆宁
责任编辑	张亮亮
封面设计	叶 茂
内文设计	史小燕
责任校对	段 敏
责任印制	崔 娜

出版发行　四川文艺出版社（成都市槐树街2号）
网　　址　www.scwys.com
电　　话　028-86259287（发行部）　　028-86259303（编辑部）
传　　真　028-86259306

邮购地址　成都市槐树街2号四川文艺出版社邮购部　　610031
排　　版　四川最近文化传播有限公司
印　　刷　成都紫星印务有限公司
成品尺寸　166mm×235mm　　　　开　本　16开
印　　张　17.25　　　　　　　　　字　数　210千
版　　次　2021年6月第一版　　　印　次　2021年6月第一次印刷
书　　号　ISBN 978-7-5411-5967-1
定　　价　68.00元

目 录

书前的话

早就想写这本书，为什么？

难道还要问为什么？谁都知道呀！任何一个身体健康的人都好吃，任何一个心态正常的人都认为——好吃不过乡风味。放眼身边友朋，有几个不是从故乡走出来的游子，哪一个不思乡？哪一个没有乡愁？

思乡之愁何在？最主要的当然是生我养我的父母。父母都已经走了，见不到了，怎能无愁！其次当然是在父母身边长大的那些岁月所烙下的各种家乡风味，这些家乡风味是融入血液之中的永恒记忆，也有很多在今天见不到了，怎能无愁！

有不少前辈都说过，家乡的印记主要有二：一是方音，二是饮食。在我的心中，家乡的风味美食就是婆婆、外婆、妈妈、姐姐还有乡里乡亲们做过的乡间菜，那是永世难忘的乡风味。如果细细地想，还可以以风味美食为中心而展开很多很多。

有人会问，谁人不思乡？谁人无乡愁？乡愁题材甚多，父母生活的青山绿水可以写，父母一生的辛勤劬劳可以写，何必要写家乡的风味美食？

我想写，原因有以下几点。

我从小就好吃，长大后又想懂吃，也就是如今所称的"吃货"。所以，为了吃，我读过一些论述，问过一些行家，考察过一些餐馆，思考过一些问题，写过一些文字，参与过一些活动，以至被人们视为所谓的美食家。应邀做过一些演讲,在四川电视台讲过两百多场川菜与川菜文化,曾经是四川美食家协会的副会长,现在还是成都餐饮同业公会两顾问之一,是成都饮食经济发展形象大使之一。也就是说,我算是懂得一点四川美食,对川味有一点点发言权,写出来的东西不会是处处可见的垃圾文字。

我爱家乡成都平原,不是一般的爱,而是有想法有行动的爱。我从来没有搞过一天专业研究,更不是什么教授、研究员,但是我在纯业余的生涯中写过多部有关乡梓文化的书籍,参与过多部有关乡梓文化的电视作品。在我的《天府的记忆》一书扉页上有这样的题记:"我爱成都,既是出于情感,更是出于理智。"所以,写出我最爱的家乡风味美食,是我爱家乡的一份责任,一番乐趣,一项回报,一种必然。

我长期业余科研写作,不是专业人员,既无上级任务,更无组织分工,信马由缰,全凭兴趣,但在兴趣之中的一大兴趣是中国饮食史,准备了三十多年,五卷本的篇章节目已经修订多次,和出版社的合作也谈过两次,由于种种原因,一直未能动笔。如今快成"八零后"了,手头事还多,估计是写不成了。学术性的大书写不成,就写一本通俗性的小书,作为对此生喜爱中国饮食文化的一种弥补,作为对广大中国饮食文化爱好者的一点贡献。

我已经出版过各种著作逾四十种,都与学术有关,虽然想尽可能地雅俗共赏,但是读起来总是缺乏可读性。我的治学特色又是用史料说话,以史料为主,喜欢者说是史料丰富,讨厌者说是史料堆砌。所以,我总想在此生中写一本带有知识性和可读性的散文,自己试一试新的笔法,给读者换一换口味,看我能不能为广大读者提供一本有点新风味的书来。所以,本书就是我的一种试验,而且只打算写这一本,成也萧何,败也萧何。

需要说明的是，我是四川人，说的四川事，品的四川味，写本书用的四川方言（外省朋友不必担心，在书面表达时除极个别词汇外全国人民都能懂，对个别难懂的方言词汇我会加注）。一来是考虑到用四川方言才能表达得更加准确。二来是考虑到今天的四川青少年对传统的四川方言已经有些相隔了，在发音上和词汇使用上都已受到普通话的严重影响（近年我和四川电视台合作了一个叫作《方言达人》的文化类栏目，用以介绍和净化四川方言，我除了负责策划和审改文案，还长期担任主讲嘉宾约有三年，了解到很多如今四川青少年对四川方言知识的缺失和误解的具体情况），有必要给后辈留下一点我们这辈人还能记忆的方言资料。在四川方言中，赞扬食品的味道很好，说"好吃""很好吃"，"好"是形容词，读四川方言的四声，普通话是三声；描述某人特别爱吃说"好吃""太好吃"，"好"是动词，读四川方言的三声，普通话是四声。在本书中，两种用法都有，请读者注意区别。

乡风味

XIANG FENG WEI

古老的豆豉

豆豉是我们家的必备，自我懂事时起，妈妈几乎年年都做豆豉，直到晚年做不动了才停止。豆豉既是最好的下饭菜，又是常用的调味品，所以我们家是一年四季三百六十五天都有豆豉。

四川的豆豉分两大类——红豆豉和黑豆豉，都是用黄豆制作。先是把洗净的黄豆泡涨，煮至断生，滤干之后，又分两种方法来制作。

第一种方法是把煮断生的黄豆放在扎紧的布袋中，让空气中的细菌（长大后知道主要是枯草杆菌）使其发酵，这一过程四川方言叫"沤豆豉"，"沤"上一周左右打开布袋倒出来，闻着有一股明显的酸霉味，摸着有明显的滑腻感，拉起来还带丝，有如藕断丝连一般。这时立即将准备好的调料放进去，拌匀，再装进陶坛中，大约半月后就是可以食用的颜色红红的红豆豉。要让红豆豉出美味的关键是加入的调料。在我记忆中主要有以下几种：食盐、辣椒面、花椒面、姜米、醪糟、红糖。姜米要多，是提味的主力，所以红豆豉在很多地方又叫姜豆豉。因为是湿的，有水分，有的地方又叫水豆豉，包括我的家乡绵竹和第二家乡成都。正因为我从小就叫它水豆豉，所以一生中都叫水豆豉。如果在水豆豉中再加入煮熟捣烂的红苕，捏成球状或压成饼状，放在太阳之下晒干，就叫干豆豉，也叫红苕豆豉。加红苕的原因有二，一是为了增加黏性，二是为了增加甜味。

第二种方法是把煮断生的黄豆水汽滤干之后放在簸箕中摊晾，一方面让其逐渐失去水分，风干，一方面让空气中的细菌使其发酵，这一过程四川也叫"沤"。在摊晾中"沤"出来的黄豆会逐渐颜色加深变黑，表面上要生出少许菌丝，闻起来也有一股霉味。这时加入调料后放进陶坛中封存起来，大约半月后就是可以食用的黑豆豉，也叫风豆豉。做风豆豉的调料根据不同的情况有所不同。如果只加盐而不加其他调料，就是商店中出售的用作烹饪调料的调料豆豉。家庭中的风豆豉既用来下饭，算是一种菜肴，又用作做菜的调料。一般人家比较简单，就是食盐和姜片，我们家中就是这样。讲究的人家则还要加上一些食用香料粉，诸如茴香、八角、桂皮之类。

由于细菌的发酵，让原来的黄豆产生出一种特殊的香味，这种香味是天然产出的，其特色是我（估计其他人也差不多）用语言说不清道不明的，是目前无法用人工生成的。再加上祖先们多年总结优选出来的加工方法，就使得豆豉成为一种难得的美味，成为我对家乡美食的主要依恋之一。

我国的豆类品种很多，可是各地做豆豉都是只用黄豆，我认为这应当是祖先经过了多次优选之后做出的最佳选择。对于这一点，我们家有过一次不成功的尝试。记不清是1963年还是1964年，暑假回家——四川绵竹广济乡。我们川西地区人多田少，几乎把所有能利用的田边地角见缝插针，全部利用，常见的除了田坎上点黄豆，冬瓜、南瓜上房顶之外，就是藤蔓式的蔬菜上树。夏天下乡，你就会在一棵棵树上看见丝瓜、黄瓜、峨眉豆（四川方言，就是扁豆）……这一年，妈妈在一些树下点了峨眉豆，长得不错，结得不少。由于妈妈和爹爹都已年老，只能摘到树上部位较低的峨眉豆，较高处没法摘，又不能经常请别人帮忙摘，就只能看着树上部位较高的峨眉豆从嫩变老，从绿变黑。等到秋末，最后从树上扯下全部藤蔓时，就收获了不少又老又干的峨眉豆米米。怎么吃呢？妈妈不愿浪费，当年做豆豉时就没有用黄豆，用了峨眉豆米米。做法和往年一样，品种也和往年一样是两种，水豆豉和风豆豉都做了，也都做成了。可是，两种豆豉都不好吃。为什么？肯定是原料不行。从此以后，我们家再也不用黄豆以外的任何豆子做豆豉了。

豆豉的食用方法很多，只说几种我们家最爱吃的。

水豆豉是可以直接上桌成为下饭菜的，这在四川非常普遍，但是还有几种可以进一步加工的好吃法。

水豆豉加入香脆的萝卜干，一下子就提高一个台阶。其受欢迎的程度如何，我在下面写到萝卜干时还会谈到。

水豆豉可以炒菜，而且有两种经民间长期优选而得到广泛认同的最佳搭配。

第一种今天有些家庭还在做，就是把蒜苗（四川方言，就是北方的青蒜。北方人叫的蒜苗四川叫蒜薹）切细，和滤干水汽的水豆豉一道炒，除了放清油（四川方言，就是菜籽油），什么调料都不用，味道很不错。

第二种可以视作天生的绝配，可惜现在已经难以品尝了，因为配料难觅。难觅的配料是什么？黄油菜的嫩薹，四川人过去叫菜薹（薹字读音必须儿化），现在应该叫黄油菜薹，以别于市面上习见的青油菜薹和红油菜薹。黄油菜薹是过去四川农村普遍栽种的老品种油菜籽的嫩薹，这种油菜籽的颜色是黄的，产量不高，20世纪50年代就已经被产量更高的新品种胜利油菜（我们家乡也叫日本油菜，油菜籽的颜色是黑的，它的菜薹就是现在最普遍的青油菜薹）所取代，"文革"前回家时偶尔还能在集市上见到一点黄油菜薹，那是山上极少数还没有改变品种的农民背下山来卖的。和粗壮肥硕的青油菜薹相比，黄油菜薹显得可怜兮兮一般地纤细，但是吃在嘴中却有一股特别的清苦味。如果在锅中放点清油，把切碎的黄油菜薹和滤干水汽的水豆豉一道炒，只要几铲子，就会散发出一种香味，十几铲子过后起锅，放进口中一嚼，顿时就会在舌边感受到一股奇香，一种难以言表的可口滋味。几十年过去，一想到它我就会想到一个成语——回味无穷。

四川过去有少数厨师把水豆豉作为调味品来烧肉，我听说过，没有吃过。近年间我关注川菜产业的发展，有过较深的介入。有好几次和厨师合作搞创新川菜，试着用水豆豉作为调味品，代替郫县豆瓣来烧鸡烧兔和做粉蒸肉，味道不错，别有风味。不过我只是做了试验，没有推广，主要原因是因为从市面上买来的水豆豉都是手工生产，质量和味道（主要是香味，还包括盐味和辣味）很不统一，在推广时难以把握用量。但是，我认为这是很值得有心的厨师继续加以试验和推广的。此外，我们还试验过把水豆豉磨烂用作一些凉菜的蘸水调料，例如现在十分流行的蘸水兔。

水豆豉的兄弟是干豆豉，就是前面谈到的加了红苕的红苕豆豉。在我们家乡，根据干豆豉的不同形状，把球状的叫干豆豉坨坨，把圆饼状的叫干豆豉圆圆。过去的四川农家都是烧柴草，在大多数农家的灶门前都会吊着几样东西，最临近灶门的最矮处是一把瓦壶，充分利用柴火余热来烧热水和开水。瓦壶以上，总是吊着几块腊肉，还有就是一串串用稻草编成的如同若干个小葫芦状的东西，那里面就是一个一个干豆豉坨坨。由于一直有烟子在�（四川方言，就是熏烤），可以保证一年不坏。

干豆豉的外部特点是干，而且不是一般地干，用四川话叫作"焦干"。四川人吃它时就是在顺势而发，将"焦干"的特点继续向前推进，使之由干而脆，由干而酥，在酥脆之中欣赏它的美味。我们家的烹饪方法很简单，如果是干豆豉圆圆，就是先放在火钳上，再把火钳放进刚刚停止煮饭做菜的柴灶的灶膛（家乡方言是叫"灶烘"）中去，让灶膛中四面八方的余热对干豆豉圆圆进行全方位的烘烤，几分钟以后把火钳取出来，再用一分钟晾冷，干豆豉圆圆就会完全酥脆而香味倍增。我们家如果在菜不够的时候，妈妈就会烤几个干豆豉圆圆，一人一个，吃起来那真是一个津津有味。我小时候，如果家里的干豆豉圆圆吃完了，在酱园铺中还能买到，长大以后就买不到了，近年来，连酱园铺这种商店也都消失了。多年来只见到一次，是20世纪80年代末在蜀南竹海见到的，生产厂家是长宁的一个小厂，至今又过了三十多年，不知道长宁还在生产没有。我想它。

干豆豉坨坨现在在成都地区经常可以买到，但只能在农贸市场或乡村旅游地而不是超市之中，因为都是农家手工产品。买回之后必须视其干湿程度采取措施，一定要让其完全干透，也就是必须要晒得"焦干"，否则可能发霉。我家的烹饪方式只有一种，多年不改，就是㸆酥（㸆是四川方言，也是川菜烹饪的技艺之一，其特色是小火慢炒）。锅中放入少许清油，将干豆豉坨坨切碎之后用小火慢慢地㸆，等到颜色逐渐变深变黑，加点白糖，起锅晾冷，又酥又香，在豆豉的香味之中还有红苕的甜味和姜的辛味，百吃不厌，愈吃愈香。

风豆豉是如今最流行的豆豉，各种市场都有，因为它是川菜烹饪中的一种重要调料，原来作为下饭菜的功能已经愈来愈弱，我只是在小时候当下饭菜吃过。烹饪的方式有二，一是放一点猪油之后放在甄子中蒸；二是用炼了猪油之后的油渣来炒。长大之后再也没有吃过了。

在四川市场上，用作调料的风豆豉只称为豆豉，是由食品厂大量生产的，只放盐，不放姜，今天的代表性产品是三台的潼川豆豉、永川的永川豆豉和成都的太和豆豉。前两者的制作技艺已经在2008年成为国家级非物质文化遗产。太和豆豉之得名是来自我国古代最著名的豆豉产地江西泰和的泰和豆豉，和四川的不少食品一样是移民文化的产物，是著名的"湖广填四川"时从江西"填"到四川来的。

豆豉作为调料有的是显性的，有的是隐性的。

显性的就是用眼睛可以看到的，例如在回锅肉、回锅厚皮菜、咸烧白、豉汁盘龙鳝等菜肴中。最显性的无过如今的一些罐头食品，例如豆豉鲮鱼，一打开只见很多豆豉，要在豆豉之中去找鱼，把鱼吃完之后剩下的大量豆豉还可以用作其他菜肴的调料。隐性的是豆豉已经破碎甚至其烂如泥，只能吃出味道而见不到豆豉，这在不少凉菜中都有，例如凉拌兔丁，加入香料炒制的豆豉就是其中最重要的最有特色的调料。举个实例：熟食店出售的凉拌兔丁和凉拌鸡块味道差别很大，谁都知道这是因为调料的不同。关键区别在哪里？就是放不放炒制豆豉。

我国各地都有豆豉。今天在全国名声最响、销量最大的贵州老干妈的主打产品实际上就是一种有再加工的多种配料的香辣豆豉。

豆豉的使用早已进入了工业化的生产，人们最熟悉的就是上面说到的豆豉鲮鱼。很多人都说，这种罐头里面的鱼并不怎么好吃，很一般，真正好吃的是那香香的豆豉。鱼罐头里面的豆豉为什么好吃？关键是被动物油浸透，要知道，动物油本身就有香味（四川人吃面条一定要放猪油，炖汤一定要用棒骨，就是为了有香味，虽然很多家庭主妇们并不知道这个道理）。二来是因为有了鱼肉的香味。类似做法在我们家也有，一是腊肉蒸豆豉。把肥腊肉切成片（有经验的吃客都知道，腊肉的香味主要来自肥肉而不是瘦肉），垫在碗底，上面放风豆豉，在蒸笼里或蒸饭的甑子里蒸熟，肥腊肉透明，风豆豉锃亮，色香味俱全，绝对比豆豉鲮鱼好吃得多。二是上述做法的简装版，就是油渣炒豆豉。这里的油渣是指把猪板油炼了猪油之后剩下来的渣。这种油渣既有猪油的香味，又有炼油之后那种干香干香的味道，用来和风豆豉炒着吃，既有香味，又不腻人，既能下饭，又有营养，此外还应当算是对炼了油之后的油渣的废物利用。我读到过黄埔军校十八期毕业生杨煜的回忆文章，1941至1946年，他是张学良将军在贵州桐梓天门洞被软禁期间的贴身警卫之一。他在回忆文章中说，那时的张学良将军最爱吃的菜有两种，第一是"豆豉烧猪油渣"，第二是莲藕。作为东北军队最高统帅的张学良将军会把"豆豉烧猪油渣"作为他进餐的第一喜爱，这使我深感意外。遗憾的是，这篇回忆文章没有写明这道"豆豉烧猪油渣"的具体做法，否则这道菜应当是很有推广价值的。

我国有的地方有一种对豆豉再加工的吃法，就是沸水煎煮之后的豉汁，可以视为酱油的前身（如今广东人还把酱油称为豉油），也可以烹饪菜肴，例如豉汁盘龙鳝就是一道名菜（我曾不止在一家餐厅的菜谱上都看见写了错字，写成鼓汁盘龙鳝）。

豆豉是今天的叫法，古代只称为豉，这是一个很明显的形声字，左边的豆是形旁，表示属于豆类，右边的支是声旁，表示读音（如今豉字在普通话中读尺，在四川话中读四，古代汉语中声旁读z、c、s或读zh、ch、sh的汉字是声同义通的）。东汉时期写成的我国第一部字典《说文解字》对豉字的解释是"配盐幽叔也"，就是加入了食盐的经过了封闭发酵的"叔"。这里的"叔"是什么呢？就是豆，也就是大豆、黄豆，而且，这个"叔"字才是豆的本字，而"豆"却是后来的假借字。为什么说"叔"字才是豆的本字呢？可以看看"叔"字的构造。"叔"字右边的"又"在古代的象形字中就是人的手"又"，"叔"字的左边是"尗"就是最早的豆字，《说文解字》的解释是"豆也，象豆生之形也"。就是说，在汉代人眼中"尗"是古字，"豆"是今字，而且，"尗"是"象豆生之形也"。怎么"象"呢？清代学者段玉裁注《说文解字》时说："豆之生也。所种之豆，必为两瓣而戴于茎之顶，故以一象地，下象其根，上象其戴生之形。今字作菽。"这是清代学者的论述，写为现代汉语应当是："这是在描绘大豆生长的形象。地上种植的大豆发芽之后，就会有两个豆芽瓣如同帽子一样戴在出土嫩茎的顶端。这个字中间的一横象征土地，下面象征根须，上面象征戴在出土嫩茎顶端的豆芽瓣。这个字在后来又加上了一个草头，写为菽。"这种解释已经很到位了。可是还要特别补充的是，在古代所有有关植物的象形文字中，只有像大豆生长的"尗"这一个字的下面是一个"小"，在根须的两边有两点。经过近年的研究可以肯定，这绝对不是无意为之，根须两边的两点，正是豆科植物最重要的特征，即长有根瘤菌的须根。要知道，须根上长有根瘤菌不仅是豆科植物外形上的特征，也是自我制造营养的优势，而且又以大豆最为明显。这个"尗"最早是在什么时候出现的呢？西周的金文之中已经多次出现了，也就是说，三千年前，我们的祖先就已经掌握有关根瘤菌的知识了。所以，单是从这个古文字的写法就已表现了我们先民自然科学知识掌握之早，也可以说明古文字学的这些研究也有一定的汉字考古学的内容在内。

这里出现了一个新的概念："汉字考古学"，想在此多说两句。"汉字考古学"这个概念，是我过去研究古文字学的合作伙伴温少峰最早提出来的。我读研究生的专业是古文字学，虽然毕业后未搞专业，但终生对古文字学有极大的兴趣。温少峰是比我年长的师兄，长期从事党政工作，却一生刻苦业余治学，在古代文化的多方面都有超过我的很深的造诣。我们两个曾经在古文字学的业余研究上有过长期的合作，共同撰写出版了《殷墟卜辞研究——科学技术篇》一书，我们共同为川大等高校开过"古代文字与古代社会"的选修课，印发了讲义。我们认为，中国以象形为基础的古文字在起源时期好比是对古代社会生活的一幅一幅照片，一幅一幅照片连接起来就好比是通过对这些"照片"的仔细考查，就可以获得对古代社会多方面的了解，其作用好比是古代社会生活的纪录片。通过古文字资料对古代社会生活的研究就是一门可以叫作"汉字考古学"的新学问。我们已经写了超过百万字的讨论初稿（有油印稿），可是因为我们都是业余研究者，实在没有条件把这个项目完成，在发过几篇论文之后就只好放弃了。我们的《殷墟卜辞研究》原来是想搞一个系列，第二本《地理篇》已经搞了一部分，因为实在没有条件，也只好放弃了。

"尗"加上一只手就是"叔"字，以手拔豆，作为栽培作物的大豆的本义更加明显。由于"叔"字在使用中被借用为叔叔的"叔"（叔伯这类亲属称谓的字无法象形，只能用假借字或形声字），为了把表示豆类的"叔"和叔叔的"叔"加以区别，古人就把表示豆类的"叔"加一个草字头写为"菽"，早在《诗经·小雅·小宛》中就有"中原有菽，庶民采之"之载。今天都把大豆当作油类作物，可在古代它的地位更高，是最重要的粮食作物"五谷"之一，古人是把它当饭吃的，《战国策·韩策一》明确说过："韩地险恶，山居，五谷所生，非麦而豆，民之所食，大抵豆饭藿羹。"今天读《三字经》，还可见到表示古代粮食作物的"稻粱菽"，毛泽东的诗句中也有"喜看稻菽千重浪"，就是这样来的。我们的祖先在宋代还吃"豆饭"，陆游诗中就有几处写到"豆饭"。现在各地基本不见了，只有很多东西都是学中国的日本一直都在吃"豆饭"。

多年来只吃豆豉而不懂豆豉，长大后读了点书才知道，作为家庭制作的加了调味品的菜肴，豆豉应当是祖师爷级别的菜肴珍品，因为最晚在战国时期就已经进入了我们祖先的千家万户。《楚辞·招魂》有"大苦咸酸"之句，东汉人王逸注释说"大苦，豉也"，明确说"大苦"就是豆豉。到了汉代，刘熙在《释名·释饮食》进一步说是"豉，嗜也，五味调和，须之而成"。到了南北朝，《齐民要术》卷八专门有《作豉》一节，对豆豉的制作过程有详细的记载，对于豆豉的食用方法，特别是调味品作用已经说得一清二楚。西汉大史学家司马迁在《史记·货殖列传》中特地将豆豉称为"盐豉"，突出了豆豉必须要放盐才可口的特点。东汉许慎在著名的《说文解字》中对"豉"的解释更是明确为"豉，配盐幽叔也"。我认为这个称呼是对作为调味品的豆豉的极佳描绘：第一，它有盐有味，其味道是专门调"配"出来的；第二，它是通过"幽"这一关键的制作方式生产出来的。我们四川的明代大文豪杨慎在《丹铅总录·解字之妙》中对此有过很准确的解释："盖豉本豆也，以盐配之，幽闭于瓮盎中所成，故曰幽菽。"千百年来，包括我妈妈在内的千家万户的家庭主妇们都是这样制作"配盐幽叔"的。

可是，为什么同样是在汉代，王逸会说豆豉的味道是"苦"的，而刘熙却说是"五味调和"呢？我认为这正说明豆豉的加工方式和食用方式在汉代正处于发展变化之中。王逸吃到的豆豉是原味的，很可能连盐都没有放。刘熙吃到的豆豉是加了调料的，最重要的调料应当是姜。姜是我国原产，最早、最著名的产地是在巴蜀，"阳朴之姜"是我国最早的名姜。战国末年，秦并巴蜀之后，巴蜀先民"尚滋味，好辛香"的饮食风格逐渐走出盆地，巴蜀之姜逐渐传遍全国。到了汉代，已在全国普及的姜受到烹饪爱好者的高度喜爱，也成了制作豆豉的重要调料（王逸在为《楚辞·招魂》作注时就说："辛，谓椒、姜也。"），再加之天下一统之后各地调味品的交流，这就有了"五味调和"的有似近代风豆豉这样的豆豉。当然，近代的风豆豉在各地也各有不同，例如老牌的汉中名产"风干豆豉"和"香辣豆豉"单从名字上就可得知和我们家乡有同有异，相同的是"风干"，不同的是"香辣"。

有了"五味调和"的豆豉之后，不加调料的原味豆豉仍然在流传，称为"淡豆豉"。它不好吃，但是可以入药，历代本草均有记载，明代陈嘉谟的《本草蒙筌》（此书早于《本草纲目》）中对于入药的豆豉就明确说过："味淡无盐，入药方验，虽理瘴气，专治伤寒。"在讲究味道的中国，淡豆豉基本不用于食品，而在讲究养生的邻邦日本却广为流传，大为流传，这就是日本的"纳豆"，或称"纳豉"。

红白豆腐乳

豆腐乳全国都有，不是家乡特产，但是我只吃家乡的手工豆腐乳，只爱家乡的手工豆腐乳。为什么？这当然是有理由的。

很多人都喜欢吃豆腐乳，但不会关心豆腐乳是怎么做出来的，因为在大小商店中有多种豆腐乳出售，购买十分方便，谁还会关心它是怎么做出来的呢？钱锺书先生有句类似的名言：你喜欢吃鸡蛋，没有必要去了解下蛋的母鸡是谁，也不必去了解这个蛋是如何下出来的。

我之所以只爱家乡的手工豆腐乳，是因为它与商店中出售的豆腐乳在制作方法上有所不同，虽然是大同小异，可关键就在那点小异。

豆腐乳的制作方法其实比较简单：把豆腐切成小方块，让其发霉长出霉丝（四川方言叫长毛，所以把长了毛的豆腐块称为毛豆腐），然后用混合好的调料进行包裹，再把包裹后的毛豆腐放进基本密封的容器（四川民间都用泡菜坛）里，一个月左右就入味可食了。调料的选择与配合各地也是大同小异，红味的豆腐乳主要是盐、辣椒面、花椒面、姜米、醪糟、红糖，其次是一些香料，如八角、桂皮、茴香之类。有些人家要加入一些清油，以便于在那没有冰箱的年代长期保存，吃上一个对年。我们家从来不加，因为我们家的豆腐乳一般都是吃不到半年就吃完了，没有长期保存的必要。白味的豆腐乳主要是盐、胡椒面、白糖，一定要放些白酒。

中国是全世界对微生物的认识和利用最早、最多、最成功的国家，而这些最早、最多、最成功的案例主要都表现在食品加工上，诸如酒、醋、酱、酱油、豆豉、豆腐乳、火腿、醪糟等，无一不是依靠主要存在于空气之中的各种各样的微生物的作用而得到的美味。虽然我们的先辈不能用显微镜看到微生物的形态，不能用文字描述微生物的作用，但是却可以从无数次经验教训中了解并掌握如何让微生物为自己服务的精准技艺。三十多年前，我买到过一本陈陶声先生的《中国微生物工业发展史》，仔细一读就可以知道，它的古代部分基本上都是讲的制酒、制醋、制酱、制酱油，可以视为大型的《中国食物史》中的一个分卷。

不知道是从什么时候开始，一辈一辈传下来的制作豆腐乳的方法在我们家乡的各家各户都是一样的。我每年都会看到妈妈这样做：初冬时节，把买回家的豆腐切成小方块，分别开来放在竹制的簸箕中，上面盖一层稻草，既用以防止雀害，又可以遮蔽灰尘；然后把这样的簸箕放在房屋中的高处，如衣柜顶上。我们家乡把这一过程叫作"沤豆腐"。几天以后，可以闻到一股轻微的酸腐味从簸箕中飘出来。大约过了半个月，把簸箕取下来，揭开稻草，就可见到一块块的豆腐都长出了约两厘米长的白灰色的细毛（小时候出于好奇，曾经每天去看长毛没有，看一天长了多长），妈妈说"沤透了"，就可以用了。如果没有细毛或者细毛太浅，就是还没有"沤透"，就放回去再"沤"几天，直到长出两厘米左右的细毛为止。我记得有一年我家沤的豆腐不仅没有长出细毛，反而是长出一块块深灰色的斑块，有臭味，这就是"沤坏了"，只能倒掉，不能吃，妈妈说是因为天气不好，我也记不得是因为天气太热了还是太冷了。不过，我们很快买回豆腐第二次再"沤"，成功了，还是有豆腐乳吃。

"沤豆腐"的过程，就是空气中的多种微生物（用今天的专业术语，叫"菌种群落"）在豆腐的蛋白质中发酵的过程，也正是这种对人体无毒无害的发酵过程，让豆腐产生了美妙的香味，成了豆腐的变种——豆腐乳。我们的先辈是如何发现与掌握这一技术的，如今已不得而知，只知道我们的先辈就是这样一辈一辈把这一技术传了下来，让我们能够吃到这种美食。

如今我们在商店中购买的各种豆腐乳都是厂家生产的。厂家生产的豆腐乳虽然也有这个必需的发酵过程，但是为了让豆腐尽快地完成发酵过程，为了让每一次发酵都能成功，更重要的是为了一年四季都能够发酵成功，厂家都采用了一些先进技术，不再是依靠空气中的微生物来执行发酵任务，而是接种人工培养制作的各种微生物，前期主要是根霉菌或毛霉菌，后期主要是红曲酶。

这就是厂家工业化生产的豆腐乳和家庭手工制作的豆腐乳的第一个差别，空气中的各种微生物和厂家使用的各种微生物并不完全相同，这些我们目前还不能完全清楚更不能完全控制的生物小精灵在发酵过程中所产生的氨基酸和风味物质也就不完全相同，我们口中所体会到的香味当然就不完全一样。没有比较就没有鉴别，只有将两种豆腐乳的味道经过舌尖的对比、口腔的回味，才能体会到二者的差别，才能体会到手工制作的豆腐乳的香味是如何地远胜于厂家。也正因为如此，在现代化高科技日新月异的今天，各行各业几乎都是现代化高科技产品的天下，唯有食品这个领域，天然二字的分量仍然具有无可动摇的地位，最可口的滋味大多是天然产生的。在我心中，豆腐乳就是典型的一例。

厂家生产的豆腐乳和手工制作的豆腐乳还有第二个差别，我是在我的家乡见到这个差别的，其他地方如何我不敢肯定。这就是在制作豆腐乳的时候，一定要先准备一盆醪糟醐子（四川方言，就是醪糟的液体部分，相当于家酿米酒，我们家是在制作豆腐乳之前先做好一坛醪糟备用），在将一块块毛豆腐裹上粉末状的混合调料之前，都要先在醪糟醐子中蘸一次，再放在调料中去包裹。这样，就会让每一块毛豆腐都有一层醪糟醄子。醪糟醄子中含有的酒精会加速毛豆腐的发酵和熟化，醪糟醄子特有甜香会增加豆腐乳的香味。不少厂家会在豆腐乳的制作中加入一定的白酒或黄酒（正因为如此，所以有少数厂家把这样生产的豆腐乳干脆加上了一个很有诗意的名字叫作"醉方"），但是仍然没有加入醪糟醄子那样的香味。如果要进一步问一下，为什么一定要加醪糟醄子？原因仍然是在前面所说过的原因，它会影响到我们目前还不能完全清楚更不能完全控制的各种微生物的巨大作用。

正是因为有了上述两种与厂家不同的制作方式，所以说我们家的，或者说我们家乡手工制作的豆腐乳都会具有一种特殊的美味，让我终生喜爱，无法割舍。除了特殊的年份之外，我妈妈年年都做豆腐乳。妈妈晚年住在我妹妹家，所以我妹妹也跟着学会了，当妈妈病逝之后，妹妹年年都做，让我年年都有豆腐乳吃。豆腐乳放在冰箱中是可以保存一年的，所以我家冰箱中天天都有豆腐乳。写到这里，仔细一想，在我家冰箱的诸多食品中，三百六十五天必有的，真是只有这一种。又想到不知在哪里看到的一句话："爱国的感情开始于家门口的那碗牛肉面。"我是开始于一碗什么呢？应当就是家庭手工豆腐乳。

不过，我也并不完全拒绝厂家生产的豆腐乳，例如成都传统名牌海会寺的白菜豆腐乳我就比较喜欢，近年来蒲江等地也有生产。白菜豆腐乳是成都地区的风味特产，就是在每一个包裹了调料的毛豆腐外面再包一层白菜叶子，当毛豆腐熟化成为豆腐乳之后，这层白菜也就被调料浸熟浸透了，香辣脆嫩，是所有白菜吃法中最为另类的一种。特别是当你十分疲倦或病后没有胃口的时候，咬上几片白菜豆腐乳中的白菜，肯定会让你胃口大开，多吃两碗。

上面所说到的豆腐乳基本上都是说的红味豆腐乳，因为在喜爱麻辣味道的四川，无论是家庭手工生产的豆腐乳，还是厂家生产的豆腐乳，大多数都是红味，少有白味，以至在我们川西地区竟然直接就把豆腐乳称为红豆腐，根本就没有豆腐乳这个名称，我们家多年来也只做过一次白味，纯属是出于好奇。在整个四川，也没有全国食品市场上对豆腐乳的三大类区分：青方（指臭豆腐）、红方和白方。但是在不喜麻辣味道的全国很多地方，白味豆腐乳却是豆腐乳的主流，可以称为我国传统名牌产品的豆腐乳如桂林豆腐乳、北京王致和豆腐乳的代表产品都是白味。我们四川也有生产的，如五通桥豆腐乳就有白味。不过四川的名牌豆腐乳都是红味，如大邑的唐场豆腐乳就早已跻身于全国名牌之列。唐场豆腐乳和川西各地的类似豆腐乳不仅麻辣适度，味道香鲜，还有一种在全国各种豆腐乳中独具特色的口感，很难用文字加以描述，厂家用一个"酥"来形容，只能说是在无奈之中的最佳选择。有一些外地食客很喜欢唐场豆腐乳，可是在研究其宣传品上的说明文字时，对"麻辣香酥"四字的"酥"字百思不得其解。就因为他不知道这"酥"味不是那"酥"味，绝不是桃酥、米酥、花生酥的那种"酥"，而是它嫩却不似豆腐，软却不似菜叶，在入口即化的嫩软之中有一种实实在在的口感。

　　小时候在家中吃豆腐乳就只是吃豆腐乳，成年之后才知道，在厨师手下，豆腐乳还是一种重要的调味品。最著名的就是在北京涮羊肉的蘸碟中，白味豆腐乳是必不可少的第一调味品，近年甚至强力影响到四川，在一些火锅店、羊肉汤锅店中的使用愈来愈多。川菜馆中用豆腐乳作为调料的各种烧菜我也吃过一些，但是我认为以豆腐乳作为必要调料的最重要、最出色的川菜是粉蒸肉（含粉蒸排骨和粉蒸牛肉）。在这里用的豆腐乳主要是每坛豆腐乳吃完之后留在坛内的大量汤汁，现在有的食谱上叫腐乳汁，川菜界的前辈有个专门的称呼叫"回扣豆瓣"，过去的酱园铺中还专门有卖的（我最后一次见到卖"回扣豆瓣"的时间是

1989年，地点是在我所居住的小天二路的一家杂货铺中）。粉蒸肉的拌料中只要加入了"回扣豆瓣"必然香味大增，如果没有"回扣豆瓣"也可以将红味豆腐乳磨烂代替。有不少人在总结川菜烹饪之中的若干绝招，粉蒸肉的拌料中加"回扣豆瓣"应当就是典型的一招。

"回扣豆瓣"还有一个用途是用来拌饭。当你捧上一碗热饭之时，如果舀上一些"回扣豆瓣"来拌饭吃，那种美味，真是不摆了，几十年后回味起来都会流口水。

有一个镜头一直留在心中：小时候，如果生了病，胃口不好，妈妈总是让我喝稀饭，下饭菜多是豆腐乳。妈妈在让我吃豆腐乳下稀饭的时候，往往会说："多吃两口，养人。"她说的"养人"，是既包括稀饭也包括豆腐乳的，这是出于祖辈多年来留下的经验。

豆腐乳"养人"吗？小时不懂，长大后接触了有关的资料，才知道祖辈留下的经验是可信的。豆腐乳对人体有三大好处：1. 大豆经过发酵之后，大豆异黄酮的活性增加，有利于清除体内的自由基，有利于防癌和心血管疾病的预防；2. B族维生素也会增加，对于素食者是增加B_{12}的好途径（植物食品一般都不含B_{12}），对于一般的人群均有好处；3. 大豆中丰富的蛋白质经过微生物的酶水解后会产生很多游离氨基酸，极易消化吸收。正因为有上述好处，所以有的营养学家称豆腐乳为"大豆奶酪"或"中国奶酪"。

豆腐乳"养人"，但是却不能如同其他有营养的食品那样放开肚皮多吃。我在报上见到过一篇文章，说豆腐乳在发酵后含有微量的硫化物，摄入过量会对人体有害，故而不宜多吃。我没有去查证此说的可靠性，但是写出来供喜爱豆腐乳的人们参考。虽然我知道豆腐乳爱好者一般都不会把豆腐乳当成蔬菜那样一碗半碗地吃。但是万一有哪位是爱好过度真会把豆腐乳当成蔬菜那样一碗半碗地吃呢？所以还是提醒一下为好。

酱 姜

"下厨看三件，有没有姜、葱、蒜。"在我国大多数地区的厨房中，姜和葱、蒜一样都是必不可少的调料，在一些家庭中姜也可以用作蔬菜，在中医眼中还可以用作药物，可以说是家家必备，人人尽知。

正因为姜太重要，太普遍，人们对它的议论也就太多样，太认真。最著名的诸如："早上吃姜，补药汤汤；中午吃姜，痨病腔腔；晚上吃姜，如吃砒霜"，"冬吃萝卜夏吃姜，大小药铺不开张"之类。对于这些极度夸张的言论，我无意置评，只想说，我们家不信，我们家晚上也可以吃姜，冬天也可以吃姜，我们家吃姜不是为了防病治病，就是因为那点无法割舍的姜味。

我国的产姜大省是山东，不仅产量大，每个姜的个头也大（我第一次去山东是去的青岛，看到菜店中姜的个头之大，让我大吃一惊）。我们四川不是产姜大省，不仅产量不如山东，每个姜的个头也不如山东。但是，虽然全国市场上的姜有若干品种，在若干传统品种之中以省区命名的却只有"川姜"一种（近年间山东农业科学家培育了几个新品种，被命名为鲁姜一号、山农大姜二号之类，不在此例）。为什么？不知道，很可能是约定俗成。这个约定俗成的导因有一种可能，就是我国古代最早的名姜品种就是"川姜"。

从文献考查，我们的祖先很早就吃姜，《论语·乡党》中有"不撒姜食"之载，可知孔老夫子的常年食品中就有姜（孔老夫子这一习惯被很多人所仿效，多年来我曾见过好几位常年必吃姜的老先生）。战国晚期成书的《吕氏春秋·本味》载："和之美者，阳朴之姜，招摇之桂。""招摇"只知是山名，具体地望不可考。"阳朴"是地名，东汉人高诱为《吕氏春秋·本味》作注时明确这样写道："阳朴，地名，在蜀郡。"我曾经聆其謦欬、并当过他的著作的责任编辑的四川前辈学者邓少琴老师在他的《巴蜀史迹探索》一书中曾经有所考证，他认为阳朴就在今天的重庆北碚，当地至今仍然出产著名的"窝姜"。司马迁在《史记·货殖列传》中有"巴蜀亦沃野，地饶卮、姜……"共列出"巴蜀"地区的八种特产，姜位列第二。毫无疑问，"阳朴之姜"就是最早的中国蔬菜名牌，最早的"川姜"代表。可以这样说，今天的"川菜之魂"是郫县豆瓣，古代的"川菜之魂"就是"川姜"。具体的例证见于《后汉书·方术列传》：曹操命令左慈为他烹饪鲈鱼，当有了鱼的时候，他首先想到的调料就是四川的生姜，所以说"既已得鱼，恨无蜀中生姜耳"。由是可见"蜀中生姜"在当时烹饪技艺之中的极高地位。从此之后，有关"蜀姜"的记载屡见不鲜。

曹操口中的"蜀中生姜"一直说到今天，和全国多数地区一样，四川至今仍然把姜称为生姜。生姜之中又分为两种，成熟的叫老姜，只作调料，半成熟的叫嫩姜，又叫子姜、紫姜，也用作蔬菜。

作为烹饪调料的老姜，几乎用于各类食品，烧、炒、炖、拌，无处不在，有关的内容太多，此处不讲，这里只说嫩姜。

在全国各地，嫩姜一般都称作子姜（这个字的准确写法应当是"茈姜"，因为我们所见到有关子姜的最早记载是司马相如的《上林赋》，就是这样写的。《史记索隐》引张晏注："子姜也。"只是后人不用，故而没有流传），只有少数地区称为紫姜，我愿意用紫姜二字，因为嫩姜的主体部分都是白色，唯有各个分枝的顶端（实际上就是地上叶子的最下面的部分）有一节紫红色。如果选一块刚好是分为五枝的嫩姜，那形状，那颜色，活脱脱就是少女又白又嫩的手掌五指，五指的最前端正好是染有紫红色的指甲，令人不忍下刀。读中学时课本有古诗《孔雀东南飞》，其中有形容美女的名句："指如削葱根，口如含朱丹，纤纤作细步，精妙世无双。"当时年轻，没有细想。长大后看到嫩姜时，一下子就觉得，用葱根来赞美美女的手指多有不妥，一来葱是独苗，不分岔，没有五指，二来任何品种的葱都没有漂亮的红指甲。如果要以植物来赞美美女的手指，"指如削葱根"应当改为"五指如嫩姜"。又过了若干年，偶然见到南宋诗人刘子翚还写过一首诗叫《咏子姜》，其中正有"恰似匀妆指，柔尖带浅红"之句，方知古人早就在观察、描绘有如美女手指的子姜了。我一直在想，汉代写《孔雀东南飞》的这位先生肯定没有见过嫩姜，因为古代的北方少有姜的种植，北魏时期著名的《齐民要术》明确写道："中国土不宜姜，仅可存活，势不滋息。"（这里的"中国"是指的中原，即黄河中下游地区）如今的四川乐山地区有一种主要用作嫩姜食用的品种名叫佛手姜、玉手姜，民间这一命名正表明了我们四川祖辈的审美能力和表达方式绝不输于古代的诗人。

为了朵颐一番，不忍下刀还是要下刀，紫姜肉丝、紫姜牛肉丝、紫姜牛蛙、紫姜烧兔、紫姜闷鸭、紫姜鸡汁蒸排骨……这些菜都是长大以后在餐馆中才吃到的。小时候妈妈做的菜只有四种：泡紫姜、醋紫姜、酱姜、甜姜。前两种在四川民间几乎家家都有，这里只说一般人家不做的酱姜和甜姜。

过去的四川几乎家家做酱、年年做酱。在我们家乡，这个"酱"是辣椒酱的简称，但是我没有听到有人称过它的全称，家家户户只叫"酱"。家里也要做一点不放辣椒的酱，那叫甜酱，在前面必须要加一个"甜"字。

每年放暑假的时候也正是家家户户做酱的时候。妈妈先要晒"酱巴",就是把灰面(四川方言,即面粉)疙瘩煮熟之后放在簸箕中让空气中的微生物促其发酵、长霉,然后在一个酱缸(其实是一个大瓦盆而不是缸,可是我们家一直都叫酱缸)中装入加了盐巴的水,把发酵、长霉的灰面疙瘩投入盐水中,再让太阳暴晒,暴晒几天就可以见到水底冒出微小的气泡,然后盐水颜色开始变深变浑,妈妈说晒得差不多了,舀一少部分出来用一个小盆装着继续晒,晒得半干,就成了用来炒菜的甜酱。剩下的大部分也继续晒,同时开始第二个重要步骤,买回二十斤左右的乌红辣椒来推辣椒。

在我们家乡,推辣椒这个"推"是个通用说法,其实可分为三种方式,三种方式我们家都用过。第一种就是先把乌红辣椒切碎,然后用手推的小型石磨(就是过年时推汤圆粉子那种)把辣椒推烂。由于切辣椒和推辣椒都有浓烈的辣味呛得鼻子眼睛很难受(可能我们这辈人中不少人都有过切身的感受),所以用这种真正要"推"的方法来推辣椒的并不多。第二种方式是把辣椒放在大木盆中,用一种专门的铁制辣椒锸子(这是方言,长柄,方头,颇似方头铁锹,但是直柄)来锸切,人是站立的,呛味较小。我们家没有这种专门工具,使用时是向别人家借的。第三种方式是拿到水碾上去推。

水碾,也叫碾子、碾坊,是过去川西地区十分常见而又十分重要的农副产品加工作坊,也是我小时候经常去玩的地方。川西地区河渠纵横,不知从何年何月开始,我们的祖先就在所有河渠稍有一点坡度的河道上用木板拦蓄河水,形成一米多高的落差,用河水冲动木制的转轮,带动石制碾槽之中的石制碾盘,用来碾米。另用一个稍小的木制转轮带动石磨来磨面粉或其他需要磨烂的农作物(如麻枯粉)。这种碾子完全由农村中的石匠、木匠、泥水匠修建而成，成本不高，方便实用，修建一个，使用多年，我们家乡几乎处处皆有，凡是在河道上见到有一间房屋的地方肯定就是碾子（成都东一环外有个地名叫水碾河，就是因为在那里的小河上有一个碾子而得名。这个碾子到1969年都还在，当年我在川大读书，经常要拉架架车去八里庄货站拉煤，从那里经过时曾经进这个碾房去看过，至今印象犹深。这个碾子是在修建成都饭店时才拆除的）。

我家在绵竹广济乡住了多年，住过的两处地方都是不到百米就有碾子，碾子必然附设磨子，所以我们家推辣椒多数年份都是到碾子上去推，准确地说是到磨子上去磨。我和妈妈抬去一桶乌红辣椒，一个钟头不到就变成大半桶磨烂的辣椒，抬回来倒进酱缸，加上盐巴，用木棍拌匀，酱就基本做成，剩下来的事就是天天放在太阳之下暴晒，每天搅拌一次。夏天多雨，市场上专门有用来给酱缸加盖的棕编大盖，形状有如斗篷，下雨时我们用棕编大盖盖上，不下雨时就让酱白天晒太阳，夜晚扯露气。妈妈说这叫"日晒夜露"，只有经过这样的"日晒夜露"，酱才香。夏日的天空中多有蜻蜓蚊蝇之类的昆虫，为了防止这些昆虫掉进酱缸，我们家家都会扎一个和酱缸一样大的篾条圈，把篾条圈网上若干蜘蛛网，放在酱缸上面，密密的蜘蛛网透光又透气，不影响阳光的照射，却又让任何昆虫都掉不进去。就这样"日晒夜露"大约两个月之后，酱被晒熟了，颜色晒深了，味道晒香了，可以吃了，酱缸才会被搬进室内。从此以后，妈妈炒菜，用酱；姐姐吃凉粉，用酱；我吃锅盔，用酱；我们读中学时都是住校，进校时也要带上一大瓶酱。整整一年，天天离不开酱。到第二年酱快吃完了，新一年的酱又晒熟了。

民谚有云："清早开门七件事，柴米油盐酱醋茶。"从小就听大人说这话，长大后知道，这句民谚最早见于宋人吴自牧的《梦粱录》，说的是柴、米、油、盐、酒、酱、醋、茶八件事，元人笔下删去了不是必需品的酒，变为七件（也有另一种记载是油、盐、酱、豉、姜、椒、茶）。古代文献中对后人影响最大的是明代唐寅的《除夕口占》一诗："柴米油盐酱醋茶，般般都在别人家。岁暮清淡无一事，竹堂寺里看梅花。"柴、米、油、盐的重要性不言而喻，看来并不重要的酱为什么会名列其中，只有我们这一辈人才会有所体会。在当年，特别是在农村，那真是重要呀！炒菜要酱，烧菜要酱，下饭要酱，还有要在下面谈到的，连泡菜也要酱。如果要再往上追寻，我们的祖宗早在周代，也就是三千年以前就已经离不开酱了。《诗经·大雅·行苇》中就有"醓醢以荐，或燔或炙"的诗句，"醓"字读坦，"醢"字读海，都是不同的酱。据《周礼·天官》的记载，周王室设有"醢人"的官职，专门负责为王室生产多种"醢"，也就是各种酱，数量有六十瓮之多。据《论语·乡党》载，孔夫子在谈到他的饮食习惯时说过，他老人家是"不得其酱不食"，也就是没有适合的酱就要罢食。仅此一事，就可知酱在我国古人的生活中是多么地不可或缺了。

为什么会喜欢酱？因为它有香味？它为什么会有香味？因为它是发酵食品，又以豆类原料为多，蛋白质经过微生物发酵，就会产生各种各样的香味。从生活中的偶然发现到有意地加以培育优选，从而制作出多种酱料，这种认识和发明的过程不仅是我们祖先走过的路，世界很多地方的先民也都走过大同小异的路。例如日本的酱多以鱼虾为原料，印度的酱多以洋葱等植物为原料，欧美的酱则是鱼肉和植物性原料共用。而从生产酱发展到生产并食用酱油，也是世界很多地方共同走过的饮食之路。

虽然我国古代没有辣椒，但是当辣椒在明代传入我国之后，很快就成了古老的酱中的重要组成成分了。

城镇中有一种商家叫酱园，成都还有酱园行的行业公会，叫酱园公所，位置就在今天文殊坊的酱园公所街。城镇居民在酱园中可以买到盐、油、酱、酱油、醋和各种调料，酱园中出售的酱有两大类，一类是没有辣味的酱，一类是有辣味的酱。有辣味的酱除了我们农村做的普通辣椒酱之外，最著名的一种就是今天名满中外、号称"川菜之魂"的郫县豆瓣。类似郫县豆瓣的酱我们家乡也有，名叫豆瓣酱，就是要在普通的辣椒酱中加入发酵长霉的胡豆瓣。我们家也做过豆瓣酱，但不是每年都做。

提到郫县豆瓣，就不得不多说两句，因为它是四川豆瓣酱的典型代表，是烹饪正宗川菜的必要调料。近年来在烹饪界的口中和美食家的笔下，多称它为"川菜之魂"。虽然也有人不同意，说"魂"应当是精神象征，如果要具象也应当是一种技艺而不是一种实物，但是很多人仍然坚持这样说。原因很简单，郫县豆瓣对于川菜是太重要了。没有郫县豆瓣，绝对做不出一桌正宗的川菜，这一点谁也不会否认。川菜以味为特色，要有好的味道，必须要有好的调料。在各种调料之中，除了全国通用的盐巴、酱油、糖、醋、葱、姜、蒜、辣椒、花椒之外，产自郫县的郫县豆瓣绝对名列第一，其他的各种辣椒酱甚至其他地方出产的豆瓣酱都无法代替。这是因为，郫县豆瓣的特色绝对不是辣椒的辣味，而是郫县地区的空气和水中各种微生物菌种群落在最适宜的温度和湿度之中，在那一个个特大酱缸之中产生的特殊作用。生产郫县豆瓣要经过长期的翻、晒、晾、露，这长期的翻、晒、晾、露就是在进行多次的不同条件的发酵，产生出伴随着辣味的那种特殊的复合型的香味，严格来说这种味道说不清道不明（虽然现在的科研工作者已经从郫县豆瓣中找出了若干可以用分子式表明的化学成份），可是人人都能在口中感觉到，在舌尖上享受到。

这一点，我是在最近才有了最真切的感受。

我有多次出国旅游的经历，由于不懂外语，只能随团，导游安排吃什么就吃什么。海外的中餐虽多，往往都是改良之后的粤菜，虽然也有一些川菜馆，但是菜肴的质量根本无法用成都的川菜馆来要求，所以我很自觉，只要出了国，就不要讲究口味，能吃饱就行，绝对随遇而安。可是，有一次在英国的曼彻斯特，中午，进了一家位于二楼的川菜馆，老板特地为我们这个四川团上了回锅肉和麻婆豆腐。我才吃了两口就觉得和过去一周所吃的英国川菜味道不同，好吃。再吃几口，感觉愈来愈明显。我立即做出判断：这家川菜馆用的豆瓣酱是正宗的郫县豆瓣，不是鹃城牌，就是丹丹牌。于是我特地到前台去拜见老板。老板是一位中年女性，川人，她说感谢我的夸奖，她们真是用的鹃城牌郫县豆瓣。

我在成都时家里用的都是正宗的郫县豆瓣。因为近年来我曾经参与川菜产业界的一些活动，又和郫县川菜产业与旅游发展的主要负责人徐良同住一个小区，所以和郫县安德的川菜产业园有过多次合作，参与策划和建设了安德的川菜体验馆，近年来郫县用的宣传语"吃在中国，味在四川，魂系郫县"就是我为他们建议的。因为有这样的关系，每次去郫县开会或参加活动，主人总要送一瓶或是一袋鹃城牌的郫县豆瓣。加之成都稍有水平的川菜馆也都是用的郫县豆瓣，所以这样些年来我就没有吃过非正宗的郫县豆瓣，已经把郫县豆瓣的味道吃习惯了，四川方言叫作吃顺了。出国一周，忍受了一周的"歪川菜"之后（一切假冒伪劣均可称之为"歪"），一吃到正宗的鹃城牌郫县豆瓣，立即就能品尝出来。如果没有这一次亲身经历，我这个并不敏感的嘴巴对于正宗郫县豆瓣的口感会有如此明显的感受，可能我自己都不会相信。说到"歪川菜"，当然也有"歪郫县豆瓣"。由于郫县豆瓣在市场上有很高的声誉，所以单是郫县境内的豆瓣厂家最高时就曾经有上千家，经过多年的淘汰和整顿，现在还有一百二十多家。厂家多了，免不了就有一些质量低劣的产品在市场上骗人。大约是2005年，我在一家园林公司认识了一个郫县的张姓姑娘，她亲口对我说过，她们家就在生产"歪郫县豆瓣"。她说，要生产好的郫县豆瓣，必须用新鲜的乌红辣椒。小厂没有冻库，每年只有两三个月可能用新鲜的乌红辣椒。如果其他时间要生产，都是在市场上买价格低廉的干辣椒，无论发霉的、变质的、生虫的、辣味不正的，只要是辣椒、有辣味就行。可是干辣椒砍碎之后无浆无色无油气，不行。这好办，去买正好在秋天和春天大量上市的胡萝卜，煮煳捣烂，和砍碎的干辣椒搅和在一起，加盐，再加一点清油，放在太阳下面晒些时间，就可以卖钱了。她还说了一句听起来颇有道理的话："现在的郫县豆瓣都是包装好的，不是瓶装，就是袋装，最多隔着瓶瓶看一下颜色，哪个买主会打开瓶瓶尝了再买嘛？再说，胡萝卜又吃不死人，还有营养！"

说了这样多的酱，就可以说到酱姜了。

盛夏时节，地里的姜长得格外茂盛，趁姜还未完全成熟就挖出来，白白嫩嫩，煞是好看。切去上面的叶子，择去下面的须根，洗净之后就是在市面上很受欢迎的紫姜。把紫姜买回之后，稍稍晒去水气，手撕成条状，用筷子埋到酱缸中，酱中的盐分会让姜变熟，酱中的香味会让姜变香，一周以后就可以搛出来食用。此时的酱姜，保持了嫩姜的脆嫩和原有的姜味，盐分使其成熟，减少了生姜的辣度，最特别的是增加了一种淡淡的酱香，使人感到格外的香，还有一丝隐隐约约的酸甜。最为特别的是，酱姜埋在酱中，可以保持几个月风味不变。

甜姜的做法比酱姜简单，就是把紫姜先用盐水渍上大半天，让其半熟，然后放进一个装有浓浓红糖水的陶坛中，一周之后，红糖的甜味浸了进去，略咸而甜，十分可口，比北方常见的甜蒜好吃得多。也和甜蒜一样，可以吃一年，直到下年又做新的。

甜姜的做法虽然简单，却也是颇有历史。大诗人陆游是一个大大的美食家，特别喜爱蜀中的美食，这在他的诗文中多有描写，以至有人把他有关美食的诗作专门收集在一起供人欣赏。他在《新凉》之二中有如下的记载："菰首初离水,姜芽浅渍糟。"这里的"姜芽"就是紫姜,"渍"就是用盐水泡,"糟"就是再用酒来泡。宋代的酒不是蒸馏酒,而是酿造酒,即今天的醪糟酒,是既有酒味又带甜味的,肯定好吃,现在想来都有点想流口水。

无论是吃酱姜还是吃甜姜,有一道特别注重的工序,就是只能用手撕,不能用刀切。这不是我们一家的规矩,而是我们家乡多数人家的规矩。不仅是吃酱姜和甜姜,就是酸菜坛子中的泡姜(川西地区家家都要做泡姜,也叫酸姜,不仅用于佐餐,还是重要的调味品,川菜中的很多菜都要用酸姜、酸辣椒,鱼香味更是绝对离不开酸姜、酸辣椒)也不能用刀切。妈妈说,紫姜又鲜又嫩,用刀切会沾上菜刀的铁锈味和油腥味,就把紫姜糟蹋了。当我在读大学时读四川著名作家兼美食家李劼人先生的《大波》时,见到这样一段文字:"四小盘家常泡菜也端上桌来,红的、黄的、绿的、藕荷色的,各色齐备,都是用指爪掐成一小块一小块的,为了避免铁腥气,不用刀切。"这才知道鲜嫩的泡菜只能用手撕、不能用刀切不仅是我们家乡的规矩,而是四川各地普遍的规矩。

说完了关于吃姜的话题,还想啰唆几句与姜有关而与吃姜无关的小事。

几乎人人都吃姜,可是见过田地中生长着的姜的人却不多,很多城市中人可能一辈子都未见过。我可以告诉这些从未见过的朋友:我们吃的姜是姜的根茎,姜的全身很漂亮,有如一颗迷你型的翠竹,摇曳生姿。如果你家中买的姜一时未吃而长出了太长的芽,你别丢掉,把它栽在一个小盆中,不久就会长成一株迷你型的翠竹,为你家中增加一个小盆景。还有一种原产于泰国的姜荷花,在植物分类学上和姜同科,近年在我国逐渐种植,在一片翠绿的姜叶之上的朵朵粉红色花朵很漂亮。

多彩泡菜

首先声明：在四川，老一辈人从来都是把泡菜叫作酸菜，我小时候也是这样叫。只因为现在多数人都已经改用比较规范的称呼叫泡菜，所以我在这里也就称呼为泡菜。

关于泡菜，在四川有两种说法：一种说法是"泡菜就是四川人心中的家"；一种说法是"泡菜是川菜之魂"。

对于前一种说法，因为太具诗意，牵动乡愁，没有人会反对，也没有什么争论。请问：凡是四川人，有几家不吃泡菜呢？有几家不做泡菜呢？

对于后一种说法，因为太具体，这就有争论了。因为很多人都说川菜之魂应当是郫县豆瓣而不是四川泡菜。意见无法统一，"李家碾的茶馆——各说各（阁）"（这是一个四川"言子"即歇后语。民国时期在什邡李家碾，也就是今天的洛水镇有一家茶馆，名字就叫各说阁。李家碾距我家火烧堰也即今天的绵竹广济镇只隔一条石亭江，所以这个"言子"我从小就听说。长大后才知道，四川的茶馆以"各说阁"为名者不止李家碾一处，成都也有过，只是名气不大）。但是，只是从有这样一种长期存在的争论的本身就可以看出，泡菜在四川是多么重要。

为什么重要？一，泡菜是每个四川家庭都必须要吃的菜，加工泡菜的泡菜坛子也是每个四川家庭必备（近年间才出现的不在家里做饭的以年轻人为主的"外食族"除外），而且不分贫富、无论职业。我和我的几位朋友都曾经做过非正式的抽样调查，还没有发现例外。二，只要是四川人，无论老中青，都喜欢吃泡菜。对于这一点，我和我的几位朋友也曾经做过非正式的抽样调查，也没有发现例外。三，泡菜不仅是用于下饭的蔬菜，也是用于烹饪的调料。要制作出美味可口的川菜，泡菜（特别是泡海椒和泡姜）绝对不能少。在川菜的多种复合味型之中还专门有一种味型就叫泡椒味型，改革开放后新创的泡椒墨鱼仔、泡椒牛蛙、老坛子（今天在超市中大量出售的小食品"泡椒凤爪"就是当年老坛子的衍生品）已经风行全国。几位在海外开川菜馆的朋友告诉我，很多川菜的调料现在在海外都能够买到当地生产的产品或者勉强可用的代用品，唯独郫县豆瓣和泡海椒必须从国内购买。四，泡菜的最大优点是制作方便、价廉物美、雅俗共赏、老少咸宜。特别是价廉物美这一优点，可以说是世界食品的典范。四川有一句经常听到的俗话是："日子太穷了，已经落到吃泡菜饭的地步了！"其实这正是对泡菜的极高的赞美，最穷苦的人家也能够依靠着泡菜度过那最艰辛的岁月，它是四川穷苦人家最可依赖的好朋友。

正是因为有着上述原因，泡菜伴随了我这个四川人的一生，我自小就在泡菜坛子旁边长大。

我出生在绵竹遵道，祖上也有过一点田土，但是被吸食鸦片的祖父败得精光，待我出生时，已是寸土皆无，全靠父母当乡村小学教师的薪水养活全家三代。好在我家的祖屋还没有被祖父卖掉，我们还能够在自家的小院中居住。小院不是四合，只有三方，四川叫作"撮箕口"。两边的偏房一边住着我姑妈家，一边出租给了杨家，我们只住正房。四间正房中最大的不是堂屋，而是最边上的厨房，这也是很多四川房屋的共同特点。为什么厨房最大？这是为了生活的必需。当年的燃料都是柴草，柴灶就是整个厨房的中心。大多数人家灶上都是两口铁锅，一口用来煮饭炒菜，一口用来煮猪食。柴灶的背后必须有一个面积不小的空间用来堆放柴草，还有从灶膛中掏出来的柴草灰，那是重要的肥料。在柴灶的对面，必须要有一个用石板砌成的大水缸，一个大橱柜，一个用于切菜、和面、摆放杂物的大案板，旁边还必须要有一个吃饭的大方桌。这几大件一一安置妥当，没有二三十平方米下不来。除这些大件，还有若干小件，比如，顺着墙脚，必然有一溜坛坛罐罐。我记得我家就有以下若干：泡菜坛子不止一个（好像是两大一小共三个），装水豆豉的罐罐，装风豆豉的罐罐，装豆腐乳的坛子，装醪糟的罐罐，还有一个装盐菜（也可以写为腌菜，见后）的倒罐。

泡菜坛子为什么不止一个？因为我们家和很多四川家庭一样，认为泡菜中最重要的品种嫩姜和海椒不能泡在一个坛子里，否则海椒会空心变软。所以，必须在大坛子之外有一个小坛子，或者专门泡海椒，或者专门泡嫩姜。

倒罐这种东西在近年间我已经没有见过了，那是一个高约五十厘米的瓶状小口瓦罐，盐菜装在里面大约装三分之二，然后在上面装满谷草，倒放在一个装水的大碗里。和泡菜坛的坛沿可以隔绝空气一样，大碗中的水也可以隔绝空气。倒罐中的盐菜因为有谷草的阻隔，既不会沾水又可以得到水汽的滋润，在倒罐中慢慢发酵，不仅不会发霉变质，还会产生出一股香味，既可以炒，又可以煮汤，我们家的盐菜从来都是吃一个对年。盐菜的制作很简单，当春天青菜和白菜滥市时，买回来洗净晾蔫，揉少许盐巴就可以入罐，可以说这就是普通家庭制作的简化版的芽菜或冬菜。前些年我曾经在电视纪录片中看到一件趣事，自贡地区有一片农村中曾经有一个习俗，就是家家都特别讲究用倒罐做盐菜，而且能够做出愈陈愈香的盐菜。有的人家当女孩出生时，祖母和母亲就要做一倒罐盐菜，长期存放，一直到女儿出嫁时用在宴席上招待客人，有如下江人的"女儿红"酒。遗憾的是，我没有机会品尝到这种极有四川民俗特色的"女儿红"盐菜。

说到自贡地区这个有趣的民俗，联想到听过的一个传说：四川有的地区在女儿出嫁时，母亲要让她带走一坛家里的泡菜，让其在婆家终身享用，让其永远都能够品尝到老家的味道。此事只是耳闻，未曾目睹，也未见过文献资料，不知确否。但是，四川人在搬家时总要把泡菜坛子如同其他家具一样搬走，这确是处处可见。在四川，很多家庭主妇都会这样沾沾自喜地说："我们家的盐水是我们祖祖起的""我们家的泡菜坛子都有几代人了"。这些话，也许稍有夸大，肯定不是吹牛。

我们家那间大厨房不仅是全家日常生活的集中地，也是我幼年时在婆婆监管下室内玩耍的主要战场。以大泡菜坛子为首的坛坛罐罐和我的身高相仿，成了我玩耍时的重要玩具，泡菜坛子的坛沿水多次被我搞脏，豆豉和醪糟多次被我偷吃，当然，乱动乱翻的必然后果也就是"吃笋子熬坐墩肉"（四川民间俗语，即用竹片打屁股）。所以，我对家中的泡菜坛子有着很深的印象。

不仅我们家，四川多数家庭对泡菜坛子的管理都是相当严格的。主要的要求是：首先买泡菜坛子只买无釉的陶坛，因为老人们已经懂得泡菜坛子虽然不能漏水不能喝风（四川方言，就是漏气），但是也要透气，上了釉的坛子是不透气的。其次购买时一定要检查是否会漏水喝风。检查是否漏水的方法很简单，装满水就行了。检查是否喝风的方法是把一卷纸点燃后放进泡菜坛子中去，如果有明显的沙眼，火焰就会偏方向，家乡方言叫"扯火"，一眼就可能看出。当纸卷正在燃烧时立即把坛盖盖住，在坛沿上加水。如果坛沿水会"咕嘟咕嘟"地流进坛子（家乡方言叫"扯水"），就表明坛子绝不漏气，是好坛子。因为几乎所有买泡菜坛子的人都要进行这样的检测，所以逢场天在卖泡菜坛子的坛罐铺门前总是不断有人在点火，我们小孩子总爱围着看。当时不懂为什么会"扯水"，长大后才知道，如果坛子完全不透气，纸卷燃烧时会很快消耗坛子内部的氧气，让气压减低，坛子外面的大气压就会把坛沿中的水压进坛子中去，这和拔火罐时为什么火罐会紧紧吸附在人体上的原理是一样的。最后为泡菜坛中加进第一批盐水叫"起盐水"。"起盐水"之前必须将坛子清洗干净、晾干，绝对不能沾一点油。"起盐水"的方式有两种。一种是将旧泡菜坛中的老盐水舀过来，装不满没关系，蔬菜在泡菜的过程中是会吐水的，随着泡菜时间的增加，要不了多久就会盐水满坛。另一种方式是完全起新盐水，就是把水烧开再晾冷之后，放入盐巴、花椒、姜、辣椒、白酒、黄糖（方言，就是红糖）和几种香料，如八角、桂皮、三奈等。这样的生盐水在坛子中装上几天，让盐水入了味，就可以泡菜了。有人说这些原料的种类比例很有讲究，甚至说有秘不示人的独门绝技、祖传秘方。但是我听妈妈说过，也听一些老厨师说过，"起盐水"没有那么神秘，我们家"起盐水"就从来不放香料，泡菜的质量主要在于管理而不是盐水的配方。

泡菜坛子如果管理得不好，不仅泡菜不好吃，还会变质，先是盐水面上生长白膜（四川方言叫生花），然后是泡菜变软、变色乃至变臭。可以说，任何一个人家对于泡菜坛子的管理都是十分认真的。从小到大，我在我们家和一些亲戚家看得很多。主要的注意事项有以下一些：

泡菜坛子最大忌讳有二，一是喝风，二是油味。前者好办，只要注意经常加坛沿水就行。后者就相当细致了。比如，"起盐水"用的冷开水不能在家中煮饭炒菜的铁锅中烧，因为锅中有油味，必须用没有见过油腥的水壶来烧。加入蔬菜和捞出泡菜都不能用手（除非把手多洗几次，十分干净），而是用一双专门用于泡菜坛子的长竹筷（我们家就有这样的竹筷，从来不用于吃饭）。我现在还记得，我姐姐曾经在没有认真洗手的情况下用手伸进泡菜坛子捞泡菜，当即被妈妈打了两个手板。泡菜坛子的放置处必须阴凉，所以很多家庭都是放在屋角。

准备放进坛子的蔬菜在洗净以后不能直接入坛，而要晾干水汽，有点蔫了才行。每次有新鲜菜放入，不论多少，都必须同时加点适量的盐。可以说，要做泡菜，盐是第一重要。很多人会有这样的疑问：为什么在四川觉得泡菜好吃，而在外地用同样方法做泡菜就不好吃甚至不能成功？这里有一个原因就是盐。四川产井盐，四川人吃井盐，四川泡菜就是用井盐水泡出来的。简称川盐的四川井盐的微量元素最适合做泡菜。外地多用海盐，海盐中的微量元素和川盐有区别。改革开放之后，商场中出现了一种新的食盐品种叫泡菜盐，袋装出售，很受欢迎。据我在自贡市亲眼所见，泡菜盐其实就是自贡的井盐，并没有加进什么微量元素，只要是自贡井盐，就是最好的泡菜盐。

泡菜坛子最常见的问题是生花。对付它有多种办法。我们家的办法有以下几种：一是添点白酒，二是放点红糖，三是放进一种草药紫苏。紫苏在农村中不难找，我小时候曾经多次去为妈妈摘紫苏。

除了放紫苏，妈妈说泡芹菜对盐水有好处，所以我们家泡芹菜不只是为了吃。此外，每年在泡菜坛子中放两节划开的红甘蔗，也能养盐水。

大约过上三年，我们家的泡菜管理要做件大事，就是洗坛子和滤盐水，这事一般都在夏天放暑假时进行。每到这时，要将坛子中的全部泡菜捞出来放在另外的大盆子中，然后把坛子中的盐水用筲箕滤一次，将一些蔬菜渣滓、海椒米米之类全部丢掉。把泡菜坛子晒干之后再把盐水和泡菜放回去。

我曾经这样说过四川饮食的包容性："泡菜无所不泡，火锅无所不烫。"在一般家庭中，可以进入泡菜坛子的蔬菜太多，大多常见蔬菜都可以泡。在我们家，常见蔬菜中似乎只有这几样不泡：四季豆、茄子、南瓜、冬瓜、洋芋。为什么不泡？当年人还小，没有想过，当然也没有问过。现在估计只能有两种原因，一是不好吃，二是坏盐水。有一种蔬菜很多家庭都不泡，我们家要泡，这就是芋儿。泡芋儿好吃，永远都是脆的。

2000年初，我的学生刘川友在琴台路上的子云亭饭庄当老总。他请我吃饭时知道我对川菜不仅爱好而且还有若干想法，就请我常去饭庄，当个顾问。在那里，我曾经和厨师试做过一些新品种的泡菜，做出来颇受欢迎，如青豆、花生米、海带、豆腐。特别是泡豆腐，很多顾客大呼新奇。

多年来，我听到过若干如何做泡菜的家庭秘方，最有名的是在泡菜坛中放活的鲫鱼，据说可以增加泡菜的鲜味。四川著名的泡菜产地新繁（过去是成都郊区一个县，现在是新都区的一个镇）就有这种做法。我曾经抱着好奇的目光在新繁参观过一次，真在泡菜坛中看见了鲫鱼，但是仔细品尝坛中的泡菜，并未吃出特别的鲜味来。为此我曾经向几位名厨询问过（包括曾经是四川厨师中公认的第一泡菜高手、原成都朵颐餐厅温兴发师傅的后辈），得到的回答并不一致。只能知道的是，在四川绝大多数地区都不采用此法，现在新繁的泡菜已经形成规模化的产业，在制作中也不采用此法。

但是，我承认看来简单的泡菜制作的确具有一些高超的技艺，因为此生中我吃过一次具有真正高水平的泡菜，那是在著名的道教胜地青城山的天师洞。

在四川，自古就有"青城四绝"之称，就是洞天乳酒、青城贡茶、白果炖鸡、道家泡菜。多年来在不同情况下我不止一次品尝过这四绝，大多不敢言正宗。真正吃到资格的道家泡菜只有一次，是在1959年。当时我们四川大学业余文工团应邀到灌县演出，颇受欢迎，县领导安排我们到青城山参观，并且在那已经进入经济困难、物资供应十分紧缺的时候为我们办了一次丰盛的晚餐，上了著名的"青城四绝"。事隔多年，其他"三绝"在我口中已经毫无印象，唯独对道家泡菜这一"绝"至今记忆犹新。青城山道教是全真派，茹素，不吃荤，故而对一些素菜的制作十分讲究，经过千百年的经验积累，将道家泡菜真正做绝了。我那时年轻，对于是否鲜香没有什么辨别的水平，甚至是否咸酸适度都还不敢发表意见，只能跟着年龄大的同学随声附和，不断称赞（当年在大学文科中有不少调干生，年龄要比我大十岁甚至更多，我所在的京剧队的主力几乎全是调干生，不少人已经走南闯北，有丰富的美食体验）。但是有一点我分得出来，那就是脆而不酸，还保持着原有的颜色。当天吃的泡菜品种较多，几乎一年四季的蔬菜都有，春天的蒜薹，夏天的豇豆，秋天的海椒，冬天的萝卜，都是脆生生的。过去在家中的时候，这几种蔬菜都是坛子中的主力品种，可是时间一长不仅会酸，只能当作老酸菜用来煮汤，更重要的是都会变软，脆嫩的口感全无，有的甚至会颜色加深，十分难看，我曾经多次看见妈妈把那些软绵绵、黑乎乎的不能入口的泡菜捞出来扔掉。可是，青城山的道家泡菜却能长年脆嫩而不酸，再加之鲜艳的各种颜色搭配在一起摆成一个拼盘（例如豇豆、蒜薹、莴笋、胡萝卜、红辣椒、青菜帮帮），那是原汁原味的多种技艺的享受。多年过去之后，1994年，为了道教祖庭大邑鹤鸣山的重建和旅游开发，我和时任中国道教协会会长的青城山傅圆天道长有过较多交往，他不仅几次在天师洞请我吃饭，还亲自陪同我参观了他们开办的洞天乳酒的酒厂。可是，我所吃到的泡菜再也没有当年的风味了。到了今天，我就住家在青城山。据我所知，无论是在今天的都江堰，还是在今天的青城山，再也不用道家泡菜招待客人了。在有的旅游宣传品中，"青城四绝"中的道家泡菜已经被青城山老腊肉所取代了。所以，在我心中，以

"味道咸酸，口感生脆，色泽鲜亮，香味扑鼻"为特色的青城山道家泡菜已经难以寻觅了。

但是，一般的家庭泡菜在四川仍然是家家有，天天吃。如今的我和我的老伴食量都小，但是在成都和青城山的两处家中仍然都有两个泡菜坛子，大的泡普通蔬菜，小的专门泡海椒。

有不少年轻人图简便，爱做洗澡泡菜。就是在想吃泡菜时用一个玻璃瓶把冷开水加上盐和花椒临时来泡快熟的莴笋、萝卜皮、莲花白之类。一般是今天泡明天吃，甚至早上泡晚上吃。吃完后无须保存盐水，需要吃时再泡。这种洗澡泡菜我们家从来不做，因为不香。其实，把莴笋、菜脑壳切成条放在碗中用普通盐水泡半天就能吃，根本不用坛子或瓶子，和洗澡泡菜味道差不多。如果加点红糖，味道会更好一点。在川西地区名声很大的崇州查渣面所以会吸引好多美食家，其中重要的一条就是有免费的泡菜供应，其中又以莲花白为首选。崇州查渣面起源于崇州羊马镇，现在已经在川西各地处处可见，最远的已经发展到京、沪、广、深等很多城市。在大多数崇州查渣面的店铺中，泡菜都是当天早上才泡的洗澡泡菜，只在当天供应，不会放到第二天再供应顾客。如果到了晚上还没有吃完，顾客可以向店家索取带回家，不收钱。我近年居住在青城山，曾经好几次和几个朋友一道，在晚上去到从青城山到温江的成青快速通道的大路边，在一家我喜爱的路边店吃十分流行的查渣面三件套：一碗查渣面，一碗雪豆炖蹄花，一盘凉拌鸡片，外加免费的洗澡泡菜。临走时，只要大玻璃坛中还有泡菜，就向老板索要，老板总会高高兴兴地装满一个塑料袋让我们带走。

崇州查渣面店铺中的泡菜为什么好吃？很多人不知道，是放了一点糖的，可以叫作甜泡菜。

做洗澡泡菜，当然是为了吃最新鲜的泡菜，玻璃瓶中也不会有老泡菜。可是，在每个家庭的那个或大或小的泡菜坛子之中，则肯定都有在新鲜时没有吃完而留在泡菜坛子之中的老泡菜。老泡菜的特点是既酸且咸，不好吃。不过，家庭主妇们一般都不会把不好吃的老泡菜捞出来扔掉，而会给它安排最好的用处。最主要的用处是养盐水，其次是用于某些特色菜肴的烹制。在我们家，有几种经常的用法。一是用作调料，如做酸菜鱼、烧血旺；二是作为配料，如炖酸菜排骨汤、酸菜胡豆瓣汤；三是直接炒菜，就把新鲜蔬菜和老泡菜都切碎，按一定的比例（按各家的口味来定，比如新七老三）混合之后炒成一道名叫回锅泡菜的新菜。

近年来，四川泡菜已经形成了一个很大的产业，老的泡菜名城新繁和新的泡菜名城眉山的泡菜不仅远销全国，而且走向海外。只不过，这些泡菜城生产的泡菜是把各种腌菜酱菜全部包纳其中，又都已是机械化、规模化生产，和四川千家万户的家庭泡菜早已大相径庭，不可同日而语了。

附带说几句不算题外的话。

在我们四川人口中或者心中，泡菜泡菜，只能是泡菜坛子里捞出来的蔬菜。大约二十多年前，成都有家民营川菜馆异军突起，就是卞氏父子创办的"菜根香"（不少人都说"菜根香"这个名字取得好，是卞氏父子的发明。这话对，也不全对。"菜根香"这个名字的确取得好，但是早已有之，清末时周善培在成都创办了四川省第一个近代化的综合商业体"劝业场"，也就是今天"商业场"，里面有商家一百五十多家，其中就有一家川菜馆叫作"菜根香"。"菜根香"这三个字来源于古代的民谚"吃得菜根，百事可为"。明人洪应明著有《菜根谭》一书，将这种人生哲理传遍全国）。卞氏父子的"菜根香"开办后，开发了改革开放之后川菜产业中第一批成功的创新菜，其中最有名的代表就是热菜中的"泡椒墨鱼仔"和冷菜中的"老坛子"。"老坛子"是什么？就是如今已经发展为超市之中的方便食品"泡凤爪"，也就是泡鸡脚。泡鸡脚也是在泡菜坛子里面泡出来的，但是它是肉食品，不是蔬菜，虽然现在已流行全国，四川人仍然不把它看作泡菜，四川人口中或者心中的泡菜，不把它包括在内。

老胡豆两吃

胡豆的学名是蚕豆，在我们四川都叫胡豆。蚕豆的得名是因为其豆荚的形状像蚕，可是豆荚的形状像蚕的豆科植物很多，所以我更主张叫胡豆而不叫蚕豆。胡豆的得名是因为它是在汉代从西域传入的（多年来都说是著名的张骞通西域时引进的，可是在我国的历史文献中最早见到蚕豆的记载却是晚至北宋的《益部方物略记》一书，此前未见任何记载，近年又有报道说在浙江吴兴钱山漾新石器时代的考古遗址中发现了蚕豆，所以，关于蚕豆的历史还有待进一步的研究），我们祖先把这类外来物品都加上一个"胡"字，如胡椒、胡琴、胡萝卜一样。

胡豆做菜，分为两类。

一类是用嫩胡豆（四川方言是叫青胡豆）做菜，无论是拌是炒，都是美味，这在我们四川十分流行，很多农家种胡豆主要都是用来卖嫩胡豆而不是老胡豆，以致城镇中长大的青少年有很大一部分一辈子都没有见过结在胡豆秆上的老胡豆。有一种吃法很多人城镇人都不知道，就是比市场上出售的嫩胡豆还嫩的胡豆可以生吃。我小时候，每逢春末初夏胡豆荚刚刚鼓起，总要摘下来生吃，微苦带甜。与此同时，把胡豆叶用手轻揉之后放在嘴里吮吸，可分为两层，中间还能起泡，有如今天年轻人吹泡泡的口香糖，很好玩。

嫩胡豆做菜过去多在南方特别是在四川流行，北方很少见。在我记忆之中，北京人过去不吃嫩胡豆，也不吃嫩豌豆，市场上更是买不到。直到改革开放初期，我去北京时要给四川老乡带家乡特产，嫩胡豆总是大受欢迎，另外几种大受欢迎的是豌豆尖、嫩姜、菜脑壳。

另一类是老胡豆做菜，如今在城镇中见者不多。由于我生长在农村，所以我们家一直有用老胡豆做菜的习惯，虽然现已离开农村多年，仍然喜欢用老胡豆做菜，经常做。老胡豆就是成熟晒干的胡豆，在我们家乡口语中只叫胡豆，没有这个"老"字。我在这里称老胡豆是为了和嫩胡豆有所区分，从下文开始，就只称为胡豆。

过去所以爱用胡豆做菜，原因有二：一是便宜，胡豆属于杂豆，多年来价格都只有黄豆的三分之二左右甚至更低。二是方便，秋天出胡豆时买上两升（我们家乡一直到20世纪50年代，市场上卖杂豆仍然是用量器以升计价，而不是用衡器以斤计价）放在家里，如果遇上没法买菜的时候（例如下雨天和下雪天），就吃胡豆。

胡豆的吃法很多，我们家最常做的方法有两种，一热一凉，我都喜欢，直到现在家里还做。

先说热菜"烟锅巴胡豆"。

"烟锅巴"是我们家乡十分常见的东西，人人皆懂，就是抽叶子烟的人把一根卷好的叶子烟抽完之后从烟斗中抖出来的烟蒂，大小就像一颗胡豆，黢黑，有煳味。我们四川的叶子烟在其他地方多称为晒烟（湖南也称晒烟为叶子烟，过去湖南人也是普遍抽叶子烟，我估计叶子烟这个名称是随着晒烟一道在"湖广填四川"时期从湖南传入四川的），是我们家乡位列第一的经济作物，在大春作物的种植面积中仅次于水稻。和我们家乡一河之隔的什邡号称"中国雪茄之乡"，1918年建厂的什邡卷烟厂生产的雪茄是中国第一名牌（改革开放以前我们的国家领导人所抽雪茄就是什邡卷烟厂生产的。毛泽东一生抽烟，晚年经常咳嗽，在贺龙等人的建议下放弃卷烟而改抽的雪茄烟，也是由什邡卷烟厂提供的。1972年3月，什邡卷烟厂派出一个技术小组入京，驻在南长街80号生产"132"雪茄供毛泽东和其他领导人专用，由是可知什邡卷烟厂在我国雪茄产品中的地位），所用原料就是什邡以及川西地区出产的叶子烟，尤以新都、金堂出产的柳烟品质最佳。由于出产较多，所以我们家乡的老一辈男性几乎人人都抽叶子烟，部分女性也抽叶子烟，比今天抽香烟的比例高得多得多。如果要开群众大会，会场中的情景在白天是烟雾缭绕，晚上就是烟光闪烁。公社化时期生产队要分的实物清单中，除了粮食、现金和蔬菜之外，排位第四的就是分叶子烟。当时的政策，分叶子烟不是按人头，而是按抽烟人数（我们家乡叫"算烟杆"），好多家庭为了多分一份叶子烟，就让家中的小孩也在嘴里含上一根烟杆装着抽烟。今天回想起来，生产队开会时男女老少人人嘴里含着一根烟杆的画面应当是十分可笑，可是在当年却是司空见惯。正因为抽叶子烟太普遍了，"烟锅巴"太常见了，所以，我们家乡的先辈们就因为这种胡豆的形状颇似"烟锅巴"而把这道菜叫作"烟锅巴胡豆"。

"烟锅巴胡豆"的做法不难，家家会做。先把胡豆洗净晾干，放在锅中小火慢炒，再改中火，直至炒得完全熟透，外皮发黑微煳。这时把冷水掺入锅中，利用冷热相激的作用让坚硬的胡豆不再坚硬，同时加火煮，煮"㞎"之后滤干水汽，晾冷待用。

每当妈妈炒胡豆的时候，我一定站在灶台旁边。妈妈一边轻声骂着"不想吃锅巴就不来傍灶头"，一边铲一小碗炒熟的胡豆给我拿去当干胡豆吃。但是我们家吃干胡豆有一个严格的规定，必须要把刚炒熟的胡豆放到水缸下面的地上去摊晾。妈妈说："炒胡豆火重，要让水缸下面的湿气去去火才能吃。"

四川方言中在多数情况下都把软叫作"㞎"，读音应当是"pā"，改革开放之后，四川的方言词汇"耙耳朵"（就是"妻管严"、怕老婆的男人）愈来愈响，走向全国，一些单位成立了非正式的"耙耳朵"协会，制订有非正式的《耙协章程》或《耙耳朵三大纪律八项注意》，四川的方言版电视节目《耙耳朵的幸福生活》《幸福的耙耳朵》已经演了多年。

煮"耙"之后又滤干了水汽的耙胡豆表面是黑黢黢的，一点也不漂亮。这时在锅放点清油，烧热后把耙胡豆放下去用小火慢炒十分钟左右（如果要用比较准确的烹饪术语，这样的小火慢炒在川菜厨师口中不应当叫炒，应当叫煸），完全炒干的胡豆顿时会释放出一股奇特的香味，此时放一点毛毛盐之后起锅，在碗中再撒上花椒面，美味佳肴烟锅巴胡豆就成功了。它的特色是有盐有味，干香干香，略带一丝煳味，下酒下饭皆宜。年轻时我一口气可以吃上半碗，如今也可以吃这样多，只是家里有监督，不准。

多年来，我吃过最好吃的这道美味当然是妈妈做的。在成都的餐馆中只见到一次，是在瑞联路上以乡土菜著称的"宽庭"。我在点菜时见到菜谱上有一道菜叫"川北回锅胡豆"，立即有了兴趣，点了。端上来一看，做法和我们家的烟锅巴胡豆相似，却是用比较老的嫩胡豆做的，完全没有那种诱人的干香和微煳味。不行，此后再也不点。

一看到这里，非四川人可能就会退避三舍了，因为多数非四川人有点怕花椒。这道菜的味型是典型的椒盐味，必用花椒面，而且必须是出锅后才撒，用量则根据各人对花椒的喜爱程度而定。在我们家，花椒面的用量比较大，大约与盐相等。

川菜烹饪用花椒面，不能下锅见高温，只能是起锅后再放，否则香味大减。这是一条多年相沿不改的规矩，包括中外驰名的麻婆豆腐在内。如果你在哪个餐厅见到做的麻婆豆腐是在锅中放花椒粒或是在起锅之前放花椒面，那都不可能称之为正宗的麻婆豆腐。

再说凉菜"醋渍胡豆"。

我们的祖先很早就在吃渍胡豆了。宋代著名诗人宋祁写过一篇《佛豆赞》："豆粒甚大而坚，农夫不甚种，唯圃中莳以为利，以盐渍食之，小儿所嗜。"这里的"佛豆"就是胡豆，"以盐渍食之"就是用盐水（应当是主要用盐水，很可能在盐水中还要加入其他调料）渍胡豆。

"醋渍胡豆"前一段的做法和"烟锅巴胡豆"相同，就是先要把洗净晾干的胡豆炒得熟透。

锅中炒胡豆的同时，准备调料。调料不复杂：泡菜水、藿香、盐、酱油、豆瓣、熟油辣椒、花椒宰成小粒、红糖、小蒜片、小姜片、葱花，以上调料装在一个可以盖紧的容器中，掺进晾冷的开水，兑成汁水。

把锅中炒得熟透的胡豆一下子投入装有汁水的容器中，盖上盖子，利用冷热相激的原理，让汁水慢慢浸渍，半天工夫，胡豆就会变炠，更重要的是汁水的味道就会完全浸入胡豆，成为一道蜀中名菜"醋渍胡豆"。

"醋渍胡豆"这道菜在四川各地比较常见，成都的一些以乡土菜为号召的餐馆中也有卖的，但是都不如我们家做得好吃，关键就在于泡菜水、藿香。

顾名思义，"醋渍胡豆"的特点是醋，主味是酸。可是，我们家乡的先辈从生活实践中发现，如果要做"醋渍胡豆"，酸菜水的酸味远比醋更香更鲜更有特色，于是弃醋而用酸菜水，大获成功，辈辈相传，直到我们这一代。

酸菜坛中泡酸菜的水，就是酸菜水，我们家乡称为"盐水"。为什么酸菜水在做某些菜肴时会比醋的味道好？我不是专业人员，无法做微量分析，只能有一种估计：在泡菜的过程中，各种蔬菜，特别是不能或缺的辣椒、嫩姜、蒜薹、芹菜等，会把自身的一些味道浸透到酸菜水中去，让酸菜水除了具有最鲜明的咸味与酸味之外，还会有一些说不清道不明的鲜香，这种综合的味道，正是让"醋渍胡豆"成为美味佳肴的重要原因。

为什么要放藿香？只能说这也是祖先的优选。藿香是民间常见的草本植物，入药，具有浓烈的芳香。常见川菜中有两道菜必用藿香，也是一热一凉。热菜是藿香鲫鱼，凉菜就是"醋渍胡豆"。由于我家爱做"醋渍胡豆"，所以门前栽有几株藿香，春夏秋三季都有藿香叶片可摘。冬季化苗，次年春天又会蓬蓬勃勃地长出来。如果自己想栽，春天的市场上有苗子卖，每株两元。

绝配豆汤

我们身边的常见食物原料中有那么几种，各种烹饪方法在它面前都显得笨拙不堪，甚至束手无策，做不出好吃的菜肴来，唯有一种烹饪方法可以制服它。也就是说，这种食物原料只有一种烹饪方法可以做出一道好吃的菜肴来，老豌豆或者说干豌豆就是这样的食物原料。

我也算是一个好吃嘴，吃过不少地方，问过不少食客，都说只知道嫩豌豆好吃，不知道老豌豆可以做成什么好吃的东西。北方有把老豌豆磨成浆磨成粉之后再加工的，如豌豆黄、豌豆糕之类，不过那是小吃，不是菜肴。在一些菜谱上有豌豆泥这道菜，但是不受欢迎，基本上没人做。

据我浅闻，只有我们成都地区的豌豆汤算是用老豌豆做成的美味佳肴，而且不是一般的美味佳肴。

豌豆汤分为荤素两种，但是都要先把豌豆（最好是大白豌豆）煮得软烂，豌豆之所以不好吃，主要原因是有一股豆腥味。不知道是什么原因，煮爬之后豆腥味就会消失过半。过去我们家吃豌豆是自己煮，现在有的农贸市场有爬豌豆卖，自己就不煮了。不过买爬豌豆时一定要用舌头仔细尝一尝，看有没有碱味。有些不良商家为了节省燃料和时间，在煮豌豆时加入纯碱，不仅会大大破坏豌豆的口味，更重要的是对人体有害。

素豌豆汤的做法比较简单。锅中放入清油和猪油的混合油，八成熟时放入姜米，炒上半分钟，下爬豌豆，炒上两分钟，加水，烧开后放盐，两分钟后起锅，撒葱花。这种价廉物美、省时省事的豌豆汤很香，很好喝，是我们家全年喝汤的首选品种，我在成都住家时饭桌上经常都有它的身影，可以品尝它的味道。近年住在青城山，买不到好的粑豌豆，还会在从成都到青城山来的时候，买一些粑豌豆带过来。这种豌豆汤的香味一是来自用混合油炒粑豌豆出的香味，二是来自姜米和葱花，特别是姜米，是出味和提味的关键。成都有的餐馆卖豌豆汤或者豆汤饭，却不知道用姜米，就完全没有特色，难称美味。改革开放以后，在成都出现了一家很有名气的餐馆叫"公馆菜"，第一家开在科华路，第二家开在杜甫草堂北门，名为"姑姑筵"（这是借用了20世纪30年代成都著名私房菜馆"姑姑筵"的旧名）。老板叫李超白（又名黎华白），原来是西南民族学院的教师，因为我也懂点川菜，所以我俩成了朋友，他隔些时候就要请我去品尝他的菜肴。有一次在"姑姑筵"吃饭，上了用高汤制作的精致版豌豆汤，而且是每人每份。我一尝，没有放姜米，建议改进。当即重新做了一次，放了姜米，味道为之一变，大家立即赞不绝口。

荤的豌豆汤比素的更好吃。

这里的荤，不是加入猪牛羊肉，也不是加入鸡鸭鹅兔，而是最不起眼、最便宜的猪大肠，四川称为肥肠，所以叫作肥肠豆汤。做法就是在煮豌豆的同时就加入肥肠一起煮，豌豆和肥肠都粑了，只要加入盐、葱花和姜米就成了。

世间就有这样的奇怪事，豌豆有豆腥味（严格来说，我们常吃的豆类多多少少都有这种豆腥味，油炸后都可除去，但是油炸之后原来的本味基本上也就没有了），肥肠有更为强烈的肠腥味，可是把它俩放在一起，小火慢慢地煮，它俩原来的相当难吃的腥味都不复存在了，反而出现了一种浓浓的香味，让人欲罢不能，爱不释手。我曾经不止一次在最挑剔的年轻人中试过，一些过去从来不吃肥肠的人（特别是一些厌恶肠腥味的女士），却完全可以接受肥肠豆汤，有些吃了还想吃，爱上了肥肠豆汤。

为什么会出现这样的变化？在肥肠豆汤面前，我又遇上了多次遇到的难题，因为不是专业人员，没法进行微量分析，说不出个子丑寅卯来。

这些年，我不止一次举办过有关川菜的讲座，在四川电视台更是做过大约两百期有关川菜的节目，我多次讲过这样一个问题：搭配。在烹饪技艺中，不同食材的搭配至关重要，而在各种已知的成功搭配之中，肥肠搭配豌豆做出的肥肠豆汤是最成功的搭配，甚至堪称绝配。它把最不起眼、最便宜的两种食材放在一起，有如变魔术一般变了一道成都名菜。为此，我曾经在讲川菜时把这件事用形象化的语言叫作"两臭相配变一香"，作为川菜烹饪讲究搭配的一个典型案例。

在成都街头，至今仍然有多家以肥肠豆汤为招牌菜的餐馆，人们称之为豆汤饭店。而在多家豆汤饭店之中，又以挂着"府庙豆汤"招牌的店家把胸脯挺得最高，因为"府庙豆汤"是成都餐饮界公认的最资格的肥肠豆汤，无可出其右者。遗憾的是，如今挂着"府庙豆汤"招牌的店家中，多数年轻从业者已经说不出"府庙豆汤"招牌的来历了。虽然吾生也晚，但是有幸吃过真资格的"府庙豆汤"，所以还有一点发言权。

我是1957年从绵阳高中考进川大的。川大在九眼桥，如果要进城（当年进城往往都是两个目的，一是到春熙路逛书店，二是到锦江剧场或三益公看川戏），又舍不得花钱坐公共汽车，只能步行。步行的路线有二，一是不过九眼桥，走致民路、新南门、打金街；二是过九眼桥，走水井街、水津街、东大街。如果是沿后一条路线，又遵守交通规则，行人靠右走，在东大街上就必经城隍庙。那时的城隍庙很闹热，院坝中摆有一些小摊，年轻的我当然要进去逛耍。逛耍时有一个必不可少的项目是寻找价廉物美的食物，最佳的选择是大量食客"打拥堂"的豆汤饭。虽然连个铺面都没有，就是在院坝中间摆放了几个可以抬着移动的炉灶（我们家乡叫"行灶"，"行"字是不是应该这样写，没有把握），加上几张简易的桌子。桌子不是方桌，而是长长的条桌。我如果进城、进城隍庙，肯定不会是下雨天，所以下雨天豆汤饭是否开堂营业就不知道了。估计是不开堂。

　　我已经记不清当年的豆汤是多少钱一份了，只记得是绝对的价廉物美，否则不会是我的首选。买一份豆汤，把一大碗饭泡进去，有菜有汤，有盐有味，如果再买一份也很便宜的凉拌凉粉，其味道就更加丰富而鲜美，记忆中还有蒸菜和凉拌的肉菜（豆汤的味道是鲜香清淡，对于习惯吃麻辣味的川菜食客来说，再加上一份红油、麻辣、蒜泥等味型的凉菜，就是一种颇佳的配搭，所以比较讲究的豆汤饭店必定有较好的凉菜，荤的如凉拌心舌、耳片，素的如凉粉、三丝）。读本科那些年没钱，没吃过。读研时有了助学金吃得起，都吃过，味道不错，印象很深。不仅我自己爱吃这家豆汤饭，还拉着和我同居一室五年的两个老同学一道去。谌贻祝是湖南人，不挑食，和我一样爱上豆汤饭，好理解。项楚是浙江人，挑食（他挑食时有些奇谈怪论。例如我喜欢啃兔脑壳和鸭脑壳，买卤菜时喜欢猪耳朵和猪拱嘴。这些食物中他只吃猪耳朵，另几种有"嘴"的他都不吃，理由是吃这些"嘴"就有如和这些动物亲嘴），竟然也能跟着我去吃豆汤饭，真有点出乎我的意料。

　　这样的豆汤饭在成都有好多？不知道。但要问有多大影响？仅说一事即可。你如果到成都任何一个川菜馆或者农贸市场，只要是与吃有关的地方，你只要说到"豆汤"或者"豆汤饭"，绝大多数人都会知道，你指的是豌豆汤，指的是配上豌豆汤的饭。他们绝对不会把"豆汤"理解为黄豆汤、绿豆汤、胡豆汤或者其他什么豆的汤。因为在成都人心中，如果要说豆汤下饭，只有豌豆，其他诸豆均不考虑。

当年读研时学的是甲骨金文，没有关注乡梓文化，虽是天生好吃嘴，却没有研究过成都美食。三十年后，我从一个好吃嘴升级为所谓的美食家，花了一些时间关心成都美食，才从老一辈那里知道，当年我所喜爱的东大街街边的豆汤就是成都第一豆汤——"府庙豆汤"。《锦城旧事竹枝词》有云："豌豆如泥肥肠炖，钟敲府庙客喧哗。烧香出殿门前坐，汤鲜饭饱味道佳。"

为什么冠以"府庙"二字，因为那里是成都府城隍庙。

自从明代以来，我国汉族地区凡城池之地均建有在阴间保护一方平安的城隍庙。成都这个城市在我国所有的古老城市中十分特殊，从唐太宗年间开始，不仅是府县同城，而且在一个城圈圈之中分设两县，即东边的华阳县和西边的成都县（同样的情况只有在古老的都城西安、北京、南京有过，除了都城之外在江浙的人口密集区个别城市短期有过）。也就是说，在一个城圈圈之中不仅有成都府的衙门，还有华阳县衙门和成都县衙门。按照阳间和阴间相对应的古制，在一个城圈圈之中也就有成都府城隍庙、华阳县城隍庙和成都县城隍庙。此外，因为在成都西门外有一片很大的无主坟地，为了管理太多的孤魂野鬼，所以在西门外还有都司城隍庙。为了让这四个城隍庙在阴间共存共荣，为了协调四个城隍庙之间可能出现的不协调因素，成都又修建了一个都城隍庙。这样一来，成都就有着五个城隍庙。东大街上卖豆汤饭的这个城隍庙就是成都府城隍庙，简称府庙。在府庙中卖出了名的豆汤，当然就叫府庙豆汤。

一个城市为什么要修建城隍庙？修建了城隍庙又用来干什么？成都这五个城隍庙的具体情况如何？如果有读者对这些问题有兴趣，请参阅拙著《成都街巷志》。此处不赘。

从"红卷儿"到干苔菜

改革开放以前在报纸上见到说外国有一种东西叫冰箱，自己会制冷，把食物放在里面之后就变得冰凉冰凉，放好久都会新鲜如初，不会变馊。当时真是有点难以相信，世界上还有这样的好东西？这样的好事？我这一生能够看见吗？

第一次见到真正的冰箱，吃到人造的冰凉食品的时间，至今记得一清二楚，因为这是此生亲身体验近代工业文明成果的重要时刻，成都方言叫"开洋荤"。那是改革开放初期的1985年，我到北京出差时，到科学院（当年还没有成立中国社会科学院，今天的中国社会科学院各学科在那时是中国科学院的哲学社会科学学部，地点还是在建国门内，只不过今天是高楼大厦，当时还是以两层小楼为主的一个院落）历史研究所去找老同学们玩。改革开放以前，川大历史系的中国古代史学科很强，毕业生质量高，所以科学院历史研究所历年被分配进所的大学毕业生中（改革开放以前我国的研究生数量极少，1962年以前也没有招考制度，是在本科生毕业生分配时直接分配极少数的毕业生给某位老师做研究生，曾经短期按苏联的学制称为副博士研究生，不久即被取消。1962年我国首次实行报名考试的研究生招考制度，没有学位，全国所有高校和科研机构总共招收了八百多名，我很侥幸地成为了其中的一员），川大比例最高，超过北大和复旦。我的本科和研究生都是在川大历史系读的，所以历史研究所中有很多川大历史系的师兄师弟，我每次去北京，必然要去历史研究所玩。这次去，是在改革开放之后的第一次，也是我从监狱中出来之后的第一次，几个老同学玩得很高兴。因为时值盛夏，当时又还没有空调，大家都热得难受，比我低一个年级的李维农突然提议说："走，我带你去玩个格，到周师兄家里去吃冰镇西瓜。"周师兄叫周远廉，比我高好几个年级，我和他一点也不熟，但是李维农和他熟。周师兄这年去日本学术访问，按当年的有关规定买回一台冰箱（当年的规定是，因公出国者如果在国外挣到了外汇，可以在冰箱、彩电、洗衣机三种大件商品之中选择一件带回国内，不用纳税，这就是当年颇为流行的"三大件"），这些日子冰箱里经常放有西瓜。于是，我俩换乘了两路公共汽车去到周师兄家，直接说明来意，师兄当然很大方，捧出冰镇西瓜让我们两个"棒客"大吃特吃（四川民间开玩笑，在很熟的朋友中把主动上门要东西吃的这种客人称为"棒客"，即土匪）。根本不用描述就可以想象，大热天，吃西瓜，还是冰镇西瓜，更是平生第一次亲眼看到从冰箱之中拿出来的冰镇西瓜，那是何等高级的享受！怎么可能不是终生难忘？

我过去也不是没有吃过比较凉的西瓜，那是我在成都盐道街26号居住时向邻居学的土办法。下班时买回一个西瓜，洗干净后丢进水井。晚上全家坐到一起时，用水桶把水井中的西瓜打捞上来再吃。这时的西瓜就不会有热气，比较凉。可是，那只能是没有热气而已，哪里能和冰凉二字联系在一起！

为什么对冰箱如此感兴趣？就因为它能够让食物特别是蔬菜和肉类长期保存，而多年来千家万户对这事都是头痛不已。

在我们家乡，要想保存蔬菜和肉类食物，不外是两种方法，一是加盐，一是晒干。可是这两种方法都会让食品丧失原来鲜活的本味，是不得已而求其次的无奈之举。

当然，我们的祖先经过长期的优选，也在加盐和晒干的两种基础手段之中加工出了一些可口的食品，如火腿、腊肉、香肠、板鸭、榨菜、冬菜、芽菜、盐菜、大头菜、雪里蕻、霉干菜、酸菜、泡菜等。人们对这些食品都比较熟悉，我这里想说的是人们不太熟悉的几种干菜。

实话实说，家庭主妇做干菜也是一种不得已而求其次的方法。一来是因为过去的蔬菜品种不多，想要变更一下吃法，调剂一下口味。二来是因为旺季和淡季的差别很大，旺季时有的蔬菜很便宜甚至"滥市"，很少钱买回一大堆用来加工成干菜，物美价廉，总比没有菜吃要好。

我们家乡的第一首选干菜是萝卜干。萝卜干又分为两种，一种是水萝卜，一种是白萝卜。

水萝卜干在成都地区有一个专门的名字叫"红卷儿"，为什么有这个名字？估计是这样的原因：水萝卜大小粗细相近，肉质较紧，民间晒"红卷儿"时都不是切成条或片，而是把一根水萝卜密密地从头到尾切成交叉状切口，深度大约是水萝卜直径的三分之二（我学着切过，在手艺欠佳时可以用一根筷子垫着切），提起来一抖，一根水萝卜就会成为螺旋状的一串。把一串串切开的水萝卜搭在绳子上晒干，就成为更加紧密的起卷卷的小串。"红卷儿"的名字应当就是由此而来。

水萝卜干做菜的最佳方式在多数家庭中都是一种，就是在用开水发涨之后切成丁来凉拌。凉拌时一定要加上豆腐干和脆花生米，味型应当是红油。水萝卜干又脆又香，花生米也是又脆又香，配搭上虽然不脆却另有一种香味的豆腐干，在红油味的麻辣微甜大氛围之中只有那么好吃了。多年来，就是这样的唯一的烹饪方式，使这一道凉拌水萝卜干成为了川菜名菜，几乎所有人都喜欢，有的人甚至称它是川菜凉菜中的第一美味，不少川菜馆也都有这道菜。正因为这道菜太受人欢迎，所以无论春夏秋冬，在成都街头都有可能见到挑担贩卖"红卷儿"的小贩，近年在一些超市中也出现了它的身影。只不过，摆放在超市之中的"红卷儿"不说小孩不认识，很多青年人也不认识，往往要问："那个红的卷卷是啥子？"我们家过去是自己切水萝卜来晒，现在都是买"红卷儿"了。买上半斤回来，一次发一点，可以吃上好几顿。

白萝卜干比水萝卜干更加普遍，不少家庭都要在白萝卜"滥市"时买回大量白萝卜切成条来晒干，在四川方言中如果说白萝卜干时，往往都不用加这个"白"字，只要说萝卜干，别人就会知道是指的白萝卜干，而不会误解为水萝卜干。多年来，我在城乡各地都常常看到晒有白萝卜干的长长的绳子。

白萝卜干的吃法比较多，这里只谈两种。一种是太有名，一种是太特别。

先说太有名的。

把白萝卜干加盐，拌入麻辣调料，是非常普遍的家常菜，过去少有卖的。近年来农产品的深加工产品愈来愈多，不少手工作坊生产麻辣萝卜干，超市中也出现了袋装的方便食品麻辣萝卜干，成都郫县农科村（这也是全国有名的"农家乐"旅游的发源地）的杨氏萝卜干还成了知名度很高的名特产品，吸引了好多人专门来购买。如果把这样的萝卜干买回家切碎，和水豆豉混合起来，萝卜干脆生生的，水豆豉软绵绵的，那就更加好吃。好吃到什么程度？且举一例。

1992年，当时在全国很火的中央电视台《正大综艺》栏目摄制组来成都拍摄成都专辑，请我担任他们的顾问。在室内工作结束之后，外景主持王雪纯向我提出请求，希望我能参加她们的全程拍摄，她说有好多问题想向我请教，和我交流。她的诚挚和谦逊感动了我，遂破例同意了她的请求，参加了为时一周的全程拍摄。在一周的共同生活中，我和她成了可以深入交谈的忘年交。临别前夜，我在由我担任顾问的子云亭饭庄设宴欢送她们，请她们品尝由我安排的最正宗的川菜。席间，她送了我一份很小却很特别的礼物，我也送了她一份很特别却不是很小的礼物，一大包，两公斤，就是农科村杨氏萝卜干加水豆豉，我认为应该是她们这些女孩的最爱。果然不出我所料，两天之后，雪纯从央视打来电话，说她们因为要交还各种设备，回到北京是先到台里后回家。她到办公室之后，同事们问她带了一大包什么东西，她说是好吃的。大家要她打开，她就打开让大家看，有的女孩要尝尝。一人尝引来众人尝，众人尝变成众人抢，"上山打猎，见者有份"，一下子就被分光，她也只能得到一小包带回家去。她问我："你告诉我，这种又香又辣的东西叫什么名字？我应当怎么给我妈妈介绍呀？"

再说太特别的。

近年来，成都有好几家川菜馆推出了一道新菜，叫"风萝卜炖腊猪蹄"。我最先是在随园吃过，后来在红杏、大蓉和等川菜馆都吃过。说实话，我过去不仅没有吃过这道菜，甚至根本就不知道这道菜，听说原来流行在自贡等川南地区。"风萝卜"是当地的方言，就是用风吹干的白萝卜干。四川民间过去常见的是用普通猪蹄炖大雪豆，不知是哪位美食家发现，用腊猪蹄来炖风萝卜特别香，于是有了这样的一道新菜。我承认，这是近年来我所接触到省内其他地方传入成都各种美味之中我最为喜欢、最为佩服的一道菜，也是萝卜干的最新吃法，只要川菜馆有这道菜，我是必点。

腊肉是四川家家常见的食品，过春节时家家都必须要煮腊肉，团年饭上必须要上腊肉。可是，对于煮了腊肉之后的汤的评价却大相径庭，有些家庭说是有一股烟熏味，难吃，只能倒掉；有些家庭说是那股烟熏味才香，要用来煮菜，诸如白萝卜、菜脑壳、儿菜、青菜都可以煮。我家属于后者，我尤其喜欢腊肉汤煮菜。可是，为什么风萝卜一定要炖腊猪蹄而不是普通腊肉？不知道。我的估计是这样的：第一，腊猪蹄有骨有肉又带皮，有一种特别的味道，比普通腊肉还香，这种特别的香味只有吃过才能知道。第二，风萝卜上晒干又发涨的萝卜，不仅保留了萝卜的味道，而且是把萝卜的味道更为集中，不但有生脆的口感，更有甜丝丝的味道，和腊猪蹄的淳厚咸糯形成一种滋味丰富的反差。第三，腊猪蹄是砍成坨坨来炖的，是一坨一坨地和风萝卜一道吃的。如果是普通腊肉，必须要把大块腊肉从汤中捞出切成一片一片地吃，和风萝卜就不能组成一道菜了。

除了萝卜干之外，我们家乡还有其他好多菜都可以晒成干菜。莲花白、白菜和青菜是生晒，晒干之后接上盐，装进倒罐或坛子里，过些时间就是我们所叫的"盐菜"，可以吃一年，是民间最普通的干菜。除了煮汤、炒菜，也用于蒸咸烧白。咸烧白最好的底料是芽菜，其次是冬菜，最普通的就是价廉物美的盐菜。蒜薹和豇豆也可以晒干菜，但是要在开水中"燎"一下（"燎"是四川方言，就是余）之后再晒。

这些干菜都比较常见，不用介绍，只介绍两种今天已不多见的。

对于在成都平原长大的我们这一辈人来说，对苕菜不会陌生，但是今天的年轻一辈很可能就有些陌生甚至可能不知道，也有可能在农贸市场见过，却不知它是生长在哪里（就在前不久，我有意考几个已经大学毕业几年的年轻人。我问："你们谁见过生长在田地里面的花生？"有的说"没见过"。有的说"不应当生长在田地里，应当是结在树上"。还有的补充说"对，我知道核桃就是结在树上的，花生也应当是结在树上"）。

"苕"是我国先民很早就在食用的蔬菜，古代文献中最早见到的记载是《诗经·陈风·防有鹊巢》中的"邛有旨苕"，翻译为现代汉语就是"土丘上长着肥美的苕"。这里的"苕"是什么呢？按三国时期学者陆玑在《毛诗草木鸟兽虫鱼疏》中的解释，是一种细蔓，紫花，可以食用的植物。后世研究者都认为就是后来的小巢菜，就是今天四川的苕菜。

最早对苕菜进行过最详细最生动的介绍的是我们的四川老乡苏东坡，他在黄州生活时写有《元修菜》一诗并有序，他在序中说："菜之美者吾乡之巢，故人巢元修嗜之，吾亦嗜之。"因为是巢元修特地从蜀中家乡给他带来了种子，才得以在黄州播种收获，才得以有此美食，所以他又称之为"元修菜"。苏东坡的《元修菜》一诗比较长，此不引述原文，有兴趣者可以查找阅读。只要你一读此诗，就会发现他笔下的"巢"或者"元修菜"的形状、烹饪方法、栽培时期、特别宜于翻到土中用作绿肥等特点，完完全全就是今天我们所说的苕菜。陆游也写有《巢菜》一诗，在序中明确说："蜀蔬有两巢：大巢，豌豆之不实者；小巢，生在稻畦中，东坡所赋之元修菜是也。"

著名诗人流沙河是四川金堂人，他写过一篇回忆文章叫《马苜蓿与小巢菜》，对苕菜有十分细致的描绘："小巢菜真是一种神奇植物，水稻收成完后，遍田撒播种子，不用管理，深秋蓬勃蔓生，紫花开放，逗人怜爱。来年开春，割蔓作猪饲料。割蔓之前，采摘嫩茎，糁以米粉，撒以姜颖，放以猪油，烹而食之，软香滑糯，终生难忘。五十年前，朱德居京，思念此物，成都平原新繁县农民采一筐送去，致使元帅食指大动。上个世纪七十年代后期，我在故乡劳作，曾率小儿到乡下去下田采摘，兜满衣襟，烹熟仅一小碗。吾蜀不呼小巢菜名，通称苕菜，苕字用讹，应作巢菜。据苏轼说，道士巢元修嗜此物，故名。"

如果要把苕菜细分，我们家乡有细叶的和圆叶的两种苕子，细叶的也称为江西苕（从名称上看，有可能是清代初年"湖广填四川"时从江西传入四川的），圆叶的也称为马苕，都是栽种十分普遍的小春作物。

儿时不懂，都叫苕子。长大后查了一下，细叶的是应当是巢菜中的小巢菜，圆叶的应当是紫云英。为什么我们家乡都叫苕子？我就不知道了。苕子种子很小，不如油菜籽大，每年收割大春之后撒播，不久田中就是一片绿色的地毯。第二年开春以后，生长更为茂盛，密密麻麻，高约两尺，开紫花，我们这群"废头子"（四川方言，即淘气包）娃娃可以在苕子田中尽情嬉耍甚至连续打滚翻跟斗，好耍极了。大人们栽种它既不是为了收获种子，也不是为了吃它的茎叶，而是为了"沤"，就是春末在苕子田耖田（四川方言，即犁田），将茂盛的苕子翻到泥土之下，再放水淹田，让苕子在泥水之中沤烂，待田中水汽稍干，就可以栽叶烟了。用今天的科学术语，就是将苕子变为绿肥，以供叶烟生长的需要。过去没有化肥，我们的先辈就是用这种方法供给叶烟所需要的大量的氮肥。在栽种作为绿肥这一功用上，两种苕子完全一样。但是在作为食品的功用上，细叶的苕子嫩，好吃，我们吃的都是细叶的苕子。圆叶的苕子不嫩，不好吃，多用来喂猪。

在耖田之前的整个春天，把苕子的嫩芽掐下来，就是一种蔬菜，就是我在前文所说的苕菜。现在有化肥了，农民不再栽种绿肥，所以田野里苕子已经变得相当罕见。我近年长住青城山下的太平镇，赶场天在农贸市场上偶尔可以买到，我们家几乎是见到必买。苕菜的做法是先炒再煮，特服米汤。四川民谚"苕菜服米汤，娃娃服妈诓"就是这样来的。在四川方言中，这个"服"的本义是服从、听话，在这里已经从服从、听话引申为分不开、离不得、最佳搭配，煮苕菜必须用米汤才好吃，否则难吃。现在家里没有米汤，只能用大量勾芡的办法来勉强代替。虽然如此，我家还是逢苕菜必买，因为它好吃。

可是，如今很多人都不知道，最好吃的苕菜是把鲜苕菜变成干苕菜，因为干苕菜比鲜苕菜香得多。把鲜苕菜变成干苕菜的办法有两种，不太讲究的是直接晒干，讲究的是炒蔫之后再晒干，后者当然更胜于前者。干莙菜有两种吃法，一种是用过年时煮腊肉的汤煮莙菜，特别香，特别好吃，应当是腊肉汤配菜的最佳选择。另一种是在做粉蒸肉时用来垫底，干莙菜被粉蒸肉的油汁浸透蒸熟，那一个难得的美味，真是不摆了。

著名的大作家李劼人同时也是著名的乡土文史大家和美食大家，他曾经在成都指挥街开设了著名的川菜馆"小雅"，在自己研发的新菜中有一道名菜叫"粉蒸莙菜"。这道菜早已失传，至今还没有厨师研制恢复。据我分析，这道"粉蒸莙菜"所用的莙菜肯定是用的干莙菜，至于是不是有如今天粉蒸肉的做法，就不敢随意猜测了。我估计，很可能是。李劼人先生的"小雅"没有长期开设，但是"小雅"菜谱却对后世的厨师颇有影响，现在的川菜馆中有一道菜叫莙菜狮子头，应当就是川菜厨师在淮扬菜的基础上承继了"小雅"的创新改良而成的。

在精致的川菜馆中，吃莙菜是一种特殊风味的享受。在农村，吃莙菜却往往是用来充饥。满田莙菜蓬勃生长的季节正值春季，大春的收获（我们家乡主要是稻谷）快吃完了，小春的收获（我们家乡主要是小麦）还未成熟，这就进入了农村中最艰难的春荒时期，也就是农村民谚所说的"神仙难过二三月"，即夏历的二月和三月。这时，丰产的莙菜就成了不少人家度春荒时的主食，可以把鲜莙菜在煮稀饭时加进去成为莙菜稀饭，也可把干莙菜打碎加进大米中煮干饭。因为打碎的干莙菜煮熟后其形状有如白饭中的蚂蚁，我们家乡都把它叫作蚂蚁饭。这种蚂蚁饭我吃过，好吃，有香味。

遗憾的是，我已经好多年没有吃过干莙菜了。原因很简单，现在种莙子的已经很少了。莙子的嫩芽水分重，要二十多斤鲜莙菜才能晒出一斤干莙菜。改革开放后只有一年我家有干莙菜，那是我们家的老邻居、我父母在广济小学的老同事孙德鉴老师听说我想死了干莙菜，利用他在绵竹的各种关系，才帮我买到半斤。年高的孙老师的深情厚谊让我感动，一包干苕菜更是成了我的乡愁所寄。我没有马上吃它，而是精心地保存着，想等过年时煮腊肉汤。可能是因为晒得不够干，没过多久竟然发霉了，不能吃了。当时真是难过得要死，今天想起来仍然有一阵阵心痛。唉，此生肯定是再也不能享受干苕菜的美味了，遗憾呀，真是遗憾！

和干苕菜相近的美味是干蕨。

我国山区广泛生长着一种十分常见的蕨草，多年生草本，不择土质，处处可见。每到春天，就会冒出根根嫩芽，形状颇似蒜薹，我们家乡都叫蕨薹（我国其他地方多叫蕨菜），可食，因为是野生的，所以很便宜。小时候听妈妈说"鲜蕨薹服油，还夹口（四川方言，就是涩口），素炒不好吃"，所以我们家从来不吃鲜蕨薹，而是把便宜的蕨薹先用开水燎一下，然后晒干，等冬天蔬菜品种少时再吃。不用肉，只放一点清油，炒出来很香，我们全家都爱吃。

可能很少有人知道，野生的蕨薹在我国的食用历史很早很早，不仅我们在吃，很多名人都在吃。《诗经·草虫》中就有过"陟彼南山，言采其蕨"的记载。李白在《忆崔郎中宗之游南阳遗吾孔子琴抚之潸然感旧》一诗中说他"昔在南阳城，唯餐独山蕨"。陆游诗中的记载更多，甚至在《陶山遇雪觉林迁庵主见招不果往》一诗夸奖到"箭笋蕨菜如蜜甜"的程度。怎么可能"如蜜甜"呢？诗人的夸张让我都觉得有点过。如果去网上一查，古人吃蕨的记载很多很多。最著名的故事就是殷商末年"耻食周粟"的伯夷、叔齐那两位先生，躲进首阳山后吃什么呢？不是别的，正是蕨菜。

近年来城市中流行野菜热，蕨薹也成了餐馆中一道菜肴，一般都是用的新鲜蕨薹。可以炒肉丝，可以凉拌，为了不涩口，都是煮了之后又漂上一天。我吃过几次，虽然不怎么香，也不觉得有多么涩口。可是，我在餐桌上多次问过年轻人："这是一道什么菜？生长在什么地方？你们见过没有？"没有一个答得上来。不久前，我在超市中已经见到加工之后的干蕨薹，买的人不多，估计是今天这一辈家庭主妇都不知道干蕨薹比新鲜蕨薹更香。

我在大凉山生活时，见到当地的彝族同胞在春荒缺粮时有两种获取野生植物淀粉的方法，一种是挖葛藤的根来取葛根粉，另一种就是挖蕨菜的根来取蕨根粉（当地叫蕨基粉）。我见过但是没有吃过。近年来超市中出现一种蕨根粉条，宣传说营养极为丰富，有降血压血脂等诸般功效，还会防癌，故而购买者众。啊，原来就是过去大凉山上用来度荒的代食品蕨基粉。

也是在近年，儿时吃蕨薹的好滋味记忆犹新，却从网上得知一个有如晴天霹雳一般的信息：蕨薹有毒！蕨薹致癌！医学家们告诉我们：蕨薹有毒，日本科学家已经从蕨薹中分离出有毒物质"原蕨苷"！植物学家告诉我们：蕨薹是目前已经科学实验证实的天然植物致癌的唯一的一例！

天哪，我们全家过去吃过好多蕨薹呀！现在还有好多人还在吃蕨薹呀！真是吓死人了。不过，把有关资料找出来仔细看看，也就不怎么吓人了。这是因为，那个啥子"原蕨苷"一是容易溶于水，二是怕高温。我们过去吃蕨薹时都要先"燎"一下之后再在水中泡，目的是去掉鲜蕨薹的苦涩味，炒菜时当然又有高温。有了这两个步骤，"原蕨苷"就会大大减少，对人的毒害也就微乎其微了。现在回想起来，农村中发生过多次耕牛吃多了蕨薹中毒而死的事件，就是因为牛吃的蕨薹既未浸泡，又未经高温煮。

由于市场愈来愈繁荣，可购买的生鲜食品愈来愈多，今天的家庭主妇们购买干菜的愈来愈少，制作干菜的当然也就更少。在我们成都，人们比较熟悉的干菜主要就是萝卜干了。不过，有一个词汇却一直在我们成都人口中反复出现，这就是"干豇豆"。干豇豆也是一种干菜，就是在夏天买来"燎"一下再晒干的豇豆，冬天缺少蔬菜时可以炒来吃，我们家过去多次晒过、吃过，干香干香的，好吃。今天成都人口中的"干豇豆"不再指的是干菜，而是对那些又高又瘦者一种戏谑式的称呼。想想记忆中的"干豇豆"，外观又长又瘦，却又还有那么一点点凹凸的曲线。你说，四川方言中对这种又高又瘦者的称呼是不是很符合四川人幽默诙谐的语言特征？

昔年饮食摊

我于1940年生在绵竹的遵道，1946年迁到绵竹的广济，我们家在广济生活了五十年。读初中时，每月必定回广济。读高中、大学和研究生时，寒暑假必定回广济。参加工作以后，仍然是寒暑假必定回广济，这是因为我爱人是教师，女儿要读书，都是寒暑假才有时间。这样多年来，除夕和春节我是一定要在广济陪父母的，雷打不动。直到父母年高，因生活难以自理而不得不迁往都江堰我妹妹家，我才少回广济。所以，一直视广济为我的故乡。如果说至今还有几许乡愁，也都放在了广济的田野里。

广济位于成都平原与山区的接合部，大半是平原，少半是高山，石亭江在这里出高山流峡谷流向平原，李冰治水时在这里建成了一个迷你型的都江堰，当地叫"朱李火堰"，也是无坝分水，也是有内江外江，甚至同样也有以火烧石建成的类似宝瓶口的火堰引水渠。广济乡在建乡以前的地名一直叫"火烧堰"就是这样得名的。也正是因有了"朱李火堰"这个迷你型都江堰水利工程，广济乡的平原部分全是自流灌溉，良田沃野，物产丰饶，水旱从人，不知饥馑，和天府平原其他地方无异。我是很爱这片沃野的。

广济不大，后来改乡为镇，也只有二万四千人。在"5·12"大地震后由江苏省昆山市对口援建时进行场镇全面新建之前（广济是大地震的重灾区，全镇房屋96%倒塌或严重受损，8116户人无家可归），场上只有四条小街。如果不是逢场天（广济逢场天是二、五、八），街上少有商业气息，不多的商铺基本上都集中在场镇中心东岳庙前的小"坝坝"周围（"坝坝"是四川方言，时尚称谓都叫广场，但是它实在不能称广，还没有一个篮球场大），我对故乡街头的美食记忆也就完全停留在东岳庙前这个"坝坝"之中，因为这个"坝坝"里有四个摊子，天天摆摊，几乎包揽了全广济的街头美食，不仅是我儿时无数次对着它流口水的地方，是我此生逐渐开始品尝民间风味美食的地方，在一定意义上说，也是川西农村自清代以来持续已久的民间美食的代表性产品集中展示的地方，值得一记。

第一个摊子卖的是饼子。

在四川，饼子和锅盔是同义词。我们家乡是两种称呼都用，但是以饼子为主（小的时候不懂为什么，长大后才知道饼子是北方各地普遍使用的方言词汇，锅盔则是典型的陕西方言词汇，都是在"湖广填四川"时从陕西传入四川的，目前在四川普遍使用的几个食品名称如凉粉、醪糟、馓子、搅团也都是从陕西传入的）。根据我长大后在四川各地所见，四川各地的饼子品种变化不大，在我们广济那个摊子上几乎都有。

最主要的品种是白面饼子，圆圆如满月，中空起层，无盐无糖，价格最便宜，是穷苦人买来充饥的最佳选择。不过，一些并非穷苦人的顾客也喜欢买。为什么？正因为它无盐无糖，可以进行再加工，变为几种更加可口的美食。女性顾客们买去在中间加入辣椒酱或者凉拌三丝，男性顾客买去在中间加入卤肉，顿时成为让很多人喜爱的佳肴。如果只有钱买饼子又没钱再加工，去到卖卤肉的摊子说点好话，要一点卤水，加进去，放在微火上慢烤，把饼子烤得来又脆又入味，也是非常好吃的美味。在如今成都的锅盔摊子上已没有这种白面饼子卖了。但是，很多卖卤肉夹锅盔、大头菜夹锅盔、凉粉夹锅盔的店铺所用的小锅盔，正是当年白面饼子的迷你版，只是不单卖了。还有，寒冬腊月天成都人最喜欢吃羊肉汤锅，有些羊肉汤锅店旁边会有专门打白面锅盔供顾客泡羊肉汤的，只不过一过冬天就收摊了。

我比较喜欢吃白面饼子，不是因为便宜，而是有时会尝到一种莫可言状的、十分可口的香味。小时候不懂那是什么香味，更不知道为什么有的时候有而有的时候又没有。直到近年间读到四川当代著名作家、著名报人车辐老人的文章（附带说一句，车老也是当代四川首屈一指的美食家。遗憾的是我在改革开放之后才结识车老，聆受謦欬的时间太少。当我打算在四川美食方面学点东西、写点东西的时候，车老已经年高病衰，不敢多打扰了），才知道那是小麦的麦香，愈是新麦愈有麦香，陈年小麦磨出的面粉就完全没有麦香。除了在家乡吃白面饼子，后来我在吃馒头时也吃到过这种麦香，只是机会不多，属于偶然，因为我们现在所吃到的面粉基本上都是外地运来的，极少有真正的新小麦磨下来的新鲜面粉。

其次是椒盐饼子，花椒面和盐巴是在挼面（四川方言，就是揉面）时挼进去的，最外面有点芝麻，形状是长方形，所以也叫方饼子。可能是因为没有必要在中间加入什么，所以不分层，中间不空。在我记忆中，20世纪50年代，白面饼子和椒盐饼子都是卖两分钱一个。

甜味的饼子有两种，都是圆形。一种叫糖饼子，在饼子的夹层中间加有黄糖。有经验的食客从来不是买到就吃，必须要把糖饼子放在小火上慢烤，把糖饼子外面的两层面皮烤脆，把中间的黄糖烤化，咬一口，又脆又甜，一不小心就会把烤化了的黄糖流出来，不得不用手指一边在下巴上揩，一边往嘴巴中喂，惹得旁观者哈哈大笑。另一种叫混糖饼子，是在挼面时把黄糖挼进去的，实心，掰开见不到黄糖，吃到口中却是甜的。混糖饼子是各种饼子中最松软的饼子，是没牙齿的老年人的最爱。成都人把混糖饼子叫作混糖锅盔，现在早已没有做的，当然也没有卖的，只留下一个很流行的民谚叫"一心想吃混糖锅盔"。此话的本意是说吃这种饼子虽不见一点糖却又有甜味，引申出来的意思是说在不知不觉之间占便宜，吃抹和。现在还有不少人在说这个民谚，我估计如果今天要问还在说这个民谚的人为什么要这样说，极少有人能够讲得出来。

有肉馅的饼子也有，但是平时不做，要逢场天才做，因为价格较贵（我记忆中当白面饼子和椒盐饼子都是卖两分钱一个的时候，它要卖五分），寒场天少有买。肉馅饼子的做法和今天遍布成都街巷的军屯锅盔相同，只是形状不是圆形，而是基本长方而两端呈圆形，有点像今天有标准跑道的体育场。因为这样的形状颇似农村中常见的牛舌头，所以我们不叫肉饼子而叫牛舌头儿饼子，简称"牛舌头儿"。"牛舌头儿"之所以价格高，既是因为材料中有猪肉，拉高了成本，也因为制作方法不如其他饼子那样简单，要复杂一些。首先，制作"牛舌头儿"的鏊子（烙烤饼子和专用炉子不能叫炉子，而叫鏊子，上有平底锅，用于第一步的烙。下有用黄泥糊成的炉膛，用于第二步的烘烤。烧焦炭，我们家乡叫南炭。今天处处可见的制作军屯锅盔的鏊子和过去的鏊子基本相同，可是很多人把它叫作炉子，那是错的）要比制作一般饼子的鏊子大一号，烙的时间和烘烤的时间都比制作其他饼子要长，烙制时费的清油也比制作其他饼子要多，因为"牛舌头儿"要求两面酥脆，里面的肉馅必须烘烤成熟。用一句俗话，费工费料又费时，属于饼子家族中的高端产品，价格当然要高些。

在四川方言中，无论是叫作饼子还是叫作锅盔，其制作过程都叫"打"，即"打饼子""打锅盔"。这里的"打"，不是有如"打哈哈""打平伙"那般的不"打"之"打"，而是有如"打家具""打屁股"那般的要"打"之"打"。用什么打？木质擀面杖。如何打？在揉好面团之后一个一个地做饼子的时候，一般都是左手操作小面团，右手用手中的擀面杖擀小面团，在擀小面团的间歇时间就用擀面杖来敲打案桌的桌面。因为手是捏在擀面杖的中部靠后，前长后短，所以擀面杖的顶端和末端敲打案桌的声音是不同的。如果把擀面杖完全平着击打，声音更不同，也就是说一根擀面杖可以发出三种不同的声音。再加上疾徐轻重、长短间歇的千变万化，就可以敲打出以"噼哩叭"三种声音为主的不同变化的声音，清脆悦耳，一开始往往都是："叭，叭，噼哩叭，噼哩叭，噼哩叭叭噼哩叭……"的音乐。有的师傅还要把擀面杖拿在手中翻转戏耍，有如现在摇滚乐队中的鼓手一般。打得好的，不仅会吸引着我们这些小娃娃围观不走，连一些大人也会驻脚观看。这样围观的结果，当然会多卖几个饼子。正因为有这样的"打"，所以有的研究者建议应当把欣赏川菜技艺的"色、香、味、形、器"再加上一个"声"，例如三大炮之"嘭、嘭、嘭"的"声"，锅巴肉片之"唰……"的"声"。我们的四川老乡、著名美学家王朝闻在改革开放初期回到成都时，我所工作的四川人民出版社的几个同事陪他外出寻觅旧时的美食记忆，当他吃到了久违的卤肉夹锅盔和大头菜丝丝夹锅盔时，十分高兴。可是在高兴之余，却又为听不到那"噼哩叭，噼哩叭，噼哩叭叭噼哩叭"的打锅盔的声音而不大高兴。他说："不要小看擀面棒的节奏，它是案桌上的音乐旋律，一旦没有了，艺术上的完整性就破坏了。"

我向今天的年轻人谈到上述这样的"打"，说这是我们四川不知已经流行多少年的用音乐来进行促销的经典案例，他们都十分惊异，问我："真的有那么潮呀？"我回答说："当然，千真万确。"

网络上在《更成都》中"更哥探店"一则标题为《打锅盔的声音，勾动的是老成都的味蕾》的帖子，写于2017年8月，介绍了成都如今的著名锅盔：新二村魏锅盔、文殊院邱二哥锅盔、三圣街川北卤肉锅盔、人民中路严太婆锅盔、马鞍路王记锅盔、盘飧市卤肉锅盔。可是，从该帖子中可知，这样多的锅盔店已经没有一家能够敲打出"叭，叭，噼哩叭，噼哩叭，噼哩叭叭噼哩叭……"的打击音乐了，勾动老成都味蕾的这门伴随打击音乐打锅盔的技艺可能快要失传了。

第二个摊子卖的是油糕。

如果把只打军屯锅盔的小摊也算是饼子摊子的话，如今的饼子摊子还是相当多。可是过去遍布城乡的油糕摊子或油糕铺子如今已经消失了。至少，近十几年我在所到之处没有看见过一个，而在三十年前，川西城乡还是处处可见。20世纪80年代我住在成都盐道街，距盐道街不远的红照壁大街上如今川信大厦那个地方就有一家油糕铺子，油糕铺子的卢大爷炸得一手好油糕，附近的小孩子都叫他油糕爷爷。到了今天，只能在少数卖油条的小吃店偶尔见到炸油糕的，品种也十分单一，只有白板油糕一种。

川西地区盛产清油，价格不高，农村中要想变着花样吃一点平时吃不到的食品往往采用油炸的方法。又由于少有面粉而多有糯米，所以没有用面粉炸出来的油条（我是1957年到成都读大学之后才见到油条的，此前在绵竹和绵阳都还没有），而多有用糯米糍粑炸出来的油糕，每个乡镇必然会有油糕摊子。我们家乡的油糕摊子每天都会做几种油糕：

白板油糕，只用糯米糍粑做，长方形，外酥内嫩，一定要加入花椒，使其有浓烈的花椒香味。

窝子油糕，半圆形，有如一顶毡窝子帽子，故名。厚厚的窝子油糕里面有洗沙混糖的馅，算是甜味油糕。

花柳子油糕，长条而两端圆顶，颇似饼子之中的牛舌头，在白色的糯米糍粑之中有两条黑色的洗沙，又放花椒又放盐，是一种椒盐味油糕。

鸡冠子油糕，半圆形，圆弧边有若干皱褶，有如一个大饺子，又像公鸡的鸡冠。鸡冠子油糕包有咸味馅，但不是肉馅，主要成分是韭菜和豆腐干，算是咸味油糕。本身说是油炸食品，不用肉馅而用主要成分是韭菜和豆腐干的素馅，算是一种高明的搭配。

油糕摊子上最受欢迎的还不是各种油糕，而是麻花和馓子。今天的年轻人对麻花不会陌生，因为超市中有小麻花，街头有天津大麻花。今天的年轻人对馓子少有见过，它由若干根面粉捻成细条后再扭成环状，又香又脆又好看。馓子本来是西北地区的回民食品，从陕西传入四川之后在四川遍地开花，贫苦的农民上街时往往都要买一个馓子用稻草拴着提回家去。为什么？因为馓子由若干根细条组成，掰开后全家都可以分上几根。这种馓子目前在成都还可见到，但是很少单独卖了，是用作四川名小吃油茶和豆腐脑的配料。在稀粥状的油茶和豆腐脑中加上几节又酥又脆又香的馓子，就在口感中形成对立统一的阴阳相济的感觉，使之有滋有味，堪称绝配。我不知道我们聪明的祖先是如何在多次的比较与淘汰之后才形成了这样的优化方案。

第三个摊子卖的汤圆。

汤圆是人们十分熟悉的食品，过去常吃，今天也常吃。在我小时候的那个年代，汤圆摊子是我们家乡最受欢迎的饮食摊子。为什么？无论是凄风苦雨天还是寒冬腊月季，离家在外的行人能够喝上一口滚烫的汤圆开水，简直就是莫大的享受。更何况，在广济乡那个场上，东岳庙前那个汤圆摊子是唯一一个能够要到一口开水的地方。穷苦农民外出，舍不得花钱买东西吃，总是随身带，或是一个玉米馍馍，或是两根煮红苕，夏天可以在河里喝冷水，冬天就想能够喝口热水。所以，在那个汤圆摊子上，每天都有一些过路人向摆汤圆摊子的主人要碗汤圆开水喝，他总是来者不拒，算是天天都在做施舍，行善事。可能正是这种原因，人们向他要汤圆开水时总是和颜悦色，喝完还碗时也是打拱作揖，无论年长年轻，都尊称他为"李幺爸"（我们小孩也都这样叫他）。他儿子也在广济小学读书，比我低两班，后来和我一样进了绵竹中学。我听他儿子说过，他们家的汤圆摊子有过在下雨天一碗汤圆都没有卖出的时候，但是仍然坚持天天摆摊，生火烧水。大约在1953年，李幺爸病倒了，这个天天摆摊的汤圆摊子才从我们的生活中消失。

在成都地区的老人中间，流行着一句民谚："你不要乱想汤圆开水。"其意思是说不要胡思乱想。我不知这个民谚如何而来，可是我想过，是不是有很多人在受苦时都喝过李幺爸这样的好心人施舍的汤圆开水，所以总在告诫自己：应当本分做人，诚实劳动，不要胡思乱想，不要只想着那碗可以不花钱的汤圆开水。

第四个摊子和前面三个摊子不同，前面三个摊子无论逢场的赶场天还是不逢场的寒天都要摆摊。第四个摊子只是在逢场天摆摊，因为它卖的东西有油荤，故而其受欢迎程度绝不亚于前面三个，这就是血旺摊子。

广济没有每天营业的肉铺，只有一家在逢场天才开门的"案桌"。"案桌"是四川方言，就是既杀猪又卖猪肉的铺子。根据季节的不同，案桌每场杀猪的数量也不同，但是杀猪之后总有几盆猪血，猪血凝固之后就是四川方言所称的"旺子"，即"血旺"，大部分都是由专业的小贩买去，在大锅中烹煮成红通通、热腾腾的麻辣血旺，一碗一碗地出售。这种小贩轮流着每天到逢场的乡场上摆摊，一个"行灶"（四川方言，就是在一个厚实的木架之上用粗篾条编成一个筐，筐中用黄泥糊成一个可烧木柴的灶，灶上放上铁锅就可以生火煮东西，只要两人把木架一抬，这个灶就可以随意移动），一口铁锅，就寄放在熟人的街沿上。只要借几张桌子，几根条凳，就可以生火营业。每当散场之后，他们还会到"案桌"上以最低价买得"案桌"当天卖不出去的不得不低价处理的下水和边角余料，诸如猪的肺、小肠、肚囊皮（四川方言，"囊"读阴平，就是猪肚腹最下边的泡泡肉，这是猪肉中质量最差、价格最便宜的部位）之类，第二天和血旺一起煮。正因为这种麻辣血旺中往往会有小肠，所以又被叫作麻辣肠旺。麻辣肠旺所用调料是便宜的辣椒和花椒，小肠、肚囊皮都有"油气"，是一种相当便宜而又好吃的廉价食品，一碗麻辣肠旺的价格大约和两个锅盔相当，冬天吃起来还很暖和，所以很受贫苦农民欢迎，当年在四川各地都有，中华人民共和国成立之后仍然有，而且在贵州等地至今还是一道名菜。近年来，四川的"江湖菜"中出了一种名叫"毛血旺"的菜肴，有的商家打着什么"祖传""创新"的招牌骗人，其实只是当年处处可见的麻辣肠旺的升级版。

谈到我们家乡的四个饮食摊子，肯定有年轻人会问：你们家乡为什么没有卖面条、卖馒头、卖包子的摊子？这些食品才是我们四川最常见的大众食品啊！所以在这里有必要多说几句，告诉年轻一辈四川人：你们肯定难以相信，过去的四川地区很少吃面粉类食物。

过去的成都平原，小春作物主要是油菜籽，少有小麦（我们家乡小春作物有苕子，那是为了大春种叶烟时做绿肥）。大春粮食作物几乎全是水稻，粮食市场的名称也很明确，是叫"米市坝"，不叫粮市坝，基本上都是卖米。广济的饮食习俗是三餐都吃大米，而且早餐也吃干饭（我进中学之后早餐开始吃稀饭，但是寒暑假回家，家中仍然是吃干饭，这一习俗我父母终身不改，直到晚年不能自己下厨了，才随我们晚辈改为稀饭馒头、牛奶豆浆之类）。只有到了逢场时，才有一个从中江来的小贩摆摊卖面条（包括湿的切面和干的挂面。我们都把那个中江来的小贩叫中江"苕娃儿"，因为那时我们那里的人瞧不起丘陵区的中江人，说他们主要吃红苕不是吃大米，所以把他们叫作"苕娃儿"，大人这样喊，我们小孩也跟着喊。只要有人买他的面条，那个小贩对我们这样称呼一点也不生气）。广济只有一个逢场才开门营业的饭馆，从来不卖面条。在广济以及周围我所去过的乡场，也没有一家卖面条的面馆。我小时候从来没有见过当然也没有吃过馒头、水饺和抄手。我进绵竹城上中学是1950年秋，此时的绵竹城只有一家面馆，我去尝过新鲜，现在还记得地点在东门外到苏兴街的中间那条街，老板姓杨，一碗面是四分钱（旧币四百元）。绵竹城没有商铺出售水饺和抄手，只有一家小铺卖馒头，是作为糕点小吃卖的，而且名字还不叫馒头，是叫蒸馍，保留了明显的传入地的陕西方言，我曾经作为看稀奇而专门去站在小铺外面看如何做蒸馍。与此同时，东门城门洞还有一家比蒸馍店大得多的发糕店，卖用大米浆蒸制的发糕，是我一个陈姓同学家开的。绵竹城中开得最多的也是最大的特色餐馆是米粉店，东门大桥桥头的米粉店是两个大汉用杠杆式的长长压杆用力向大锅中挤压出湿粉的方式煮粉（有如现在在川西乡镇中还可以见到的挤压荞面的方式，只是要大得多），一锅可以捞几十碗，其场面之壮观为今人所难以想象。这种现场压榨出湿粉来煮熟的米粉是真正的水粉，比晒干的米粉吃来要滋润得多，所以有人把它叫作"活滋粉"。米粉在今天的绵竹仍然是有名的风味小吃，其地位远在面条之上（在我心中，成都平原西北部的什邡、绵竹、安州、绵阳有这样一条"米粉带"），但是不再有现压现煮的壮观。我们家里也极少吃面条，但是我姐姐喜欢吃面条，只有在她多次恳求之后，妈妈才会去中江"苕娃儿"那里买面条回来吃一顿。姐姐高兴得如同打一次牙祭。

如今的四川名小吃中有好多种都是面粉做的，但是它们都并非"历史悠久"。以最具代表性的成都名小吃为例：有川菜窝子之称的"荣乐园"旗下的"稷雪"是成都最著名的精品面食店，1923年开设于梓潼桥街；最著名的抄手店"龙抄手"1941年开设于商业场；最著名的包子店"玉隆园"1909年开设于南打金街，大约二十年后改名"韩包子"；最著名的水饺店"钟水饺"1931年开设于荔枝巷；最著名的面店"铜井巷素面"1935年左右开设于铜井巷。

少吃面粉，当然是一件小事，但是从这件小事却可以反映出过去川西农村中作物的单调，生活的简朴，习俗的固化，交流的稀少。若干年之后我在读前辈的回忆录时，几次读到这样的故事：红一方面军的队伍经过万里长征到达陕西之后，大量在江西、湖南等地参加红军的南方农民见到北方的面粉都不知为何物，炊事班不知怎么食用，只能加水煮，大家也都跟着喝面粉糨糊。过了一些日子，才逐步向当地老乡学习做面条、做馒头。看来，当年南方人很少吃面粉，不会加工面粉食品，应当是相当普遍的现象。这种普遍现象的背后所反映出的现实，则是当年农村生活的相对封闭，是整个中国在过去严重缺乏应有的经济文化交流的一个侧面。

上面只记述了我的家乡广济的四个饮食摊子，这是因为广济太小，饮食摊子当然也少。其实过去川西地区饮食摊子的品类还有很多，当我长大之后当然也在其他各地见过很多。我的见闻没有代表性，这里只抄录李劼人先生在《大波》中记述1911年成都皇城坝的一段文字："人来得多，自然而然把皇城内变成一个会场。会场便有会场的成例。要是没有凉粉担子、荞面担子、抄手担子、蒸蒸糕担子、豆腐脑担子、鸡丝油花担子、马蹄糕担子、素面甜水面担子；要是没有茶汤摊子、鸡酒摊子、油茶摊子、烧腊卤菜摊子、蒜羊血摊子、虾羹汤摊子、鸡丝豆花摊子、牛舌酥锅汤摊子；要是没有更多活动的、在人丛中串来串去的卖瓜子花生的篮子、卖糖酥核桃的篮子、卖橘子青果的篮子、卖糖炒板栗的篮子、卖黄豆米酥芝麻糕的篮子、卖白糖蒸馍的篮子、卖三河场姜糖的篮子、卖红柿子和柿饼的篮子、卖熟汕辣子大头菜和红油莴笋片的篮子；尤其重要的是，要是没有散布在各个角落的装水烟的简州娃，和一些带赌博性的糖饼摊子，以及用三颗骰子掷糖人、糖狮、糖象的摊子，那就不合乎成例，也便不成其为会场。而且没有这一片又嘈杂，又烦嚣，刺得人耳疼的叫卖声音，又怎么显示得出会场的热闹来呢？"

　　我有意地抄录这一段文字，因为这是一段十分值得重视的文字。李劼人先生是我们四川人特别值得尊敬和喜爱的作家、史学家、民俗研究家、编辑出版家、社会活动家，中华人民共和国成立之后还长期出任成都市的副市长。当我自己还是一个普普通通的大学本科生的时候，因为课余研究张献忠而被他所知，竟然应允接见我进行指导并出借他珍藏的《圣教入川记》一书供我参考，只是因为他突发疾病离世而未果。他见闻广、读书广、藏书多、记忆强，不仅写过不少史学文章或笔记，就是他笔下很多描述成都的文学作品也都是有依有据，可以当作研究文化的史料来用。上述这段文字，就是对成都地区民间集市和庙会上有关饮食文化与民俗文化的极有价值的资料，是一幅成都民俗文化万象图。对于我们这一辈人来说，除了少数食品今天已经失传而感到生疏之外，绝大多数食品都是今天还可吃到或者还可以想起来的，故而读起来倍感亲切。近来成都有好几处地方都在想重现老成都的文化记忆，这段文字就是在进行策划时极富指导意义的提示。

花样多变的大米饭

　　成都平原过去少吃面粉，主要都吃大米饭。但是，我们的先辈仍然尽可能地在大米饭的基础上推陈出新，翻新花样，并不是只晓得天天都吃白米干饭和稀饭。也就是说，在婆婆们妈妈们的厨艺中，除了在菜肴上下过功夫，在大米饭上也下过功夫。以我们家为例，妈妈就给我们做过若干品种的大米饭，比现在好多餐厅的花样还多。

　　先说"金裹银"。

　　"金裹银"是一种干饭，就是在大米外面裹上一层苞谷面，大米洁白如银，苞谷面闪亮如金，故称"金裹银"。这种称呼在我们家乡很普遍，包括文盲也是这样称呼，绝非只在文人雅士的诗文中出现。

　　成都平原是天府之国，主产大米。可是成都平原并不大，四川多数地区是山区和丘陵，山区和丘陵主要出产的粮食作物是苞谷。就以我的出生地绵竹县遵道乡来说，全乡一半是丘陵区，我家祖屋面前是平地，背后就是小山。所以，我们家乡几乎家家都不会完全吃大米，都会搭一些苞谷。除了因为苞谷相对便宜，也是为了让主食多点花样，变点口味。在我们家，"金裹银"就是一种比较常见的主食。

　　四川人家过去做饭都是烧柴，在柴灶上做大米饭有两种方法，一种叫焖锅饭，一种叫甑子饭。焖锅饭的做法是把大米在冷水中下锅，大火煮，米锅开了之后再用大火煮几分钟就减少加柴，让火力逐渐减弱，直至只留下灶膛内的煳炭，让饭在锅中慢慢减少水分，最后成为一锅煮熟的干饭。这种让火力逐渐减弱、让锅里的水分逐渐减少的方法四川方言叫"焖"，煮出来的这种干饭就叫焖锅饭。甑子饭的做法前一段和焖锅饭是一样的，只是在大火中煮的时候稍短，刚好断生就行。这时用筲箕把刚好断生的米滤来，用筷子尽可能搅松散，倾入甑子中，盖上甑盖，再把甑子放在烧着开水的锅中用大火蒸。不到十分钟就蒸熟了。

为什么不用简单的方法做焖锅饭而要多花功夫做甑子饭？当然是有原因的。

首先，甑子饭有米汤，而米汤在过去有着多种用途。在一般情况下，米汤可以当汤喝，可以做菜（有的菜用米汤煮特别香，如莒菜）。在特殊情况下，没有奶吃的小娃娃可以用米汤勉强代替母乳，进食困难的病人可以喝米汤维持必要的营养。还有，过去大多数家庭洗了衣服之后凡是外衣都要经过一个叫作"浆"的程序才能晒，因为只有"浆"过衣服才挺括，"浆洗""上浆"的说法至今还可见到，成都至今还有一条浆洗街。这些所谓的"浆"就是用米汤进行浸泡，米汤是"浆"的必需材料。

其次，煮甑子饭的后半段时间只要灶膛中有火就行，不用人专门守着，可以腾出一会儿时间去做其他事，一般是做蔬菜下锅之前的准备工作。而煮焖锅饭就不行，因为煮焖锅饭要求灶膛中的火力逐渐减小，也就是要把灶膛中的柴逐渐减少，这就必须要有人在灶膛前守着。

再次，甑子饭所用的甑子在我们家乡只用很常见的杉木，除了因为杉木最不怕水泡、杉木最轻（这是在为煮饭的女性省力）之外，还因为杉木有一股特殊的香味，一个新的杉木甑子在一两年之内蒸出来的饭都会有那股香味，没有香味了可以再换一个新的杉木甑子。一写到这里，我又想起了那股香味。仔细回忆了一下，我最后一次吃到杉木甑子蒸出来的有杉木香味的甑子饭是1967年在都江堰。难忘呀，真难忘！

最后，甑子饭还一个优点，没有锅巴。

"金裹银"就是煮甑子饭时的一个升级品种。做法是在把煮断生的大米倒进筲箕时把事先磨好的玉米细粉轻轻地逐渐撒进去，一边撒一边拌，要让每一颗已经煮断生煮涨的大米的表面都均匀地裹上一层玉米细粉。这时再把这样裹了玉米细粉的大米倒入甑子里面去蒸。蒸熟之后，松软的大米晶莹洁白，外面的玉米金黄，就成了名副其实的"金裹银"，既保持了大米饭的软糯，又增添了玉米面的蓬松，起主导的滋味是香喷喷的玉米的香味，如果菜肴中有肥肉，特别是肥腊肉，那种相得益彰的滋味是其他任何米饭都赶不上的。

近年来成都有一些川菜馆在增加菜肴品种的同时，也在想办法增加主食的品种，有的就推出了玉米饭，我吃过好几家（记忆中最早的一家是已经歇业的唐宋食府），都不满意，远远未达到传统的"金裹银"的香味。他们失败的主要原因有二：一是没有用玉米细粉，而用的玉米粒（就是北方所叫的玉米糁子）。用玉米粒只是为了点缀在大米饭中美观好看，玉米粒粗了，完全不可能裹在大米外边，根本无法形成"金裹银"。二是玉米的用量太少，可能还不到大米的十分之一，所以完全吃不出玉米粉的香味，没有改变大米饭的味道。传统的"金裹银"中玉米粉的用量应当是大米的三分之一左右，吃在口中的主要香味是玉米而不是大米。

再说"孔菜饭"。这里也得声明：这里的"孔"字是写的别字，不是孔洞。

四川方言中有一个"孔"字，其意思是使用小火利用锅内食物下层的蒸汽慢慢地把上层的食物蒸熟，例如煮焖锅饭就可以叫"孔饭"，锅边馍可以说是"孔"熟的。但是这个"孔"字如何写？我查了不少资料都找不到答案，所以只能写一个别字"孔"。我估计这个"孔"应当是"烘"字的音转，因为在古音中"k"和"h"的发音是相通的。

"孔菜饭"很好吃，做法是这样的：先用煮滤米饭的方法把煮断生的大米倒进筲箕中待用，然后在锅中用平时炒蔬菜的方法把蔬菜用油盐炒到半熟，加一点水，再把煮断生的大米轻轻地倒在蔬菜的上面，盖上锅盖，用小火慢慢地"孔"，让蔬菜中的水分化为蒸汽缓缓地上升，一方面把米蒸熟，一方面把蔬菜香味透进饭里。不到十分钟，"孔"得饭熟菜也熟，这时再用稍大一点的火力把饭和菜翻炒，把多余的水汽基本炒干，成为饭菜混合的"孔菜饭"，那个好吃的味道是其他饭菜混合的品种诸如盖浇饭、蛋炒饭、扬州炒饭等都无法比拟的。因为它有三大优点：一，它是用水蒸气"孔"出来的，比所有炒饭都滋润，不干涩，老少咸宜。二，它虽然是用水蒸气"孔"出来的，但蔬菜最先用油盐炒过，最后的工序也是炒，所以又有很浓郁的炒菜炒饭的那种干香味。三，不同的"孔"菜饭由于搭配的蔬菜不同，当然也就有不同的蔬菜的香味。在我记忆中吃过的搭配蔬菜有好几种，最好吃的首推豇豆，其次当属芋儿，再次可排上红苕，最差的是南瓜。如果火候拿得一（四川方言，就是拿得准），炒得来焦干而不煳，最香。

我们家的习俗和大多数川西人家一样，三顿干饭，如果早上时间来不及，就是头天多煮一点干饭，第二天早上煮开水饭，从来没有早上吃稀饭的习惯。只有在炎炎夏日的晚餐才煮稀饭，而且很少煮白稀饭，以下几种是经常做的，也是我很爱吃的。

红豆稀饭是首选。红豆是一种杂豆，比常见的绿豆稍大一点，现在已不多见。红豆稀饭要慢慢煨，吃起来不仅糯，还有一种特别的香味，据说还很养人。我进绵竹中学读初中是1950年秋季，校长章璞是大革命时期入党的老革命，虽然因为和上级失去联系而一度脱离党组织，但是一直在为党工作，此时是以一个左派民主人士的身份出任校长。他对学生很爱护，一个特殊措施就是考虑到伙食标准不高（当时每月伙食费是人民币旧币42000元，相当于4.2元新币），中学生饭量又大，为了增加营养，我们每天早上都吃红豆稀饭，而且只吃红豆稀饭（当年没有馒头，更没有包子之类），随便舀，一人两大碗。也就在此时，培养了我对红豆稀饭的喜爱。我们家里吃红豆稀饭更讲究一点，在起锅时放一点点猪油，更香。

绿豆稀饭，现在很多家庭夏天都在吃，因为绿豆性寒，吃了可以清热去火，所以我们家也常吃。但是，绿豆稀饭缺少香味，不太好吃，可以加上一点糖来提味。

红苕稀饭，这在四川非常普遍，包括我们家。红苕有很多品种，随着时间的推移会有更多更好的新品种上市，好的品种又甜又面，要会选，不能以红心还是非红心来区别味道。

豇豆稀饭。这是很好吃的一种稀饭，如果加上一点盐会更有味道。在一般人的心中，豇豆和四季豆是很相近的，但是四季豆稀饭就不如豇豆稀饭好吃。

冬寒菜稀饭。这是一种别有风味的稀饭，因为冬寒菜的最大特点是滑刷，所以在有的地方直接把它叫作滑菜、滑滑菜、滑肠菜，用它来煮稀饭，也就是欣赏那种其他蔬菜所没有的滑刷爽口的感觉。

说到我们成都地区十分普遍的冬寒菜，想多说两句。《古诗十九首》中有一首诗叫《十五从军征》（我读高中时入选了语文教材，不知现在的教材有没有），其中有"中庭生旅谷，井上生旅葵。舂谷持作饭，采葵持作羹"之句。这里的"旅葵"，就是野生的葵菜。这里的葵菜，就是今天的冬寒菜，从这首诗可知古代冬寒菜相当普遍。前些年，成都杜甫草堂按杜甫诗意恢复重建了杜甫的故居"茅屋"，屋前的园子里有井，种的蔬菜就有一畦冬寒菜。当时草堂的朋友请我去参观，我就对栽培蔬菜品种的选择十分称赞。杜甫是穷人，他居住在这里的时候肯定会种冬寒菜，会吃冬寒菜。

莴笋尖稀饭。很多人都没有吃过，当然也不会知道这是很好吃的菜稀饭。莴笋在很多地方又称青笋，这个"青"字不是随便用的，因为莴笋尖的确有一种明显的却又不难吃的清苦味，用它来煮稀饭，放一点毛毛盐，苦味在高温中基本消失，清香味透在饭中，感觉很舒服。在我的一生中，还有过几顿让我终生难忘的莴笋尖稀饭。

最后来说说只有那么好吃的锅巴稀饭。

在我们家，三顿干饭的做法按时间的充裕与否而有所不同，比较闲就煮甑子饭，比较忙就煮焖锅饭。凡是煮焖锅饭就必然有锅巴，锅巴在我们家一点不被嫌弃，反而很受欢迎，因为锅巴在我们家是可以派上用场的好东西。

煮干饭时因为火候掌握的不同，每顿干饭所产生的锅巴都不会完全一样，有时厚，有时薄，有时还会有点煳。于是，不同的锅巴就会派上不同的用途。锅巴薄而不煳，就放在锅中用微火把锅巴"炕"（四川方言，就是小火慢烤）脆，然后抹上一点辣椒豆瓣酱，让家中的小孩分享，那就是我们小孩很喜欢的美食豆瓣锅巴。如果妈妈既有时间又有心情，就会先把锅巴"炕"脆之后，在锅中放点油再"炕"，成为油酥锅巴，洒点盐和花椒面，就成为椒盐油酥锅巴，那之好吃，简直不摆了。

不仅是在我们这样的普通家庭中吃椒盐油酥锅巴，往昔的成都还有一种著名的风味食品，就是昭觉寺僧人制作出售的特号大锅巴。

昭觉寺是成都城北的著名古刹，过去僧人众多，煮饭所用的大铁锅有如巨瓮，一次用米数斗，所成锅巴直径将近五尺，厚则逾寸。不少牙劲好的居士香客都欣赏过这种特号大锅巴。为了满足更多人的需求，僧人们就在每月的初一十五专门制作这样的大锅巴在寺院门口出售，让大家购买回去按各自的喜好进行再加工，以至成为了成都颇有名气的特殊风味食品。这种风味食品的供应曾经一度停止，改革开放之后又才恢复。

家中的锅巴也有比较厚的时候，也有不同程度被烧煳的时候（我们把这种锅巴叫作焦锅巴）。没关系，妈妈会把这些锅巴放在一边待用。当煮滤米饭的时候，把焦锅巴敲碎放进米汤里面去慢慢煨，煨成锅巴稀饭。不知道是什么原因，用厚锅巴、焦锅巴煨出来的锅巴稀饭又黏又香，如果再配上一碟泡菜或者一块红豆腐，那简直是诸多主食之中的极品。我已经有好多年没有吃过米汤煮的锅巴稀饭了，一想到那种滋味就抑制不住内心的冲动。真想呀！

长大以后，读了点书，才知道吃锅巴之俗早已有之。《世说新语·德行》中写到吴郡陈遗的妈妈所喜欢的"铛底焦饭"，就是今天的锅巴。由是可知，喜爱锅巴之俗应当已近两千年了。

如果回头三十年，是做梦也不会想到，过去吃的油酥锅巴会在今天发展为品种繁多、销量惊人的休闲食品，在超市中摆得铺天盖地，还出现了太阳牌锅巴这样的全国名牌。虽然这些锅巴都不是煮饭的副产品，更不是在煮饭铁锅中"炕"脆的，而是把粮食放进专门的机器中加工出来的。虽然这些锅巴不一定是用大米做出来的，有些是用小米做出来的。但是只要我一看见它，立即就会想起小时候经常听到的民谣："不想吃锅巴，何必傍灶头？"

失传的蒸菜

　　蒸，是我国烹饪技艺中极富特色的一种，也是极受欢迎的一种。蒸和炒、烧、炖等烹饪方式相比，最大特色是在相对的静态和低温之中成菜，我总结了它的以下特点，也是优点：1. 以水汽加热，阴阳共济，味道滋润，不上火；2. 受热均匀，无煎炸，既无损营养，又容易消化；3. 湿热灭菌，最卫生；4. 原汁原味，大大减少食用油成分；5. 选料必须新鲜，比煎炸炒的要求要严格得多；6. 形态不变，原味不失，保持食物中的营养和水分。后者最为重要。

　　我们中国是全世界最早采用蒸这种烹饪技艺的国家，也是全世界采用蒸这种烹饪技艺做出最多食物品种的国家，欧美国家至今仍然没有蒸这样的烹饪技艺。

　　从小到大，我吃过若干种用蒸的方法做出来的食品，这里只谈谈曾经在我们家乡流行而如今已经失传的美味蒸菜。

　　粉蒸牛肉是川菜中的名菜，都是用小型竹笼蒸，以至在不少地方直接把粉蒸牛肉称为小笼蒸牛肉，1934年开业于成都的治德号小笼蒸牛肉享誉多年，是全川粉蒸牛肉的代表，因为分量小，还列名于四川名小吃之中。大美食家张大千酷爱此菜，曾经多次加以改进，蜀中不少老人都说，如今吃小笼蒸牛肉要在出笼后加辣椒面和芫荽，就是从他开始的。

　　可是，我们家乡却有一种不用小笼不用蒸碗的大笼蒸牛肉，和小笼蒸牛肉一样好吃。

我家在绵竹广济乡，紧邻石亭江，江对面就是什邡永兴（老地名叫李家碾，如今已改名叫洛水镇），两个乡场只隔一个河坝，大约三华里。永兴乡比广济乡闹热，可以买卖的东西比广济多，所以每到一、四、七逢场，大量的广济人都会去赶场。我从小就跟着大人赶永兴，一直到父母离开广济为止，长达五十年。

这家牛肉馆有很多地方都与众不同。

第一，没有铺面，就是一个有顶无墙的席棚，棚中的固定设施就是那个大炉子，条桌和条凳都是逢场天才安放的。

第二，只有一、四、七逢场天才制作出售，寒场天休息，火都不生。

第三，只制作出售一种食品，就是粉蒸牛肉。没有饭，没有其他菜，连汤都没有一口。

第四，也是最特殊的，蒸牛肉不是用小笼，也不要蒸碗，而是特制的大蒸笼，比一般馆子中蒸肉、蒸包子的蒸笼都要大。师傅们将在家中切好拌好的牛肉用木桶一担一担地挑来，倒在一格一格的大蒸笼中铺匀，总共有十多格。大炉加蒸笼的高度超过两米，煞是壮观。大炉烧南炭（四川方言，就是焦炭），火力很猛，从天亮开始一直用猛火蒸到十点钟左右。开笼时，师傅要站在特制的高板凳之上，用力揭开蒸笼盖之后把事先准备好的蒜泥水泼在蒸好的牛肉上面，再用长筷子把牛肉拨松拌匀，然后用长筷子将粉蒸牛肉装进一个碗里，顺手递给站在下面的另一个师傅，同时又从下面师傅的另一只手中接过一个空碗，装满牛肉之后再递下去换空碗。就这样，高高的蒸笼中的大量粉蒸牛肉一碗一碗地端了下来，送到坐在条桌边上的一排排食客们面前，让大家大快朵颐。高高的蒸笼也就一格一格空了，一格一格被端了下来，直到炉子上只剩下一口大锅。所有的食客到这里来都是只吃这唯一的粉蒸牛肉，没有其他。可是一个个都吃得眉飞色舞，喜笑颜开。可以说，四里八乡的不少人每逢一、四、七就想到永兴来赶场，很大的一个原因就是为了这碗粉蒸牛肉，包括我们家在内。从小到大，我不知吃过它多少次，一直吃到它停业为止（停业时间大约是在1958年）。这一生中，我如果进餐厅点菜，只要有粉蒸牛肉那就是我的必点之菜，可是在我心中，永兴的这一家大笼粉蒸牛肉绝对是我吃过的最有特色、最有气派、最好吃的粉蒸牛肉。当我到成都后知道成都人吃粉蒸牛肉都要放芫荽，而永兴的小笼蒸牛肉却从来不放芫荽。为此我特地问过我爹爹是什么原因。他的回答是：第一，本地芫荽只有三个月生长期，不可能全年都有，而永兴的粉蒸牛肉是一年四季都卖，所以不用芫荽。第二，中医认为芫荽是发物，有的人吃了要发病，所以不用芫荽。当我后来见到有人说在小笼蒸牛肉上面放辣椒面和芫荽是张大千的发明时，又在想，如果此话是实，是不是永兴这种蒸牛肉就是张大千改进之前的早期吃法？

　　谈到粉蒸牛肉，不由得不发出一些感叹，就是曾经列名于四川名小吃的老字号、成都最著名的粉蒸牛肉治德号小笼蒸牛肉已经吃不到了。它最早是开在长顺街，我最早品尝它是在人民西路，然后追随着它的迁徙路线，先到三洞桥，再到金丝街，从风光无限，到风光不再，到退出市场，我曾经感叹为"治德三迁"。我知道，这不是治德号一家的命运，成都餐馆的著名老字号从闻名遐迩的荣乐园开始，枕江楼、齐鲁食堂、群力食堂、芙蓉餐厅、成都餐厅、少城小餐、耀华、味之腴、香风味、竞成园、稷雪、朵颐、利宾筵、荣盛、竹林小餐、三六九、谭豆花、宋嫂面、古月胡、金玉轩、矮子斋、大可楼、痣胡子、三义园……一家一家，都消失了。所以如此，有多方面的综合性因素，其中最主要的原因是因为公私合营之后它们都并入了饮食公司，成为了国营单位（上列的芙蓉餐厅和成都餐厅是新建的，当然也是国营），到了改革开放以后的新时期，小型国企的诸多痼疾让它们重病缠身，困难重重，完全无法和新兴的民营企业竞争。几年前病逝的成都市饮食公司董事长兼党委书记肖崇阳是我的学生，在面对我的猛烈批评时说过这样一段话："袁老师，你批评得对，成都餐饮老字号大批关门，这是事实，我们工作做得不好，该挨骂，我认。只是我们也有我们的苦处，你们难以了解。当年搞公私合营以后，全市大街小巷的餐馆都成了饮食公司的门市部，数量很大，人数很多。到今天，四十多年了，当年的职工几乎全部到了退休年龄，现在我们公司的现实情况是一个上班的要供一个半退休的，压力太大太大，负担太重太重。过去餐饮业在社会上不受重视，没有几个人愿意到餐饮业来工作，所以进来的青年人大多是文化程度不高却关系很硬的内招子女，现在要分流要转制要创新，十分困难。刚开业的民营企业没有任何负担，无论改制、转向、创新，干什么都轻松，我们真的没法和他们竞争。能够让我们公司这样多人都有一碗饭吃，我们已经尽力了。"听了这一席话，我也就不再说什么了。

　　吃不到治德号的小笼粉蒸牛肉，还能吃到其他餐厅的小笼粉蒸牛肉，并不怎么遗憾。但是写到这里，却为一位特别值得尊敬的革命前辈感到遗憾，这就是我们的四川老乡、被称为"军神"的无产阶级军事家刘伯承元帅。我读过一篇文章，说是刘帅晚年对故乡的"粉蒸格格"十分想念（刘帅是开县人，当地把小笼蒸格叫"粉蒸格格"，把用小笼蒸格蒸出来的粉蒸牛肉、粉蒸羊肉也叫"粉蒸格格"），可是北京吃不到，很是遗憾。刘帅去世之后，他的子女刘太行等在1987年护送刘帅骨灰回乡安葬时（刘帅的骨灰盒于1987年12月1日安葬在故乡老宅前面的微型陵园中，老宅还有半边是草房），还专门向地方同志打听在哪里可吃到"粉蒸格格"。

　　近来多次有人问我：如果今天还要想吃比较正宗的粉蒸牛肉，去哪一家？我的回答是：粉蒸牛肉是每家牛肉馆（含清真餐厅）的看家菜（一般公认的牛肉馆看家菜或必上菜是"烧蒸炖拌"，即笋子烧牛肉、粉蒸牛肉、萝卜牛肉汤、凉拌牛肉或夫妻肺片，戏称牛肉馆"四大天王"），所以你去任何一家牛肉馆，它制作的粉蒸牛肉都应当有基本的质量，差不到哪里去。我现在在成都吃粉蒸牛肉就是在我家楼下附近的"唐牛肉"，在青城山吃粉蒸牛肉就是在青城山镇（即太平镇）我家附近的"邱豆花"。如果愿意跑路的话，我近年间吃到的最满意的粉蒸牛肉是在成都西月城街的"小谭豆花"。

粉蒸牛肉在四川很普遍，粉蒸猪肉在四川更普遍。可是，我们家乡有一种粉蒸猪肉的做法与众不同，全国独一味。它出现在20世纪50年代初期的绵竹中学，我的母校。

我是1950年秋季进入绵竹中学的，伙食费是每月四元二角。第一年的伙食质量较差，第二年明显好转，每周都吃一次肉。伙食团有位五十岁左右的李师傅年轻时学到了一门绝活，在大铁锅里炒制粉蒸肉供几百人吃，除了形状不整齐，味道和用碗在蒸笼中蒸出来的粉蒸肉完全一样。他这一手绝技过去只是听说，没有见他亮过。在学校领导的动员下，他在伙食团做了一次，全体师生员工都吃了，无不赞美（当时的条件艰苦，师生同在一个大食堂吃同样的饭菜。只是我们学生是站着吃，老师们是坐着吃）。这以后，炒蒸肉就成了我们伙食团的看家菜。我回家时把这事告诉了父母，他们都很惊异，要我回学校后好好去看一看炒蒸肉是如何做的。我后来真是去看了，但是因为年纪小（我入中学时只有九岁），看了等于没看，什么也没有看懂，只记得有一把比平时使用的锅铲更大的锅铲在大锅慢慢翻炒。初中毕业后我考进了绵阳的南山高中，从此就再也没有品尝到那特别的炒蒸肉了。

近年间我曾经几次回到家乡，和同龄人谈到当年的母校，我们人人都难忘那久违的炒蒸肉。老同学们告诉我，李师傅去世之后，绵竹再也没有人能够做出炒蒸肉。为了发展绵竹的旅游业，有关部门曾经组织老人们回忆炒蒸肉的做法，鼓励年轻厨师恢复炒蒸肉，试验了好几次都不成功，只好作罢。也就是说，炒蒸肉这门技艺在绵竹就算是绝了。直到我已经在写作本书的时候，有一天和一位青年朋友聊民间绝技时谈到炒蒸肉，他说了一个令我吃惊的消息。他听说目前在郫县有一个农家乐开发了这道菜，名字叫锅蒸肉，他没有去过，说不出农家乐的具体名字。但愿这个消息是真的，希望有一天我能有机会去品尝这种思念了多年的家乡美味。

我们家乡还有一样蒸菜现在也绝了，就是罐汤。

罐汤就是用一个小砂罐在大蒸笼中蒸出来的汤菜，有点像现在田席中的镶碗。做法并不复杂，主料是一个小小的狮子头，配料有黄花、玉兰片、莴笋片，调料是盐和极少的胡椒粉，放进小砂罐再加入高汤，在蒸笼之中蒸熟。蒸菜本身的最大优点是保持了菜品的原汁原味，这些主料辅料再用高汤慢慢蒸出来，十分清醇可口。罐汤最适宜用于宴席上的每人一份，既卫生又可口，是极佳的汤品，更重要的是价格不高。不知是什么原因，这道菜现在也从各家餐馆的菜谱上消失了。遗憾。

"废"片种种

　　作为全世界最讲究烹饪之道的国家，又作为全世界人口最多的国家，我们中国的烹饪技艺按其风味特色分为几大菜系。由于从不同角度出发或不同目标考虑，有四大、五大、六大、八大、十大、十二大等不同的区分。最流行和影响最大的区分是四大菜系，即川、鲁、淮、粤。对于这四大菜系特色的最简明的描述有两种。

　　第一种描述是：鲁菜的代表是孔府菜，有"官"性；淮扬菜的代表是盐帮菜，有"商"性；粤菜的代表是西式菜，有"买办"性；川菜的代表是家常菜，有"平民"性。

　　第二种描述是：鲁菜流行于京师，有"贵"气；淮扬菜流行于江浙，有"文"气；粤菜流行于广东，有"洋"气；川菜流行于西南，有"民"气。

　　以上两种总结或比喻；都把川菜的特色归纳为一个"民"字，就是指的它植根于民间的朴实无华的气质，指的它能够用最普通的原材料做出最价廉物美的美味佳肴，例如麻婆豆腐和回锅肉，北京经常上国宴，成都千家万户都在吃。不特此也，甚至还能把一般人废弃不用的原材料做出最美味的佳肴来，闻名中外的夫妻肺片是最著名的代表。夫妻肺片的主要材料是一般人废弃不用的牛头皮和牛胃，川菜馆中一份夫妻肺片的原料成本不过两元，可是只要做成了资格的夫妻肺片，上国宴也大受欢迎。

类似夫妻肺片这样的川菜名菜还有很多，例如软炸扳指，原料就是一般厨师都不用的一节大肠头。又如豆渣猪头，原料就是大家都绝不会加以使用的豆渣和普通的猪头。制作这些名菜的关键是高超的烹饪技艺而不是名贵的山珍海味。只不过这些菜的工艺要求很高，普通家庭做不出来（严格来说，资格的夫妻肺片在普通家庭中也很难做出来），这里只介绍几种我们家都能做而且经常做的变废为宝的菜肴。

芹菜是很常见的蔬菜，一般家庭都是择去叶子不用，只把细长的茎部切断下锅炒，诸如清炒、炒肉丝、炒野鸡红、炒豆腐干、炒臊子、炒鸡杂、炒腰果、水煮肉片……或者用来凉拌，包括上面说到的夫妻肺片也必须要芹菜来垫底。总之，都是用芹菜的茎，不用芹菜的叶。可是，在我们家，芹菜叶子从来是不丢弃的。把芹菜叶子"燎"一下，凉拌，很好吃，特别是芹菜的那股略带药味的特殊香味比芹菜的茎更加浓郁，更加清香。除了凉拌，还可煮汤，可以做水饺馅。总之，在我们家，芹菜叶子的身价和茎部完全平起平坐。

在超市买白萝卜，无论是长的、圆的、红皮的、青皮的，从来只是买根部的球茎。可是，在一些农贸市场上，却有连着萝卜缨子的白萝卜卖，甚至还有专门卖白萝卜缨子的。当然，白萝卜缨子的价钱十分便宜，大约相当于白萝卜的四分之一。很多人都知道，就是在农村中，萝卜缨子一般都是作为饲料的。可是很多人不知道，有些白萝卜缨子不仅是可以吃的，而且很好吃。我这里说的"有些"，是指新鲜而粗壮的白萝卜缨子。把它的叶子去掉，只留茎秆，洗净之后切碎，加少许盐巴腌上两个钟头就熟了。此时把水分滤掉（白萝卜缨子很嫩，遇上盐巴就吐水），如果加一点刀口辣椒下锅炒一两分钟就是一份炒菜，如果加上自己喜欢的调料凉拌就是一份凉菜。白萝卜缨子天生嫩而脆，微带一点白萝卜的清香，咬在口中，只听见一阵阵"嚓嚓"之声，用一句四川方言，那真脆嘣嘣的。

只要不是大食堂做大锅饭，很多家庭中吃白萝卜都要削皮，愈大的白萝卜削皮愈多，削下来的萝卜皮都被倒入了垃圾桶。我们家吃白萝卜也要削皮，但是削得相当仔细，要尽可能削成一大条一大条的。把白萝卜皮晾干水分之后投进泡菜坛中，一天后就会成为香脆的泡菜。如果把刚刚在泡菜坛中断生的萝卜皮捞出来再放进浓浓的红糖水浸泡上两天，就会变成更加可口的甜菜。我们家做甜菜的时候不多，如果要做，肯定就是用白萝卜皮做的。

四川人天天吃辣椒，可是在菜地种过或摘过辣椒的城市人却不多，亲眼见过长着辣椒的辣椒全株的更少。我当年生活在农村的时候，几乎家家都要种辣椒。每到夏末秋初，辣椒摘完了，一株株或高或低的微型辣椒树就会被连根拔起，给下一季蔬菜让地。这时，我们家（别的好多人家也是如此）会把那微型辣椒树的叶子都摘下来，洗净之后在开水中"燎"一下，加上调料成为一道凉菜，很细嫩，入味，好吃，我吃过多次。摘完了叶子的微型辣椒树的秆也不会丢掉，架在树上晒干，就是一种草药。到了天寒地冻的冬天，把它放在水中煮熬成为药汤用来泡脚，可以治疗过去极为常见的冻包（四川方言把冻疮叫冻包，"包"字儿化）。我们小时多数人都没有手套和棉鞋，到了冬天几乎人人的手脚都生冻包（不只手脚，我的耳朵也是年年生冻包），很多人都用这样的方法泡过手脚。

类似辣椒叶这样"变废为宝"的吃法还有一些，我吃过的就有：南瓜藤的嫩尖可以煮汤，口感颇似冬寒菜。红苕的叶子可炒可煮，过去的城市中人绝对不吃，可是近年来崇尚返璞归真，把它升级为正式蔬菜，名叫苕尖，摆在超市中卖高价。

菜脑壳的外皮剥下来可以做泡菜。三年大饥荒时，我们在食堂倾倒的垃圾中去捡菜脑壳那层厚厚的外壳，小心地把外皮和内皮分开，将纤维质的内皮扔掉，只把外皮洗净，用一个玻瓶，装上水放点盐就是最简陋的泡菜坛，菜脑壳的外皮泡上一个对时就可以吃，很脆，好吃。如果今天不嫌麻烦，仍然可以试试。

蕹菜也称空心菜，四川多称藤藤菜，是我们成都地区夏天最常见的蔬菜之一。我种过多年的蕹菜，它生长力特强，进入夏天之后，摘了又长，摘了又长，可以摘好多次，四川方言把这种容易栽培的作物称之为"贱"。因为价格很便宜，在所有餐馆和多数家庭都是只吃其嫩叶而丢弃其茎秆。我们家从来不丢，只是把最老的一截去掉，大部分茎秆都用来食用。最常见的食用法是把蕹菜秆切成一厘米左右的短节。因为蕹菜秆是空的，一个一个短节也就是一个一个小圈圈。这时加上一些黑豆豉（又称风豆豉），再拿一点小海椒切碎，放在锅中小火慢炒。由于炒菜时放有一点清油，原来粘着的黑豆豉遇到清油就会一颗一颗分开，在慢炒之中一颗一颗都钻进了蕹菜的小圈圈。蕹菜和黑豆豉在被炒熟的同时，黑豆豉的香味和咸味也都进入了蕹菜秆，加上轻微的辣味，遂成为一道物美价廉的十分好吃的下饭菜，我们把它叫作"蚂蚁钻圈圈"。

谈到蕹菜，想说的话还多。特别是困难时期那三年，所有能吃的东西都金贵，平时认为最"贱"的蕹菜因为其产量高而受到了人们的重视。我那时在川大读本科，我们每个班都会在校园中分到一块菜地种蔬菜（我们班的菜地在新建的理科大楼西侧，旁边就是去望江公园的道路。有一天我正在菜地劳动时，两辆小车开到望江公园大门前，走下车来的竟然是朱老总。我一生中近距离见过朱老总两次，都不是什么正式的场合。另一次也是在成都，是在锦江剧场看川戏），所种的品种主要就是当年产量最高的蕹菜和厚皮菜。

其实蕹菜本身并不贱，不仅资格很老而且营养丰富，早在晋代的《南方草木状》一书中就有记载。在神话小说中的资格更老，《封神演义》中写到比干被妲己剜心之后就是见到了空心菜才气绝身亡的。蕹菜长期在南方广为种植，价廉物美，农谚中有"南蕹西芹，蔬菜之珍"之说。据分析，蕹菜所含的蛋白质和钙都高过西红柿，所含维生素高过白菜。蕹菜分两种，一种叫大蕹菜，又叫水蕹菜，适宜生长在水分多的地方，可以在沼泽地中生长，甚至可以漂浮在水面上。另一种叫小蕹菜，又叫旱蕹菜，适宜在水分不充足的地方生长。两种蕹菜之中，大蕹菜要粗壮一些，嫩一些。小蕹菜要细长一些，老一些。农民总是选择水分充足的地方栽种大蕹菜，不种小蕹菜，人们食用也都是购买大蕹菜，不买小蕹菜（20世纪50年代，北京市为了解决当时的蔬菜市场上夏天没有绿叶蔬菜的困难，从四川引进了这种很"贱"的蕹菜。因为北京市郊蔬菜地的水源并不充分，所以只能栽种小蕹菜而不能推广大蕹菜。尽管如此，小蕹菜仍然成了当年北京夏天蔬菜市场上唯一的绿叶蔬菜，以至把引进蕹菜的成功评为了北京市的农业科技成果奖。改革开放以后，有了大棚，有了灌溉，有了外地蔬菜入京，小蕹菜逐步退出了北京市场）。我们当年的菜地原本是建筑用地，土质不好，更不湿润，附近又无水源，我们要上课，不能天天挑水浇灌，只能栽种小蕹菜。可是在收获时，为了增加产量，为了多吃几口，不能只掐顶端的嫩茎，而是尽可能多地连老茎都掐。所以，送到食堂煮熟再分到每人的碗里，那些太老的茎秆虽然无论如何也嚼不烂，但是成天饥饿难耐的肠胃却绝对舍不得把它吐出来，欢迎之至，必须全部吞下去。于是，我们给这些连着老茎秆的小蕹菜取了"无缝钢管""筋筋有味"的绰号。时隔几十年，当年的老同学聚会时，只要一提到"无缝钢管""筋筋有味"，仍然能够勾起大家诸多的回忆。

困难时期那三年，记忆之中印象最深的蔬菜，仅次于蕹菜的是厚皮菜。

厚皮菜又名牛皮菜，是我们四川的俗名，其他地方也叫甜菜、光菜、君子菜、猪麻菜。它的学名极少有人知道，叫作莙荙。单从这个名字就可以知道，它和葡萄、苜蓿一样是一个译音外来词，也和葡萄、苜蓿一样是从西域传来的。据研究，它原产于欧洲南部，5世纪时从阿拉伯传入中国，在我国各地有广泛种植，而且又分为白梗、青梗和红梗三种。如今在四川栽培的有白梗和青梗两种，四川叫白厚皮菜和青厚皮菜。无论是白厚皮菜还是青厚皮菜都有个优点，不择土壤，不需肥料，不生虫，生长快，长大后还可以从外向内一层一层剥叶片（四川方言把这种一层一层地剥去叫作"刮"，读音为"寡"），边"刮"边长，稳产高产。好种、高产、不费事，四川方言叫作"不淘神"。可是，它虽然高产，却有个明显的缺点是不好吃，涩口。白厚皮菜得先煮一次，去掉涩味，再加调料（必要的是油、豆瓣和黑豆豉）精心烹制，也是一道上了川菜菜谱的菜，叫回锅厚皮菜。过去的川菜馆不卖回锅厚皮菜，近年来高唱回归自然，以往不吃的野菜和蔬菜大行其道，故而不少川菜馆的菜谱上都有了回锅厚皮菜。但是青厚皮菜不管怎么加工都不好吃，过去连贫苦农民都不吃，故而不多种植，有农家要种，也是只用来喂猪，是一种青饲料。可是，在那饥饿难忍的三年困难时期，厚皮菜却因为它的好种、高产而大受欢迎，往往是人们种蔬菜的首选。我们当时种菜时只求高产，吃菜时只求量多，不分白厚皮菜和青厚皮菜，根本不做选择，更不讲究什么调料和味道，哪管什么涩口不涩口，砍烂煮粑，放点盐巴，只求能够把胃填满就行。不过，吃了过后从胃里冒出来的那股酸酸涩涩的气味和酸水也十分让人难受。

若干年过去，偶然间看到一则资料：英国科学家在分析一千种食材之后选出一百种最营养食物，前十名中有猪肉、南瓜籽和莙荙，第一名是杏仁，评分九十七分。莙荙排名第七，营养评分七十八，其理由是说因为含有甜菜色素，具有抗氧化功能。由于这类排行榜在网上天天都有，处处可见，真可谓数不胜数，我不敢相信是否真的有科学根据，只能是转引于此，仅供参考。

在荤菜之中，我家厨房中变废为宝的代表菜是鸭架煮四季豆。这种吃法过去在成都没有，现在是否有较多的人在做，我不知道。对我来说，是自己摸索出来的。

1994年初，我离开单位成为自由人。1995年秋到1997年底我在北京当"北漂"。前一年吃食堂，下小馆，吃方便面。后一年自己开伙，一方面是为了吃得可口一些，另一方面则是为了更多地进市场、看食品、找特色，体味老北京的民俗文化。就在这过程中，我发现北京有的烤鸭店在傍晚会在门口出售鸭架，就是烤鸭片去鸭肉之后的骨架。骨架上的大块肉基本无存，价格很便宜。因为我知道高明的川菜厨师熬汤时会把鸡架或鸭架的骨头敲碎，加入其他食材一起熬，特别出香。烤鸭的鸭架应当比鲜鸭的鸭架更有香味，于是就买了回来，把骨头敲碎熬上一锅汤。汤中煮什么菜呢？经过两次试验，选上的最佳蔬菜是北京一种叫"白不老"的豆角，北京人也叫白架豆、"老来少"。它和四川的四季豆应当是表兄弟，形状相同，外表呈乳白色，更长更胖还嫩，最长的距一尺不远。吃了两次，无论是滋还是味都很不错（很多人都不知道，我们常说的滋味滋味，如果细分，滋和味是有区别的。滋主要是指口感，如粗、细、脆、嫩、硬、软、糯、绵等，味则指味觉，如咸、甜、酸、苦、麻以及相近的辣等），还有一个重要优点是价廉物美。此后，这道菜遂成了我在北京的保留菜。回到成都之后，仍然做。成都的烤鸭店不出售鸭架，已经把鸭架熬汤煮菜。但是吃烤鸭的顾客可以向服务员要鸭架带回家。由于成都烤鸭店的师傅们基本功都不行，鸭架上的肉保留很多（北京烤鸭店中合格的师傅会把烤鸭身上大部分的肉都片下来，厚薄和大小均匀，总片数应当在一百零八片），如果煮汤，大量的鸭肉会绵，难吃，所以我都要先把鸭架上的鸭肉再剔一次，每个鸭架会剔下来一大碗。至于煮汤的蔬菜，当然是四季豆。

附带说一句，在我们四川，四季豆是夏日蔬菜的主角，可是大多数家庭都只是炒着吃，不用来煮汤。根据我的经验，四季豆的最佳吃法应当是"素炒荤煮"。如果只想吃素菜，就炒着吃。如果有肉汤，就煮着吃。例如吃回锅肉时，一般都用萝卜或莲花白来煮汤。请听我的建议，换个口味，改用四季豆煮汤，肯定让你超满意。

大杂烩

老一辈人都十分节俭，我们家当然不例外。从小到大直到父母辞世，我在家中吃饭时，父母应当算是开明，没有其他家庭那样多的饭桌规矩，诸如不准说话、不准在碗中插筷、不准把筷子倒着拿、必须长辈上了桌小辈才能上桌、不准敲碗、不准把筷子伸过桌子中间的界线等，我们家都不讲究。可是有一条钢打铁铸的规矩绝对不准违反，就是不能浪费饭菜。小时候，父母吓我们姐弟三个，说糟蹋饭菜要天打五雷轰。稍稍长大了，不吓了，而是用身教。自己饭碗里的饭必须全部吃完，一颗不剩。桌上菜碗中的菜如果吃不完，绝对不能倒掉，而是留着下一顿热了再吃（我们家不养猫，所以从来不留猫食。曾经有两年养过猪，剩饭剩菜用来喂猪，应属特例）。所以，我们家有一个常用的专用词汇叫作"热菜"，就是对剩菜进行加热。

我们家"热菜"的方式相当简单，如果只有一样，当然是在锅中炒一下就行。如果是逢年过节或是有客人，会有几个剩菜，除了极个别的情况之外，都是把几种剩菜一锅烩。下锅时是几个半碗或小半碗，出锅时就是一大碗。

小时候只想吃饱，不懂烹饪，从来没有问过妈妈这样做是为了什么。稍稍长大之后，心想这样做是不是太粗放了，才问妈妈。妈妈说："又少烧柴火，又少花时间，还特别入味，好吃。庙子里的罗汉菜就是把很多东西煮一锅。第一顿不好吃，第二顿热一下，比第一顿的新鲜菜好吃多了。"

"入味"，这是我们经常在说的口头语，实际上也是讲究烹饪技艺者的一个主要目标。我们所使用的各种食材大多是没有味道或者没有好味道的，烹饪的主要目的是什么？除了将食材由生变熟之外，就是要让各种调料形成的复合味进入食材，成为一道好吃的菜肴。如果花了不少调料辛辛苦苦做出一道菜来被评为"没有入味"，那就宣告失败。如何才能入味呢？烹饪教材没有专章，我想，主要不外两条：一是加温，二是延时。"热菜"既有加温，又有延时，当然入味。

当我结婚育女、开伙做饭之后，一方面，我也是绝不准女儿浪费饭菜；另一方面，我处理剩菜的方法也往往沿用妈妈的方法，除了有刺的鱼之外，几种一锅烩。不仅是炒菜和烧菜，哪怕是凉菜都可以一锅烩。这样一锅烩的剩菜特别香，超好吃。

妈妈所说的罗汉菜，因为少入寺庙，我多年都无缘得见，第一次吃到寺庙之中的罗汉菜的时候相当晚，但却是相当的资格。那是在20世纪80年代初，一位师兄带我去文殊院拜谒宽霖长老。当天长老兴致很高，谈兴甚浓，不仅和我们谈话甚久，还特地吩咐香积厨做罗汉菜，和我们一道共餐。第一次吃罗汉菜，就感到清爽可口，别出一格，印象颇深。这以后还在不同寺庙吃过几次，都不如在文殊院中被宽霖长老赏饭的那一次。

僧人素食，罗汉菜就是佛教寺庙中一种比较复杂的素烧什锦，其主要材料有油面筋、竹笋、黑木耳、黄花、银杏、黄豆或其他豆类、粉条、各种蘑菇、豆腐、腐竹，以及萝卜、莲藕、土豆等蔬菜，调料比较简单，除了盐巴之外，香油的用量不小。不能用普通菜式中的葱、蒜、韭之类，因为佛教徒的素食之"素"要求禁食"荤腥"。植物类中的葱、蒜、韭之类刺激性强的食物都属"荤",肉类则属于"腥",都不能吃。因为食材较多,所以又沿用寺庙中有十八罗汉之十八之数,称为"十八罗汉菜"。

为什么回锅大杂烩好吃?为什么素烧什锦的罗汉菜好吃?在过去,是我们祖先在长期实践中经过摸索积累下来的经验。在今天,则是我们在烹饪之中应当加以研究的一门学问。简单说来,这有三个理由,一是几种食物加以混合之后,几种味道的综合往往要比单纯的味道好吃,是复合味菜品的再次复合。二是放了一些时候的菜肴又加上两次加热,调料的味道深度进入食材,更加入味。三是所有动物食品的肉类在刚宰杀之后几小时之内是处于一种僵直阶段,肌肉的酸度会增加,肌凝蛋白会凝固,肌纤维会变硬。应当在几个小时之后让肌肉之中的糖原分解为乳酸,结缔组织逐渐软化,这个阶段叫作后熟。后熟之后的肌肉会更加鲜美。我们常常听说吃鱼和鸡鸭都讲究要现杀,愈新鲜愈好,其实并不科学。

有人会说,按照这种理论,我们的餐厅为什么要供应新鲜的菜肴,而不是把做出来的新鲜菜肴放半天再回锅加热供应呢?这就涉及一个万事万物都不能十全十美的简单道理了。中国人的美食文化是一种综合性的审美享受,对每一道菜的要求是全面的色、香、味、形、器的综合,不仅仅只求味道。为了达到此目的,只有由有技艺的餐厅做出来的新鲜菜肴,才能达到色、香、味、形、器的综合性的审美享受。而在自己家中,只说味道,不谈综合,就可以单打一地享受回锅大杂烩的美味了。其实,中国烹饪技艺之中有些慢火烹制的菜肴,如海味什锦、坛子肉、佛跳墙等,也正是以味道追求为主要目的的美味,达到目的的主要手段一是食材多样,二是时间延长。其实质就是高档大杂烩。

我国的高档大杂烩不仅我们喜欢,老外也喜欢,早就扬名世界。这个功劳是我国近代最早游走世界的人物之一、大名鼎鼎的李鸿章挣来的。相传光绪二十二年（1896）他在美国访问时曾在中国大使馆宴请宾客。美国官员第一次吃到地道的中国菜，特别高兴，席桌上的菜肴快要吃完了，客人仍然意犹未尽，不愿离席。可是原来准备的宴席已经上完，临时采购根本来不及。此时聪明的厨师灵机一动，把从席上撤下去的剩菜加上还能找到的各种半成品以及边角余料做成一锅大杂烩端出去应急，没有想到竟然受到了客人的欢迎。客人问李鸿章这道佳肴叫什么名字？李无法回答，只是支支吾吾地说"好吃多吃"。由于汉语的"好吃多吃"和英语的杂烩、杂碎（Hotchpotch）读音相近，美国朋友误以为这就是菜名，从此这道临时拼凑出来应急的大杂烩就在美国成了一道名菜，名字叫"李鸿章杂烩"或"李鸿章杂碎"。在若干美国人口中，"杂碎"甚至成了中国菜的代名词。在此之后，为了迎合市场，一些中餐馆干脆就改名叫"杂碎"。1903年梁启超访美时曾有记述，纽约一地就有"杂碎"馆三百多家。梁启超口味高，瞧不上这种"杂碎"，故说"烹饪殊劣，中国人从无就食者"。

李鸿章回国之后，他直隶总督府中多年官居膳食总管的保定名厨董茂山和保定长春园掌柜王喜瑞在"李鸿章杂碎"的基础之上进一步研制了一道高档的河北烩菜，也叫"李鸿章大杂烩"。因为李鸿章是安徽人，这道菜又列名于徽菜名菜之林。经过几代人的传承发展，至今仍受欢迎，主要原料是鸡、鱼、海参、火腿、鱼肚、鱿鱼、猪肚、腐竹、干贝、蘑菇、笋、鸽蛋等，主要调料是姜、葱、胡椒、绍酒、糖等。

大杂烩有高档也有低档。高档的代表是"李鸿章大杂烩"，低档的代表是"神仙菜"。

神仙菜我只是听说过，其色、香、味、形、器都可以想象，但是没有吃过。

被中国传统文化浸润很深的老一辈都讲究积德行善，生意人也不例外。成都过去规模较大的餐馆到晚上关门的时候，总有一些剩饭剩菜。有善心的老板不会将其倾倒，也不会送去喂猪，而是将其全部混合在一起，烧开之后装入木桶，挑到城门外送给乞丐、无家可归的流浪汉以及饥饿难过的穷苦人食用。老成都最繁华的区域是东门（因为府河和南河的水运集散地都在东门，成都驿路的起点也在东门），东门城门外的流动人口也最多，所以在东门城门外每天都有这样的大杂烩出现，而且极受欢迎，木桶一到，总是一抢而光。成都人生性风趣诙谐，爱开玩笑，因为乞丐具有不纳粮、不交税、不上班、不养家等生活特点，老成都人就把乞丐戏称为"神仙"，所以这种大杂烩就叫"神仙菜"。

无论高档还是低档，杂烩都是美味。中外共知，毋庸置疑。

野花、野菜、野果和野味

我家久居农村，野花和野菜四处皆有，所以吃过不少。不仅我们家吃，不少乡邻们都吃。为什么会吃？这绝对不是出自什么骚人墨客的雅兴，原因应当有三：一是因为方便，不花钱；二是为了换换口味；三是听说好吃就去采来吃，出于好奇。

在野花之中，我家吃得最多的是木槿。木槿极易成活，枝叶繁茂，常常作为道路两旁的篱笆。我父母都是乡村小学教师，长期在绵竹广济小学教书，我家也就长期居住在广济乡小学中。广济乡小学的操场边就有一排木槿，每逢夏秋，天天都有无数白色的或淡紫色的花朵挂在枝条。除了小学里面有，在一些路边也常常可见。木槿不高，我们这些小孩伸手可采，所以我小时候曾经多次采摘木槿花回去交给妈妈。妈妈的做法比较简单，就是用来做汤。先在锅中打油汤，放盐，汤开后把洗净的木槿花瓣放下去，翻几滚就成，再撒点葱花，就成了一碗清香可口的素汤。木槿花没有一般花瓣的苦味，只有清香，好吃。

我读研究生学的是甲骨金文，曾经对先秦典籍下过一些功夫，在读《诗经》时从一些注释中得知，《诗经·郑风·有女同车》中"有女同车，颜如舜华"的"舜华"就是木槿花。那时的先民吃不吃？不知道。想来应当是要吃的。也是在读这些书时才知道，会吃木槿花的不是吃开放之后的花瓣，而是吃未放之时的花蕾，据说不仅清香还有清脆之感。

前些年我对川菜烹饪有点上心，曾经在成都"子云亭"川菜馆当过顾问，想把木槿花汤做成一道汤菜供应顾客。只是因为在城市中没有那样方便的木槿花可摘，只好作罢。据我所知，福建和安徽一些地方至今仍然要吃木槿花。在近年的一些报刊上，还几次见到有关木槿花是如何既有营养（诸如富含锌和硒之类）还能防病治病（诸如能够抑制肿瘤之类）的介绍文章，是否如实，没有核查。不过，现在在报刊上网络上见到的介绍各种植物类食品的好处时，几乎大多都有防癌治癌的功效，我不说假话，我都不信。

比木槿吃得少一些的是槐花。槐树在四川十分普遍，开花时一串一串地挂满枝头，落在地上可以铺满厚厚的一层。我们家吃槐花不多，主要吃法是用来炒鸡蛋或是加入灰面之中煎锅摊。按理说，槐花比木槿要多得多，为什么比木槿花吃得少？这是因为槐花闻着香，可是吃在口中有一丝丝苦味，不大好吃。不过，正是因为槐花闻着香，所以我们家乡不少家庭都把槐花晒干之后用来装枕头，老人们还说槐花枕头有药用，可以清热明目。这种槐花枕头我们家没有装过，我只是在同学家里睡过。

还吃过一种花，不过不是野花，而是栽培的名花，那就是大名鼎鼎的菊花。我们家乡菊花不多，养菊花的家庭最多也就是养上几盆，如果要把菊花的花瓣摘下来一家人吃上一顿，至少也得十几朵大花才行，所以极少有人吃菊花。我们家没有养过菊花，也没有在家中吃过菊花，小时候唯一的一次吃菊花也是在别人家里，是跟着父母到别人家里去做客。主人端出来的是一碗菊花肉丝汤，我只是尝了两口。那时年纪小，还不懂得如何品味就吞下喉咙了，记忆不深。真正品尝菊花是在1964年。

说到1964年，很多年轻的朋友都不知道，那是一个很不错的年份。市场供应充足，物价不高（我在川大生活多年，我们那一批老川大往往是以九眼桥的卤鸭子的价格作为成都物价变化的标尺，九眼桥的卤鸭子在1964年是七角多钱一斤）。城市中大"四清"还未开始，我那时研究生在读，政治环境相对宽松，学校中提倡读书，系上恢复了学术讨论会，校外各种专家经常来学校做各种讲座，各种演出团体经常来学校演出，校园中业余文化生活丰富（例如，我听过音乐学院老师来讲解小提琴协奏曲《梁祝》，也跟着来学校办讲座的著名金钱板艺术家邹忠新学过金钱板）。就是在那样的1964年的秋天，一个偶然机会，我和朋友在成都提督街一家餐厅中品尝到了正宗的菊花锅。

我在读本科时就熟悉了《离骚》中"夕餐秋菊之落英"的诗句，也知道陶渊明"采菊东篱下"的雅兴，还在前辈文人的散文中知道菊花锅，那是清代开始流行的一种相当高雅的美食，没想到竟然能在成都见到。一个带有镂花圈脚的金属锅，锅里是已经煮沸的微微乳白色的高汤，汤里只能见到点缀其间的红枸杞，锅下圈脚内点着酒精灯将汤继续加热。送上来的几碟荤菜记得的有肉片、鱼片和鸡片，都切得很薄，素菜就是一筐白色的菊花瓣。根据服务员的提示，先将菊花瓣放入锅中，让其香味透出，然后把荤菜在锅里烫熟，和菊花瓣一道吃。菊花锅只是一道汤菜，所以荤菜和素菜的分量都不大，和今天的火锅大为不同，没有大团的红艳，没有油汪汪的蘸碟，没有毛肚、黄喉这样的内脏，更没有鳝鱼、泥鳅这样的血腥，如果按烹饪技艺色、香、味、形、器的要求，它从形式到配菜都散发出一派素雅的轻风，一股书卷的诗意。品尝这样的菊花锅，有如品读婉约派的宋词。愿意品尝这样的菊花锅，就是人文素养的一种流露。

这样的菊花锅，此生就只见过这样一次，吃过这样一次。可是这一次令人终生难忘。近年和成都一些朋友谈到此事，他们都不相信在1964年的成都提督街上会有这样的菊花锅。此时，我翻出《川菜烹饪事典》一书给他们看，书中火锅篇的第一道菜就是菊花火锅，介绍的文字说"此菜秋季食之最好，常用于高级筵席的座汤"。这一下他们不仅服了，而且认为食客各有所爱，市场理应细分，如果今天能有餐厅恢复这样的菊花锅，将在"全国山河一片红"的火锅天地中开创一片新天地，用别出一格的素雅风来赢得部分食客的喜爱。这以后，我一直关心此事，最近听说在成都著名的三圣花乡已经有一家私房菜馆恢复了菊花火锅，只是我未去品尝，不知能否恢复昔年之雅兴。

今天的成都不仅吃不到菊花了，也吃不到芙蓉花了。很多朋友都不知道，我们成都的市花芙蓉花过去也是一道美食。清代的六对山人有这样的一首《竹枝词》："北人馆异南人馆，黄酒坊殊老酒坊。仿绍不真真绍有，芙蓉豆腐是名汤。"三峨樵人注："蓉花可食，相传大宪请客，厨役误污一碗，以芙蓉花并各鲜味和豆腐改充之，大宪以为新美，上下并传，人争效之。"如果再说远一点，古人吃过的鲜花还有一些，如梅花鱼羹锅、炸荷花、炸玉兰花、桂花糕、鲜溜香花（兰花、晚香玉、夜来香均可）等。今天全国各地都在食用的黄花（又叫金针菜、萱草），也是晒干的鲜花。

写到这里，提到一本书：《川菜烹饪事典》。我要向所有对川菜、对中国传统餐饮文化有兴趣的朋友们强力推荐，这既是一本很有价值的工具书，也可以当作简明的川菜百科全书。在目前有如铺天盖地一般的川菜书籍（其中绝大部分都是东抄西抄的菜谱）之中，此书的资料性和学术性一直高居榜首，过去还没有，今后也很难超越。为什么？因为此书的编写者几乎囊括了全川（包括当年还没有分治的重庆）川菜界最有水平的行家里手，主要执笔人熊四智和胡廉泉都是我的好朋友，我完全相信他们的学业造诣和敬业精神。所以，此书不仅是我的常用参考书，也乐意推荐给所有爱好川菜的朋友们。

除了木槿和菊花，我没有吃过其他的鲜花（我听妈妈说她年轻时吃过玉兰饼和玉兰汤，我没吃过），家乡野菜可就吃得太多太多。

成都地区野菜很多（我看到过崇州蔬菜公司的一个调查统计资料，共有一百一十五种），我的首选是折耳根，也就是猪鼻孔。

折耳根学名蕺菜，药名鱼腥草，在成都地区有三个长期并行使用的名字，一个是折耳根，二是猪鼻孔，三个是猪屁股（猪鼻孔和猪屁股也可能是同音异写）。多年来，曾经无数次地被人发问："为什么叫折耳根？为什么叫猪鼻孔？为什么叫猪屁股？几个名称哪个正确？"我只能说不知道。如果勉强作答，我可以这样说：之所以叫猪鼻孔或猪屁股，可能是因为它圆圆的叶子很像猪的鼻孔或猪的屁股。为什么会叫折耳根？就连勉强的说法也没有了。在我们四川的古代文献中我只见到一条重要的资料，可以作为在很多地方是被当作药材的折耳根在我们四川很早就被当作蔬菜的证明。这篇文章是载于《童山文集》卷一的《峨眉山赋》，作者就是大名鼎鼎的古代四川大学者李调元，李调元在《峨眉山赋》中详细记述了峨眉山中有关动物、植物、矿物等各种特产，单是植物中又分为树木、花草、谷物、水果、蔬菜、药材等若干段，有关蔬菜这一段排名第一的就是"蕺"。由此可知四川人把折耳根当菜吃的历史不仅是至少已有两百多年，而且在两百多年之前就已经相当有名气了。

折耳根在四川各地真是太普遍了，每到开春时节，田埂上一团一团地发了出来（据说一些丘陵区的山坡上更多，只是没有亲眼见过），叶子和茎秆用来凉拌，根根用来煮汤，天天摘也吃不完。改革开放之前，我们家乡的市场上从来没有它的身影，更没有人工栽培，因为野生的太多太多了。几十年过去，我现在也不买了，因为在我居住的青城云雾山庄小区里就长出了若干野生的折耳根，单是我家门前黄桷兰的树下就有一大片，足够我家每周摘一次了。

我此生的绝大多数时间内折耳根都只是十分普遍、不被重视的野菜，但是也有那么半年，成了我生命之中的一抹绿色。

1969年9月，我在大凉山上甘洛的军垦农场劳动时，当了"现行反革命分子"（有关情况见后），先是被关押审查，以后到一座山上看守牛棚，管理菜地。我去牛棚时是1970年5月，大凉山春晚，此时正是树发芽、草出土的初春时节。我要做饭就得挑水，挑水的地方不远，是一个很小的可以说是迷你型的山泉，几股如丝如麻一般的细流从石缝中浸出来，汇成不到一平方米大的大盆状水面，水面四周长满水草，一年四季，大盆中都积满清水。部队之所以把牛棚建在这里并在牛棚外开垦一片菜地，就是因为有这个山泉。我每天都去泉边洗脸，两天去挑一担水烧水做饭。有一天，发现去山泉的小路边长出了几株嫩芽，过两天芽叶展开，竟是几株折耳根。一下子欣喜若狂，因为我到大凉山快两年了，从来没有见过它的身影。一看到它，就想起了家乡，想起了父母，想起了妻子，想起了很多很多。于是，我一直保护着它，一枝一叶也不损坏，更不摘它来当菜吃。如果心情实在太坏，就坐在它的身旁，摘下一片叶子，用鼻子慢慢闻它那独具特色的香味。它的香味很浓很浓，直到干了、碎了，香味仍然不改。我曾经在心底无数次地默念：这就是家乡的味道，这就是家乡的味道……

和大多数成都人一样，我家吃折耳根只有两种吃法（这两种吃法也应当是祖先们的优选），嫩的都是凉拌，与之搭配的则是青胡豆或者莴笋丝，老的根茎则是做炖菜时的配菜，比如炖猪蹄、炖排骨。老人们都把有折耳根的炖菜当药吃，因为清热。曾经听人说过峨眉山著名酒店红珠山宾馆开发有折耳根系列菜十多种，不过仍然是以各种凉拌和各种炖菜为主，另有几种菜粥。我没有吃过，不知这种系列能否征服食客。虽然如此，想到我们四川最早记载折耳根为蔬菜是在峨眉山，如今最早搞成系列菜的也在峨眉山，可知折耳根和峨眉山真是有缘。

除了折耳根之外，吃得最多的要算马齿苋和竹叶菜，这三种野菜可以算上成都地区的野菜三鼎甲。

马齿苋在农村很常见，它的嫩叶不大，但是肥厚，又是一排排地紧挨着，形状颇像马的牙齿，故名。这个形象的名字在著名的《本草纲目》中就有记载："其叶比并如马齿而性滑利似苋，故名。"马齿苋很多人都吃过，包括诗圣杜甫。杜甫有诗名《园官送菜》，其中就有"苦苣针如刺，马齿叶亦繁。青青佳蔬色，埋没在中园"之句。现在如果要在成都的农贸市场上买野菜，最常见的就是它。这是因为民间都认为马齿苋是一种有效的草药，清热解毒。如果口腔上火牙齿痛，吃几次马齿苋就会见效。如果长有热疮，将马齿苋打碎外敷也会有效，有的人还用它来治痔疮。我们家和很多家庭一样，都是在开水中滚两滚之后凉拌食用。前些年我开始学着养花时，经内行介绍，养了一种最好养的花叫太阳花，它的叶子很像马齿苋，只是叶子稍微要尖一点。后来才知道，太阳花就是一种马齿苋，学名叫大花马齿苋。

竹叶菜是四川野菜中颜值最高的一种，它形如竹叶，色如竹叶，匍匐路边，一片翠绿。炒一盘色彩鲜嫩，吃起来清爽带脆，是我最喜爱的野菜之一。小时在绵竹老家的竹叶菜不多，现在住青城山处处可见，小区外面的公路边可以说是要多少有多少。由于竹叶菜是既好看又好吃，故而是我招待客人或者建议朋友招待客人时野菜之中的首选。有一次我和中央电视台的摄制组在都江堰市拍片，工作结束后市领导决定请央视吃饭表示慰劳。我建议了一种最"土"的方案，他们同意，并选在青城山下一个农家乐中。这个农家乐有几种野菜和野生鱼，还自己培育了几种蘑菇和黑木耳。我让央视的朋友自己去选野菜、选鱼，自己去摘蘑菇、摘木耳，再配上青城山道士酿制的洞天乳酒。一顿吃下来，朋友们大呼吃得舒服，长了见识，他们最喜爱的野菜就是竹叶菜。临别时都说，下次如果有到成都拍片的任务，一定要争取再来。

竹叶菜是四川民间的称呼，它的本名叫鸭跖草，药名叫淡竹叶，在中草药中可是大有名气，可治多种疾病。

还有一种我很喜欢也是很多人都喜欢的野菜是椿芽，但是我对椿芽是不是应当归入蔬菜之中是有点想法的，我认为，如果就是要归入也必须要承认它是蔬菜之中的另类。为什么？第一，它有特殊的香味。第二，它长在高高的树上。要知道，蔬菜有几种分类法，无论查哪一种分类法，也找不到有香味蔬菜这一类，也找不到有高高的树上蔬菜这一类。

今天的椿芽绝大多数都是人工栽培的，成厢成垄，高约两米，伸手可摘。我小时候吃的椿芽都是野生的，长在高高的椿芽树上，我见得很多很多，我们自己家都有三棵。

我父母都是乡村小学教师，我自六岁起就住在绵竹县广济乡小学内。小学是一座古庙改建而成，改建后的操场旁有一排五棵古老的椿芽树（这是家乡的称呼，学名应当是香椿树，因为还有相对的臭椿树，也就是樗树），每棵都高近二十米，春天虽然长满了春芽，一般人根本摘不到。学校只是每年选一个星期天找两个"废头子"娃娃爬到树上去把最方便采摘的椿芽摘下来分给全校的老师们吃。对于我们家来说，这五棵椿芽树的最大用处不是吃椿芽而是捡柴。椿芽树的叶子长在长长的枝条上，每到深秋，干枯的枝条就开始不断地掉落。每天清晨，我妈妈都要带我去捡。这种枝条长过两尺，整整齐齐，好捡好捆好烧，是最佳的烧火柴。当时的广济小学教师不到二十人，本地人回家吃饭，外地又无家属的在食堂搭伙。只有我们一家既是外地人又是一家五口，自己煮饭，煮饭就需要柴火。所以，那几年小学中的椿芽树枝条几乎全部都是被我们家捡完烧完的。

1949年冬，解放大军两路入川，国民党残兵败将四处骚扰，社会秩序失控，不远处出现了土匪抢人。我们全家就搬到广济乡下孙家大院子去住，两间房子是爹爹向一个朋友借的。这年底川西地区解放，我们家就是在乡下的孙家大院子中过的。1950年春，新生政权成立，社会秩序恢复正常，小学按时开学，我们又回到了小学中居住，但是孙家大院子中的两间房子并未退还，寒暑假时我们仍然是回到乡下去住。这时家乡开展了土地改革运动。因为我家有时在乡下居住，就把我家当成了农民。因为我家没有田地，就把我家划成了贫农成分。因为是贫农成分，就把我们借别人的两间房子正式分给了我们。因为在我们一家五口之中父母有工资而我们三姊妹没有收入，就给我们三姊妹各人分了一份田地。

在分给我家三块田的最大一块田的田坎上有三棵椿芽树，当然也同时分给了我们。椿芽树很高很大，春天发春芽时我们用最长的竹竿去打都够不着，全给会爬大树的别家孩子摘去了。1954年我考上绵阳高中（就是今天的全国名校绵阳南山中学），需要路费和学费，就把三棵椿芽树卖了，总价是五元钱。也就是在这时，我才知道椿芽树是很好的木料，是做家具的上品（父母去世之后，他们的遗物我只留下了两把木椅，就是父母在我出生之前用椿芽木做的）。卖树是我和爹爹一起到乡下去卖的，当天还被恶狗咬了一口，至今伤疤犹在，所以终生不忘。

除了野花和野菜，农村中可以吃的还有野果。

我们这辈人中不少男孩都有小时候上树摘野果吃的经历，我小时候没有，那是因为天府之国的恩惠，我没有饥饿到摘野果吃的地步。长大了却千方百计地吃过几次，那是因为一段十分特殊的经历。

1968年9月，我到大凉山的甘洛县驻军农场劳动锻炼，当年叫作"军垦"。在此以前，我已经参加过数不清的、各种各样的体力劳动，对于劳动一点也不怕。可是没有想到，到甘洛之后让我和我们"垦哥"（这是我们当年仿知青称为"知哥"的自我谐称）们最可怕的难关竟然是吃不上蔬菜。

甘洛的气候不算太差，可以种菜（距我们不远的团部后勤机关种的冬瓜有二十斤一个，我们亲眼见过）。关键是这里的彝族同胞过去一直就不讲究吃蔬菜，他们除了吃荞麦、洋芋、苞谷等粮食之外，主要吃一种适合在山区种植的圆根萝卜，其他蔬菜很少种植，所以市场上基本见不到蔬菜，如果有一点，早被有各种交通工具的铁二局（当时正修成昆铁路，铁二局的总部就设在甘洛，是甘洛最大的单位）职工买光了。部队从来都是自己种菜，不在市场上买菜。我们到甘洛时，多数连队都在外执行任务，菜地大多荒芜，团部从各个连队"共产"，只收集到一些南瓜（我们到甘洛当夜的第一餐吃的就是南瓜）。部队要求甘洛县商业局想办法，商业局尽了最大努力从外地调进，终于让我们能够每天有"菜"吃，但这"菜"不是蔬菜，而是"三淀粉"："淀粉球"豌豆、"淀粉条"粉条、"淀粉块"凉粉。不说绿色蔬菜，连葱都见不到一根。我们的伙食标准是按部队标准由甘洛县商业局负责供应的，所以每周都能吃上一次肉，但是只有从外地调来的腊肉，没有鲜肉，每次吃腊肉也只有一种做法，就是炒粉条。这种情况短期可以，时间一长就出问题。春节刚过，突然有几个同学得了一种怪病，躺在床上有说有笑，就是无力起床，我们寝室就有两个。我们先是骂他们偷懒，后来发现有可能是病。请来医生检查之后，结论明确：长期未吃绿色蔬菜，严重缺乏维生素。医生给他们开了维生素片，几天之后他们就起床了，可是对全体"垦哥"来说，就有点恐慌了。不少人都写信向家里要求寄维生素来。正在此时，有聪明的同学发现，初春的山坡，草皮还未全绿，但是有不少"泡"已经长出来了。"泡"的读音应当儿化为"泡儿"，是四川普遍通行的方言词，就是山坡上（平地也可能有，但是很少）一种枝蔓形灌木丛在初春时节长出来的浆果，又分为几种，我叫不出名字，一些在山区长大的"垦哥"很熟悉，还教给我两种"泡儿"的名字，一种叫"蘼秧泡儿"，一种叫"蛇泡儿"，未成熟时都是绿色，味酸，成熟之后变成红色，酸中微甜。于是，星期天一到，"垦哥"们倾巢而出，上山找"泡儿"吃。这玩意肯定富含维生素，我们才吃了几个星期天，全连就一个得怪病的也没有了。

山上的"泡儿"很快就随着拂过的春风而消逝了。长久之计，莫过于自己种菜。于是，大家都想法叫家里寄菜种来，大家都拼命种菜。这里有的是土地，只要你肯使劲，每个班都开垦出了自己的菜地。收工之后，哪怕再累，大家也愿意下到河边挑水浇菜。肥料也好解决，就是自己的粪便，用粪桶存放几天，就是很好的氮肥。春去夏来，我们连队的蔬菜获得了令全甘洛县军民大开眼界的大丰收，自己吃不完，还支援了其他连队。

蔬菜于人之重要，像我们"垦哥"在大凉山的这种切身体验，无论是其他人群、其他地区，可能很少见。也就是在这时，我想到曾经读过一本有关郑和下西洋的书，说当年哥伦布、麦哲伦、达伽马在海洋中远航时，都无法克服因为长期吃不到新鲜蔬菜而让船员染病的难题，只有我国郑和远航时因为采取了在船上用黄豆生豆芽的方法解决了这一难题。我在另外的书中还曾经读到，无论是海上丝绸之路还是陆上丝绸之路，向各国输出的中国瓷器都是最主要的商品之一。无论用绳索怎么包装捆扎，长途的颠簸碰撞都可能将轻薄易碎的瓷器损坏。我们聪明的祖先在实践中找到了一个极好的办法：用豆芽。就是将捆扎的瓷器装进麻袋后在缝隙中装进黄豆以减少碰撞，再将麻袋扎紧，每天向麻袋浇水，让里面的黄豆发芽，豆芽生长很快，而且愈长愈长，会寻找一切可以钻进去的缝隙将所有的缝隙填满填实，而且还有弹性，有如今天包装用塑料泡沫一般，就可以大大减少瓷器的损坏。更重要的是，路上还有鲜活的豆芽作为蔬菜可吃，绝对是一举两得。我们祖先的聪明，于斯又一佳证。

山上的“泡儿”当然属于野果。不过如同我们“垦哥”在大凉山那样为了健康而集体吃野果的事例，在全国可能都是特例。

说到野味，不禁五味杂陈，难以落笔。

我们家地处成都平原，四周都是稻田，哪里来的野味？我怎么会吃到野味？

真的有，我真的吃过，而且都是妈妈亲手给我做的。

成都平原的一大特色是农村中家家都有或大或小的林盘（在四川方言中，这里的“盘”字读阴平），就是房屋四周的竹林和树木。小林盘对我们小孩缺乏吸引力，大林盘就是我们小孩的天堂。我家所在的孙家大院子就有一个大林盘，里面除了一大片一大片竹林之外，还有很多树，单是果树就有梨、杏、樱桃、板栗、核桃、银杏……还有山茶等开花的树。林间有各种鸟类，而且数量不少，乌鸦巢中的蛋可以掏出来吃，斑鸠可以用鸟枪打下来吃。我家的邻居叫孙祚祥，他有鸟枪，我几次跟着他到林盘中去打斑鸠。他不经常打，要有客人来了才打，因为打枪的火药和铁砂子要花钱，他要把火药和铁砂子用来冬天进山打麂子（他每年冬天都要进山打麂子，我们家也几次吃过他送给我们的麂子肉。他给我讲过进山的路线，是从高景关经蓥华山翻九顶山，最远可到茂县。近年来四川学术界有人考查九顶山，认为那里可能有一条古蜀先民从岷山上进入成都平原的古道。其实这不用怀疑，不是可能有，而是确实有一条古道，孙祚祥走过多次，我可以做证）。他打斑鸠时如果我跟着他去，他总要多打几只给我。他打下的斑鸠是当天就红烧来待客，我把斑鸠拿回家去却吃不成，因为妈妈说斑鸠最好吃的方式是做成腌肉，也就是去毛破膛洗净抹盐，挂在柴灶门前让烟子慢慢“熁”，让其完全“熁”干之后再煮来吃。由于斑鸠不大，煮熟之后大约只有三两，妈妈砍都不砍，把一只完整的拿给我自己去啃。大的骨头吐掉，小的骨头就直接嚼烂吞掉了。

斑鸠属于野生鸟类，当然可以列入具有美好感觉的野味之列，妈妈给我吃斑鸠这事无论是回忆起来还是书写起来也都十分惬意。可是，妈妈给我吃过的另一种动物也是野生的，人们却很难把它列入具有美好感觉的野味之列，这就是老鼠。

那是在我们这一辈人永生难忘的三年困难时期。

实话实说，在那三年的我，虽然每天感到腹中饥饿难耐，虽然吃过树叶、米糠、麦麸、油枯，吃过实际上是尿水的小球藻，甚至尝过观音土，但绝对不是最饥饿的人。这有几个方面的原因：一是国家对我们年轻的大学生给予了最大可能的照顾，每月有二十七斤大米的主食保证。二是同时在读成都中医学院的姐姐也尽可能照顾我，每周匀出三两饭让我在星期天到成都中医学院去吃（在那个饥饿时期，要在围桌就餐吃盆盆饭的学生食堂中节约出三两饭并保存到每个星期天，是很难很难的事，三两饭对我来说也是非常非常宝贵的。我姐姐曾经因为严重营养不良而水肿，接受过坐在大木桶中用药水熏蒸的"最新疗法"）。三是生活在乡下的父母也尽一切努力想法让我多吃一点，除了寒暑假回家时能够吃饱，开学时还能够带一点东西到学校去吃。

那时妈妈喂了一只猫，是捕鼠能手，而且很乖。原来在小学时老鼠不多，它抓住老鼠就吃掉了。回到乡下以后，因为我们家对面就是生产队的仓库，老鼠多，猫也抓得多，吃不完，就在人前表功，把老鼠当作玩物逗来逗去，无尽地折磨老鼠。妈妈就把猫抓来玩得奄奄一息的老鼠留下来，剥皮洗净，去掉内脏和头部，腌制晒干，煮而食之。妈妈说这些老鼠都是吃仓库中的粮食长大的，不脏。过了不久，妈妈更进一步，让爹爹去供销社通过熟人用粮票买回高价饼干（这也是当时广济乡唯一可以用粮票买到的糖果类食品，而且不是一般人可以买到的），作为对猫的奖励，猫抓来一只老鼠，妈妈就奖励一块饼干。可能因为那时的饼干是难得的奢侈品，所以很受猫的喜爱，猫就努力地去抓老鼠来换饼干，于是妈妈几乎在每天晚上都能得到一只或两只老鼠（有时还是活的），让我们家总有那么一丁点肉吃，更重要的是，别的人家还不会知道。我回家时，妈妈已经给我攒下了好多只腌制“熖”干的老鼠，我不仅吃了，开校时还可以带一些到学校去吃。我进校时不仅带了老鼠肉，还带了妈妈专门给我炒熟的麦麸和洗米糠（四川方言，就是米糠中最细的那一部分）。

书上有人说过，老鼠肉细嫩无比，骨头也可以嚼食。据我的体验，都是真的，绝对没有骗人，老鼠肉的确是一种美食。近年又看到记载，说老鼠皮加工之后是最名贵的动物皮革，是外国制作高档奢侈品（如女性使用的手套）的原料，我国山西已经有了一家公司，专门收购加工老鼠皮。遗憾的是过去我们不知道这事，四川也无人收购，否则妈妈会发一笔小财的，因为妈妈不知剥下了好多张老鼠皮，怕被人发现我们家有老鼠吃，她都悄悄埋到自留地里了，希望能够沤烂变成肥料。

河 鲜

　　成都平原河网纵横，有河就会有鱼。按理说，河两岸人家就应当经常吃鱼。可是我们家乡却很少吃鱼，不仅是我的老家绵竹，就是成都平原的中心城市成都在改革开放之前，也就是商品经济大发展之前，市场上是鱼类不多，居民们很少吃鱼（改革开放之前的市场供应都是由国营商业部门统筹，很多时间还要凭票。成都食品公司在全市有上百个猪肉门市，可是水产品门市却只有一个，就设在今天王府井商场旁边的福兴街，只有两间铺面，鱼少，顾客也少，我当年多次去华新街的锦江剧场看川剧，也就多次从它的面前经过。改革开放之后，成都食品公司在东门大桥外的府河边上开了一个较大的水产品门市部，成为当年成都市民的一大新闻，我也去看过闹热）。在老一辈成都人的心目中，如果只说吃肉，肯定指的是猪肉。如果只说吃补品，肯定指的是吃鸡。只有在一种情况下才要求吃鱼，而且只能是鲫鱼，那就是坐月子的产妇。她们喝鲫鱼汤不是为了营养，而为了催奶，是把鲫鱼当药吃。为什么我们小时候很少吃鱼？我曾经问过妈妈，妈妈回答得很简单："陪奁比媳妇还贵。"我也是在后来才逐渐懂得了这句话的含意。四川人口味重，不喜欢鱼的生腥味，烹饪方式是红烧，必须要煎，要用较多的清油（过去在四川农村从来不吃清蒸鱼。只用一点姜丝和酱油的清蒸做法是抗日战争时期进入四川的下江人带来的，逐渐在四川城镇中传播，改革开放之后又才传播到广大农村），在烹饪过程中还必须加入豆瓣和姜葱蒜压腥提味，才会美味可口，成本太高，很有可能调料加上清油的成本比鱼还要高，所以叫"陪奁比媳妇还贵"。过去的大多数人家都不富裕，事事讲究节约，这种解释应当有一定的道理。

也正是因为这个原因，我们家乡很少吃黄鳝，更不吃泥鳅。其实我们家乡的黄鳝、泥鳅多得很。秧田里的黄鳝容易抓，冬水田里的泥鳅可以用撮箕去撮。在农村市场上从来没有卖黄鳝、泥鳅的，没人买。如果想吃，自己去抓就是了，我是1957年到了成都读大学之后才知道黄鳝、泥鳅还可以卖钱。大约到了20世纪60年代后期我们家乡才开始有人卖黄鳝，到了改革开放之后我们家乡才开始有人卖泥鳅。我所见过的黄鳝最低价格是七分钱一斤。

我们家乡少有吃黄鳝，但并不是绝对不吃，也有少数家庭是要吃的。我们家长期居住在小学校里，有个外地来的老师就爱吃，我也是很小的时候就开始吃。现在还记得，我小时候胆小，不敢捉黄鳝，不敢吃黄鳝，因为黄鳝太像蛇了。六七岁的时候，我妈妈特地想了一个办法让我敢吃黄鳝，爱吃黄鳝。有一天，那个外地来的老师做黄鳝，妈妈就去要了一小碗，藏起来不让我看见。等我睡着以后再把我摇醒，不点灯，只是把蚊帐掀开，说有好吃的东西给我吃，一边说一边喂我，我糊里糊涂吃了两口才有点清醒。这时妈妈问我好吃不好吃，我说好吃。妈妈说再吃两口。这时我已经完全醒了，感到很好吃，而且还想吃。这时妈妈才把灯点亮，指着碗里的食物告诉我："这就是红烧黄鳝，好吃，有营养，没有什么好害怕的。"从此，我就敢吃黄鳝，而且还愈来愈喜欢。长大后，我学会了抓黄鳝，学会了剐黄鳝，还教会了身边好多人剐黄鳝。

家乡抓黄鳝都是在秧田里抓，有两种方法。一种是在白天，下到秧田里，沿着田坎找黄鳝洞，用手在黄鳝洞里去逮。我的技术不好，很少成功。另一方法是在晚上，先用两片约有一尺长的刻有若干细齿的厚竹片做一个剪刀状的黄鳝夹夹，再拿一个手电筒。快到半夜时到秧田田坎上去巡查，就会见到有的黄鳝会把头伸出水面吐气泡，我们家乡叫黄鳝"朝北斗"。这时，把黄鳝夹夹伸过去，一夹一个准。这种方法说来容易，但是一般只能夹到田坎边上的黄鳝，因为如果距离较远，你想下到田里去夹的话，水一动，黄鳝就把头缩下去跑远了。如果能够多准备一对电池，多走一些秧田，收获肯定不小。我们家乡个别在市场上卖黄鳝的小贩，都是这样逮黄鳝的。

黄鳝为什么会在夜间把头伸出水面吐气泡，"朝北斗"？家乡的老人们都说"黄鳝要朝北斗才长得大"。自己长大后读了有关的书籍才知道，黄鳝用口腔表皮黏膜呼吸空气，故而可以长期在水底生存。如果水里的氨氮成分增高，溶氧量降低，生存环境恶化，它就会感到缺氧，就会在夜间的安全时机把头伸出水面进行深呼吸。所谓"朝北斗"就是在深呼吸。

在一个特殊的岁月，我和黄鳝有过一段不寻常的经历，并在这段经历中知道了一个流传很广的四川民谚完全不正确，这个民谚就是"鸡鱼蛋面，赶不到火烧黄鳝"。在四川方言中，"赶不到"的意思是差得远、低得多。"鸡鱼蛋面，赶不到火烧黄鳝"，就是说火烧黄鳝是天下美味，无论是鸡鱼蛋面都远远不如它好吃。我不知道这个民谚是如何产生并流行的，但是我很小的时候就听别人在说，我也就跟着别人说，说了好多年。

1967年，在那无序而狂热的特殊时刻，我卷入了成都"文革"两大派"群众组织"的对立与内战，我作为"川大826"的一员，在成都"文革"史上著名的"519中和场事件"中被对方的"三军一旗"抓了俘虏。在经过了捆绑、审讯、威逼利诱、吊打、苦力劳动、假活埋等诸多折磨之后，我和另外两个不认识的人被押送到仁寿籍田附近一个农家小院交给当地的民兵关押看守。民兵每天押着我们下田劳动。这里偏南，比成都的季节早，秧子已经栽了一些时候，这时的劳动就是天天下田薅头道秧。薅秧不累，只是得全天顶着烈日的暴晒，这对曾经有过无数次烈日暴晒经历的我来说是小菜一碟，完全无所谓。时值6月，农民都缺大米，我们更不可能有一颗米吃。当时刚刚收完了小麦，农民就每天给我们一些小麦，要我们在磨子上自己推烂之后连着麦麸子一道煮连麸面的面糊糊吃（连麸面是四川方言，就是把小麦磨成粉而不过筛，包括粗细麦麸皮一道吃的麦粉。要用农家小磨来磨，必须加上一点水一起磨才能磨细，所以磨出来的都是连麸面的浆汁，不能做成饼，只能煮着吃，四川方言叫作"面考考"）。用一句成都话，那叫"要好难吃有好难吃"，每天三顿都是它，可是我还是每天都把它全部吃光，因为除了它就不可能有任何食物。

当年农田中不施农药，秧田中的黄鳝很多。我们在薅秧时，只要肯抓，天天都能抓到不少。很想吃点黄鳝肉，可是没有油，没有调料，更重要的是，民兵绝对不准我们借刀来剐黄鳝。怎么办，就想到了流传很广的"鸡鱼蛋面，赶不到火烧黄鳝"。我们抓了一些黄鳝，用原始人的方法进行加工，就是先把黄鳝打昏使之不动，再用指甲把腹部划开一个口子（剐黄鳝的正规方法是从背部动刀，虽然我当了"俘虏"之后就不可能剪指甲，留着的指甲很长，但是划不进黄鳝的背），把腹中的肠肠肚肚拉出来，在厨房里煮连麸面时就放在柴灶中去烧，烧熟之后拿出来把柴灰一拍就吃。第一根很快吃下了，第二根就觉得不好吃了，第三根就没有再吃了。说实话，真的不好吃，腥味太重了。第二天，我在烧之前抹上了盐巴，吃起来仍然感到腥味太重，第三天就没有再抓黄鳝，因为太难吃了。

过去吃鱼的人比今天要少得多，但是过去河里的鱼却比今天要多得多，要大得多，这方面留给我最深的印象都是在读高中的时候。

我是在绵阳高级中学读的高中，学校前面就是涪江支流安昌江。冬天水浅，搭个简单的木板桥就可过河。夏天水深，一条渡船一个老船工来回摆渡。我读高中是在1954年到1957年，国家经济还不发达，基础建设才刚开始。学校虽然是全省重点，却无电无水，这是今天的年轻人所难以想象的。

学校无电，理由很简单，国家少电，中学还排不上队。我们上晚自习是每个教室挂一盏煤气灯，管理理化实验室的李师傅每天上晚自习之前把一盏盏煤气灯点燃，把气加足，每个班的值日生来领取，下了晚自习再交回去。这比在绵竹读初中时点的清油灯盏亮了不知好多倍，更重要的是不需要自己准备和管理清油灯盏，所以是深有幸福之感，曾经在家信中把这件大好事放在了入学感想的第一条。教师的大办公室也用煤气灯，其他所有的小房间，无论是教师或学生所用，都是用"美孚灯"。

学校无水，是因为学校位于南山之上，既无自来水，又无沟渠。山上只有一口水井，由一位工人每天用绞筒（四川方言，即辘轳）扯水，再用一根涧槽（四川方言，即输水竹筒）送到大厨房去，但是每次扯一两个小时井中就无水了。所以，还有一位工人每天不断地用肩挑的办法从山腰的一口水井中挑水上山进校，以供全校师生员工以及教师家属的所有饮用水。为了保证全校饮用水的清洁，山腰上的这口水井严禁全校师生私用。整整三年的高中岁月，早上洗脸、晚上洗足、星期天洗衣、夏天洗澡，我们全都是下山到安昌江边进行。我难忘冬天江水的刺骨冰凉，也难忘在洗衣、洗脚时江水中的鱼一群一群就在眼前游来游去。为什么在冬天才看得清楚呢？因为夏天经常有雨，只要一下雨江水就会浑浊，透明度降低，鱼群就看不清楚。冬天的江水天天都是清澈见底，水里的鱼群就看得一清二楚。过去读古代的文学作品，几次读到"游鱼可数"，对这一点，我有很深刻的感受。

那时江中的鱼真多呀，多得难以想象。当然，我们只是看看，因为学生都不开伙，所以也没有人去打鱼。但是，有两件事却还记得清清楚楚。

我们班有一个安县来的同学叫于霆鲸，年纪比我大几岁，身强力壮，有很多我没有学会的农家本领。有一天他说他可以叉几根鱼上来（四川方言对鱼的量词不是条，而是根），我们说他吹牛。谁知星期天他真的从校园的竹林中砍了一根老竹子，把顶部削得溜尖，在我们大家围观之下，从江中叉了两条大鱼上来。也是他，有一天还从江边的小渠中捉了一条不小的娃娃鱼上来。

一个夏天的课间时刻，校园中突然一片轰动，都跑到厨房外去看大鱼。原来当天正值洪水退后，江中一条大鱼困在了一条小渠之中，被农民用扁担打死，两个人抬到我们学校来要卖给食堂。抬鱼的农民说，鱼太大，小单位人少吃不完，只能卖给人多的学校食堂。我们看着过秤，四十多斤。这是我平生所见过和吃过的最大的淡水鱼。这条大鱼在四川方言中俗称"鲇巴郎"，正式名称应当叫鲇鱼，大嘴，有须，无鳞，滑腻，嘴巴张开露出一大片高达两厘米的板状牙齿，吓得好多女生发出一片惊叫。我们是在上午第二节课下课时看见的，午饭时就能打个牙祭，全校师生六百多人每人吃了几坨鱼肉。

我还有几次吃螃蟹的特殊经历。

在读绵竹中学那几年，我必须每月回广济乡家中一次，主要原因是拿下月的伙食费，次要原因就是要回家去装一瓶清油来点灯上自习。我们家乡小春多种油菜，很多人家都是用自己收获的油菜籽榨清油，所以清油不贵。我们广济乡的同学中又有两家都在卖清油，他们每月带来学校的清油都比较多，经常都点不完，于是我们就到绵中附近的月亮泉捉螃蟹，用清油炸来吃（我们班上也有家庭经济相当困难的同学，每月带来的清油很少，只能把灯芯拨得很短，亮度也就比多数同学更低。我听他们说过，他们在家中晚上做作业时如果把灯芯拨长了是要挨打的）。

月亮泉水不深，但很清，螃蟹不大，正适合油炸。用什么来炸？洗脸盆。今天的年轻人又会大惑不解了，洗脸盆怎么能够炸螃蟹？因为那时候中华人民共和国刚刚成立，广大民众的生活条件还和过去差不多，海外传来的搪瓷用品还属高端及至稀罕，我们四川还叫"洋瓷"，诸如"洋瓷盆""洋瓷盅盅"之类，普通人家的洗脸盆仍然沿用千年的铜盆或瓦盆。铜质洗脸盆不是正好用来炸螃蟹吗？只不过在月亮泉中抓到的螃蟹不多，我们那一群初中男生又正值大胃之年，所以每次都没有吃够，都是吃得欠欠的。

让我放开吃油炸螃蟹一直吃得不想吃的时候也有，那是在广济乡家里。

我的父母都是农村小学教员，比起广济乡的广大农民来，我家不能算是穷困家庭。可是由于我和姐姐都在绵竹城内读中学，要交学杂费、书本费和伙食费，父母的工资主要都用在我们身上，所以也并不富裕。平时父母省吃俭用，我和姐姐回家了，总是要"打牙祭"的。多数时候"打牙祭"是吃猪肉，少数时候是杀鸡。每逢杀鸡，打整肚腹中的内物肯定都是我的事。原来我都是在家中完成，有一个夏天，为了图凉快，就到我家旁边的小水沟中去打整。打整鸡内物最费事的是打整鸡肠，要把很长的鸡肠用剪刀破开，仔细清理干净。就在这时，一个奇迹出现了，我在仔细清洗鸡肠的时候，长长的鸡肠真是有如一根白色的"鸡肠带"（四川民间把白色的绵织扁形绳带叫鸡肠带，至今亦然）在水中漂来漂去，新鲜鸡肠的强烈腥味立即把藏在石头下的一个个小螃蟹吸引了出来，它们都用自己的甲钳把鸡肠咬住，一个，两个，愈来愈多。没有几分钟，长长的鸡肠上竟然有十几个小螃蟹。我把小螃蟹一个个取下来，再把鸡肠往稍下游一点的地方去动，几分钟之后又获得了十几个小螃蟹。就这样，大约半个钟头，我竟然装满了一小盆小螃蟹，更何况一条鸡肠依然完整如初，我真是大喜过望。于是，我得以敞开肚皮吃了一次油炸螃蟹。而且，从此以后，我们家每逢杀鸡或杀鸭，到小水沟里去抓螃蟹就成了我的保留节目。

不回广济快三十年了。"5·12"大地震时广济是重灾区，所以我回去过几次，知道那条小水沟早已不复存在了。我问过家乡的故旧，河沟里还有没有螃蟹，他们说河沟里好多年见不到鱼了，也见不到螃蟹了。我没有问原因，原因是显而易见的，因为放眼望去的工厂有好多个，近处有石棉瓦厂、石灰窑和机修厂，还有冻库，远处则更多，水泥厂、化工厂、磷肥厂……

最爱吃啥子

不知有多少次了，年轻人总爱问我："你是美食家，你最喜欢吃的是啥子？"我总是这样回答："我喜欢吃的东西有点多，不同情况有不同的喜爱，三言两句说不清楚。"

这不是在敷衍，我喜欢吃的东西真的有点多，不同情况下有不同的喜欢。

首先，如果是在家里，因为厨房大权都在内人手中，她做什么我就吃什么，不敢挑剔。一来是因为自己忙于工作，从来没有做过饭，用内人抱怨我的话说，过的是"饭来张口，衣来伸手"的生活，有什么资格挑三拣四？其次，同甘共苦多年，内人十分清楚我的喜好，在荤菜中第一是回锅肉，在素菜中第一是橄榄豆，在汤菜中第一是莴笋圆子汤，在随饭菜（严格说来，家庭中是没有随饭菜这个类别的，平常称呼是下饭菜）中并列第一的是家常红豆腐和醋渍胡豆。

喜欢回锅肉、圆子汤，这很正常，因为四川人中的一大半可能都会支持（1958年夏天，我们川大历史系学生在青白江为新建的成都钢铁厂修公路，比我们高一个年级的同学喊出了一个非正式的口号："回锅肉，我心中的女皇！"得到了全体赞成，无一反对），无须解释。问题在于我为什么会喜欢橄榄豆？

实话实说，我对橄榄豆的喜爱不到二十年，因为二十年前我还没有见过它，大约二十年前它在成都市场出现的时候，连名称都没有统一，有的叫牛豆，有的叫橄榄豆，有的干脆只叫豆角。它的形状和颜色都像四季豆，但是比四季豆要粗壮，一望而知不是四季豆。我问卖菜的农民是从哪里运来的，回答说是只有彭州山上才出，所以价格是四季豆的一倍。我买回来如同炒四季豆一样炒，感到非常好吃。因为它比四季豆要胖得多，豆荚厚厚的有肉感，里面的米米更是比四季豆的米米要大得多，每颗米米嚼在嘴里都有香嫩却又是面嘟嘟的口感，加之在烹炒时已经进了盐味，非常好吃。从此，它在我心中的地位就排在了四季豆和豇豆之前，在买菜时几乎见则必买，虽然它的价格比四季豆稍高。这以后，成都市场上的橄榄豆愈来愈多，价格也只是比四季豆稍高一点，估计已经在成都地区广泛种植。遗憾的是，由于我在网上一直没有找到权威的解答，又没有遇见一个能够请教的蔬菜学家，心中的问题一直未能消除，即：橄榄豆的学名是什么？它和四季豆是何关系？它的原产地和主产地在何方？

其次，如果是在外乡，当然就是家乡的川味。

我这一生比较稳定，长大以后的绝大多数时间都在成都生活，但是也曾较长期出去过两次，都是有意走出去的。

第一次是在1995年10月到1998年1月。自邓小平南方谈话之后，改革开放大潮汹涌澎湃，社会变革日新月异，我不愿长久生活在书房之中，想到改革开放的前沿阵地即经济建设中去感受感受，用一句老话讲就是想去体验生活，让自己对新时代有较为深入的了解，有一定的话语权，否则将成为与社会脱节的书呆子（我身边就有几位我这样的老同学老朋友，他们由于相对的自我封闭，以致造成对社会新生事物的少知乃至无知，进一步形成与社会生活的脱节，让我十分惊异，故决心引以为戒）。可是，我又绝对无心下海，于是就在1994年初也就是五十三岁的时候大胆地离开了工作多年的出版社，试着帮朋友的公司搞一点宣传或者策划，慢慢地学习，慢慢地进入。1995年8月，我被希望集团总裁刘永好选中，担任希望集团研究室主任。两个月之后，奉派到北京工作。一年之后，我认为在民营企业之中体验生活的目的已经基本达到，就跳槽到日本将来世代国际财团北京办事处，在外企中继续体验生活。这样，我在北京生活了两年多。前一年，吃食堂、饭馆、方便面，以后，自己开伙。

严格来说，由于改革开放以来商品经济的流通，当年的北京各种食品的供应很丰富。为了考察市场，也为了体验民风，在购买各种食品的时候，我少进超市，多去农贸市场。自己开伙的那一年多，我住在亚运村附近的华严北里，那里有一个很大的曹八里市场，分为室内和室外两部分。室外最有特色，卖蔬菜水果的商贩不是我们成都这样蹬着自行车或者三轮车，曹八里全部都是卡车，一溜几十台，把后挡板放下，一水北方大汉站在车上大声吆喝。每次去曹八里，多数时间不是买菜，而是深切体会一下南北民风的差异，不断念着"胡马秋风塞北"和"杏花秋雨江南"。在这样的大市场上和规模极大的超市中，我想做川菜的各种食材基本上都能买到，连过去见不到的也是最想的豌豆尖也有海南货。

这时最思念就是家乡的那点味道。我自己的手艺太潮就不用说了，那只能解决果腹吃饱的生存要求。经过优选之后，感觉有几家川菜馆（当时去得多的是亚运村的眉山东坡酒楼，劲松有一家江油人开的川菜馆也不错）的手艺比较好，可就是缺少家庭菜的特色味道，不合自己的饮食习惯。例如，有圆子汤，却不是我最喜欢的莴笋煮的；有烧牛肉，却不是我最喜欢的烟熏笋子烧的；有泡菜，却没有我最喜欢的青菜帮帮泡的；面条很多，可是北京的炸酱面和成都的清汤杂酱面有可比性吗？北京的打卤面和成都的鳝鱼面有可比性吗？水饺更多，可是北京的水饺和成都的钟水饺有可比性吗？且不说我们家做的四川水饺比当今的钟水饺还好吃。还有，北京没有折耳根，一个四川老乡教我从成都带来之后在阳台上用盆子自己种，可是又细又枯，看着都伤心，怎能入口？

扪心而问，我绝对不是那种对饮食有很高要求的所谓成功人士，就是有那么一点点要求的普通成都人。如果从金钱的角度来看，那一点点要求值不了几文钱。可是，就是想，没办法。

第二次，是2001年，一个朋友约我去广东肇庆搞一个项目，我立即同意。原因很简单，多年来，我去过几次广东，每次都是短短几天，正想有一次较长期生活的体验机会，因为我对极富有地方特色的岭南文化心仪已久。

我在肇庆体验生活长达半年，半年之中我走了很多，见了很多，听了很多，吃了很多，算是真正体验了一把如今的岭南文化。但是，必须说真话，我这个四川人真是无法接受那著名的粤菜。由于当时是置身商海，很多时间都在大小餐馆中招待应酬，吃遍了粤菜中的广州菜、潮汕菜和客家菜三大分支的代表性菜肴。我不能不承认菜肴制作的精细，不能不承认各种煲汤的营养，不能不承认对于原味本味的讲究颇有几分道理，更不能不承认大小笼子里面那些珍禽异兽、怪鸟奇虫让我大开眼界。但是，吃惯了百菜百味、擅做麻辣的川菜的我，无论如何也接受不了粤菜的百菜一味、擅做生鲜的风格。吃一两顿觉得新鲜，吃一两天可以忍受，吃三五天可以买老干妈抵挡，到了一周，真正不能再忍受了，只好打电话让我老伴立即买些郫县豆瓣和汉源花椒飞来肇庆，自己做菜。

此后多年，我好几次向朋友讲过这段往事，多数人都会笑我，土得掉渣，连几千上万元一桌的粤菜都不会吃。在这一点上，我不能不承认，我真是土得掉渣，只是喜欢川味，用一句四川歇后语，就是"狗吃粽子——莫改"。

以上都是说的下饭菜。如果是下酒呢？最喜欢的下酒菜是什么呢？答案很明确。如果说素的，首推花生；如果说荤的，首推兔脑壳。

花生下酒，可能每一个饮酒者都不会反对，但是不是首选就不一定了，就算是首选也不一定说得出来一个子丑寅卯。这里我来说一下我心中的子丑寅卯，说说为什么花生是我最爱的下酒菜。

首先是便宜，它绝对是所有下酒菜中最便宜的一种。特别是当你囊中羞涩而又酒瘾难耐的时候，就更加感到花生的可爱之至。

其次是既好吃又营养，这是尽人皆知，不需解释，我只举一个我家的实例。我有一个只比我小两岁多的妹妹，出生之后身体极差，还遍体生疮。可就在她两岁多的时候，妈妈又生了一个小妹妹。我父母是农村小学教员，三代人全靠微薄的工资养活。妈妈必须上班，家务全靠婆婆，婆婆无论如何也没有精力同时照看两个妹妹，稍有不慎，体弱生疮的大妹妹就有可能夭折。这时，我妈妈有个好朋友姓阎，长期没有生育，想要小孩，就主动提出来，希望我们家把大妹妹抱（四川方言，就是过继）给他们家，他们家一定想法把大妹妹带好。我们家同意了。于是，大妹妹抱给了阎家，改为姓阎，把我妈妈改喊干妈，我们家三姐弟则把她的阎家妈妈喊干妈。干妈带她的主要办法就是每天磨花生浆煮稀饭一口一口地喂，每天用草药熬水一遍一遍地洗。两年过去，她变成了一个健康的孩子。如今她也是七十多岁的老人了，我们仍然在说她是被花生救活的，没有花生就没她的生命。

再次是可变。根据季节的不同、身体状况的不同、口味爱好的不同，以及和其他菜肴搭配的不同，小小的花生可以有着不同的加工方法，做出不同的口感和味道。如果是不剥壳的花生，可以炒，可以煮，可以卤。炒花生可以是白味、盐干、蒜香、红泥。炒花生家族中我最喜欢的是成都方言中的"阴米子"花生，是用并未完全成熟的生花生炒出来的，形状不鼓，有点瘪，色微黄，却有一股难以形容的特殊香味。好的"阴米子"花生在选料和炒制上都有讲究，自己在家里无论如何也炒不出来，只能向商贩买。现在卖炒货的商铺大多有卖，但是我已经有十来年没有买到有当年传统风味的"阴米子"花生了，就如同现在在成都吃不到有当年风味的名小吃一样，十分想念。煮花生的花样不多，一般都是放盐和花椒即可，放不放八角、三奈之类的香料关系不大。但是如果把放了这些香料之后的煮花生剥出来再晒干，则成为比一般煮花生还香的花生，特好吃。如果把花生剥成花生米，则可炒，可油酥，可凉拌，可煮，可卤。炒花生米又分白味、盐味、怪味和海味。过去成都最著名的花生米商铺是开在丝棉街八号的"老八号"花生米，以盐花生米为主打（成都人称为"盐米子"，至今亦然）。过去最著名的提篮花生米是东城根街锦春茶社的司胖子，以金钩花生米为主打。司胖子和同在锦春茶社献艺的竹琴名家贾瞎子（贾树三）、茶艺名家周麻子并称"锦城三子"，名噪一时。油酥花生米又可分为普通油酥和"穿衣裳"的蛋酥、鱼皮等多种口味，在现在的商场中，蛋酥花生米和鱼皮花生米早已成为很受欢迎的袋装小食品。凉拌花生米一般都是用买回家的盐米子来制作，又可以有多种搭配，在我们家，是以搭配水萝卜干加豆腐干为最佳。

上述的各种花生都是很好的下酒菜。其实，任何加工都不要的生花生也是不错的选择。我妈妈一生主张少吃炒花生，多吃生花生。她的理由很简单：炒花生燥火，生花生养人。妈妈高寿，九十三岁才弃世。她老人家晚年不良于行，又怕吹风，故而既是不能下楼，也是不愿下楼，最后几年基本上都是坐在沙发上度过的，陪伴她的是三样东西：一台电视、一本《聊斋》、一小瓶绵竹大曲（妈妈晚年的味觉基本丧失，分不出酒的好坏，所以不让我们给她买好酒，长期只喝家乡的绵竹大曲。我妹妹在照顾她的生活，为了避免过量，每天早上用小瓶给她倒三两绵竹大曲放在身边，作为全天的定量）。她的下酒菜就是两样：生花生和生核桃。

最后是方便携带。装一个酒瓶在左边衣袋里，抓一把花生在右边衣袋里，走上三五天随时可以享用还不脏衣裳，无论是坐在火车上还是躺在草地上，甚至是在漆黑的夜里，都可以尽情享受。这一点唯有出门的人才体会最深。

还有一点，是吃花生比较消磨时间，这也是优点。真正的饮君子都懂得如何享受浅斟慢酌的意味，酒要一口一口地慢慢抿，菜要一口一口地缓缓吃，这是真正意义上的慢生活。如果是一手端着大碗喝酒，一手拿着猪蹄啃肉，那只能归入酒囊饭袋之列，绝对找不到一个酒朋友的。所以，下酒菜的进食速度宜慢不宜快，花生是一颗一颗慢慢剥的，这是它的一大优点。《世说新语·任诞》说的"一手持蟹螯，一手持酒杯"被后人简化为"持螯下酒"或"把酒持螯"的成语，屡屡见于诗人的笔下，连周恩来的早期诗作《送蓬仙兄返里有感三首之一》中也有"扪虱倾谈惊四座，持螯下酒话当年"之句。为什么诗人喜欢"持螯下酒"？除了螃蟹的美味，还有一个重要原因就是因为吃螃蟹要慢慢地剥，细细地品，这正合饮君子浅斟慢酌的慢享受。我无心"持螯下酒"，一来是螃蟹太贵，二来是市场上的螃蟹品种混乱，好的不多而我又不会选。所以，我还是首选花生，它没有假冒伪劣，可以充分满足我浅斟慢酌的需要。

清人笔记中载有一则已经被后人议论多年的故事：清初著名文士金圣叹因为反清言论获罪，被处斩首极刑。清顺治十八年（1661）七月十三日，他在南京刑场上给儿子的遗言是："花生米和豆腐干同嚼，有火腿味。"对于这则故事，有人说是真的，有人说是假的，说是真的，在文字上也有不同版本。可是不管故事是真的还是假的，但是流传多年而且一直有很多人关注，这一点肯定是真的。为什么有很多人关注，一方面是出于对清代文字狱的关注，另一方面是出于对金圣叹这个特立独行的被称为我国古代幽默大师的关注，还有就应当是人们对于"花生米和豆腐干同嚼，有火腿味"这句话的关注。我敢保证，绝大多数美食家都会赞同这句话，因为花生米和豆腐干同嚼真的好吃，至于是有火腿味还是有其他味，则会因为以下因素而异：一是对花生米的加工方式有所不同，二是对豆腐干的加工方式有所不同，三是在花生米和豆腐干放在一起之后加入或者不加入调料、加入什么调料而又有所不同。我们家的传统方式如下：白味香脆花生米加上白味豆腐干再加上"红卷"（关于"红卷"，已见前文，此不赘），用川菜的红油味型凉拌。超好吃。

最后来说兔脑壳。

不敢说走南闯北，我总算在北京生活过两年多，在广东生活过半年，对于南北的代表性食品，算是领略一二。我只要和外地朋友谈到我喜欢吃兔脑壳时，总会获得他们异样的目光，其潜台词当然是"你还算有点品味嘛，怎么会喜欢那个玩意？"可是，如果是在成都，一说到兔脑壳，立即就会有一大批喜欢吃兔脑壳的知音，纷纷引为同道。这是因为，成都是全中国也是全世界最喜欢吃兔脑壳的城市。据不很准确的统计，全国全年的兔脑壳销量是五亿个，四川一省就要吃掉三亿个，成都一地就要吃掉两亿个。我见过一个统计数字：2013年，成都的刘明记双流老妈兔头金牛店这一个门店卖出了十八万个兔脑壳（为了表示的确是言之有据，可以把出处写明：2015年7月27日的《成都商报》）。

成都人吃的兔脑壳不都是成都兔子，有一大半是从外省运进来的冻货。我国有不少地方至今都不喜欢吃兔脑壳，外国人更不喜欢吃兔脑壳，所以外省很多地方卖的兔子都要去掉脑壳才卖，出口的冻货叫白条兔，也都要去掉兔脑壳才外运（最大的外运口岸是山东）。于是，全国各地多余的兔脑壳都往四川运，特别是往成都运。就是这样，还不能满足成都人的需要，近年来成都市场上的兔脑壳有五分之一是进口的（成都人又特别喜欢吃鸡足，美其名曰凤爪，有一半也都是进口），这样就可以保证成都人天天都能大吃特吃兔脑壳，永远不断货。现在有经验的吃货已经明白，如果今天买到的兔脑壳比平时的要大，很有可能就是从法兰西或者新西兰进口的。说到这一点外地人很可能不懂了，成都市场上的兔脑壳绝大多数都论个卖而不是论斤卖。如果是七块钱一个，买到大的当然要比买到小的高兴，因为肉多。不过，这种买家并不是很内行，真正的内行买家不买大的，只买小的，因为他们认为本地兔脑壳肉紧，入味，好吃。

严格来说，成都人从来不说吃兔脑壳，而说啃兔脑壳，兔字还要儿化。吃和啃，大有不同，人人皆懂，当然不用细说了。成都人为什么喜欢啃兔脑壳？大家没讨论过，以我多年来的感觉，应当为以下几点。

首先，小小的兔脑壳可以做成多样味道，如五香、麻辣、酱香等。在烹饪方式上，最多的是卤的，还有烤的，还有啤酒煮的，还有兔火锅，还有兔干锅，著名的双流老妈兔头则是炒出来的。

其次，兔脑壳虽小，却是所有动物性食品中口感最多样化的食品，其动作的基本程序是"一掰二分三自由"，进口的主要顺序第一是吃脸庞（成都方言读杯的儿化音）肉，也叫腮帮子，那是兔子全身最嫩最香的瘦肉，虽小但很丰满；第二是吃兔舌，明显有半脆的感觉，吃遍兔子全身只有这一处；第三是吃兔天膛，开始有点韧性，后来却感到是脆的，脆嘣嘣的；第四是吃眼睛，爆裂之后有眼液飙出，口感极为特殊；第五是吃兔脑花，细嫩有如豆腐。最后是打扫整个兔脑壳外边的附着部分诸如眼圈肉、脑部外皮等，在每个兔脑壳上得到的收获都不尽相同（我在一个卖兔脑壳的小店看到过一个顺口溜，虽然编得不太好，但是也表现了成都人的"兔脑壳文化"，故小加修正，嫌此备考："兔头到手先掰开，吃完舌头再吃腮。然后再吃黑眼圈，兔脑最好挖出来。四面八方啃干净，再拿一个再掰开。"）。

在啃兔脑壳的功夫上，成都人有如下江人之吃大闸蟹。不同的是，下江人吃大闸蟹要用一套十几种的专业工具，成都人啃兔脑壳完全是用手用牙用舌头，自力更生。

再次，如果多啃几次兔脑壳，或者是几个人一起啃兔脑壳，会逐渐产生一种成就感，就是啃兔脑壳的技术会逐渐提高，就想和别人比一比自己的啃兔基本功，一是比速度，二是比啃净度，三是比剩下骨头的完整度（内行要保留一个完完整整、干干净净的兔子头骨）。只要你用心，自会兴趣盎然，其乐无穷。

不知道什么原因，我自幼就喜欢兔脑壳，从七分钱一个到七元钱一个，我经历了成都兔脑壳发展史的全过程。成都早期最有名的宣兔头是开在如今高新西区羊西线旁边一条小路上的路边店，我专门去过；双流老妈兔头有了名气，我专门去过；都江堰出了个尤兔头，我专门去过；玉林出了个王妈手撕烤兔的兔脑壳是烤的，我专门去过。有一年，我的学生刘川友打听到东郊一个农贸市场上有个食品摊的兔脑壳不错，他专门带我去过。现在年纪大了，不想到处跑了，我就认准一家质量信得过的商铺买，这就是华新正街的盘飧市，大约两个月买一次，每次都是十几个。

附带告诉外地朋友一声，在诙谐风趣的成都方言中，啃兔脑壳这个词汇还有另外一种含意，就是亲吻。为什么成都人会把亲吻称之为啃兔脑壳？你可以自己去慢慢体会。

我手边有一本杂志，2007年7月的《成都客》，里面不仅有描述吃兔脑壳的文章，还有一幅两页通栏的彩色成都地图，图上详细标出了成都六十几家出售兔脑壳的著名店铺，图名《搜兔记》。图的背面印了鸡蛋那样大的六个大字："亲我，还是啃我？"我所以把这本杂志一直保留至今，是估计到此图很可能是全球唯一的供兔脑壳爱好者查阅的专业地图，应当有其珍稀的文献价值。若干年后，如果有人要评选全世界最有特色的专业地图，说不定此图会得个什么奖，我还可以混几文奖金再去买兔脑壳。

一碗豆腐脑

　　一千六百多年以前，生长于成都崇州的著名学者常璩写成了我国传世最早的大型地方志《华阳国志》。他在书中明确地描述了蜀人的六个性格特征，其中两个都是饮食习俗，即"尚滋味"和"好辛香"。在我国的正史地理志中和众多的地方志中，往往有对一个地区的民风习俗的描述，在这些描述之中，将饮食习俗放在如此重要的地位的，只我们的祖先——蜀人。所以，如果说我们四川人自古以来就是好吃嘴，就最特别讲究味道，应当是史有确载，源远流长，这是不会有任何疑义的。

　　我们四川人好吃究竟好到了何种地步？我们四川人讲究味道究竟讲究到了何种程度？例证很多。我多次在公开场合讲到这一问题时总爱举这样一个最常见最普通的例子：街边上挑担小贩卖的一块钱一碗的豆腐脑。

　　我们人人都吃过豆腐脑，人人都吃过和豆腐脑相近的豆花。在四川人的读音中，豆腐脑的"脑"字一定要儿化，就如豆花的"花"字一定要儿化一样。不过我们可能很少想过：豆腐脑和豆花是何关系？

　　四川人把做豆腐叫"点"豆腐，这也包括做豆腐脑和做豆花在内，都叫"点"。这种说法应当说是相当准确，因为这一加工过程的关键就是那一个"点"字。做过豆腐的都知道这个过程：先把泡好的黄豆磨碎过滤，得到一盆生豆浆，再把生豆浆装在锅内煮开，成为可以喝的熟豆浆。这时就要"点"了，就是把一点液体状的东西缓缓倒进锅里去，搅匀，锅里的豆浆就会发生变化，逐渐出现固态的白色物质，最初是细小的豆腐花，逐渐变成絮状，再变成整体的凝稠状态，豆浆里面的蛋白质就凝结起来了，凝结的固化程度取决于"点"进去的液体的多少。固化程度最低，也就是人们所称最嫩的状态就是豆腐脑，稍微老一点的状态就是豆花，把豆花压紧压实之后就是豆腐。在四川城乡，舀豆腐脑的用具只能是平底微凹的勺，吃豆腐脑的餐具只能是调羹，因为它太嫩太滑，还是半流体。而舀豆花的用具却可以用勺用铲，吃豆花的餐具已经可以用筷子，因为它已经不是半流体，而是很嫩的固体了。

"点"豆腐的那一点点神秘的液体实质上就是蛋白质凝固剂，在四川有两种，一种是井盐盐场的盐卤，主要化学成分是氯化镁；另一种是石膏溶液，主要化学成分是硫酸钙。也正因有这两种蛋白质凝固剂的不同，四川也就有卤水豆腐和石膏豆腐这两种豆腐。严格来说，如果做成豆腐，区别不大，一般人也分别不出来。如果真要区分，前者含水量要少一点，口感稍稍要老一点，颜色带黄，但是味道要香一些，有一股淡淡的豆香味；后者含水量要多一点，口感稍稍要嫩一点，白一点。如果是做豆腐和豆花，卤水和石膏都可以点。如果要做正宗的又白又嫩的豆腐脑，就只能用石膏点，不能用卤水点。

豆腐脑和豆花就是这样区别的。可是，由于二者差别不是太大，人们往往混而不别。例如我所说的成都街边挑担出售的豆腐脑，很多人也叫豆花，卖豆腐脑的小贩有时也叫豆花。不过，如果是在川菜餐馆中出售的豆花，却没有人叫豆腐脑，不会混。

小时候所居住的广济乡平时没有卖豆腐脑的，要逢场时才有小贩挑着担子来卖。这种担子的装备可谓百年未变，各地如一。担子的一头是一个大的陶坛，里面装着豆腐脑（点豆腐脑的工序也就是在这个陶坛中完成的。先把烧开的豆浆倒进去，再用石膏水点，几分钟就会凝成豆腐脑）。如果在冬天，陶坛外面还可以包上一层层棕衣（四川方言叫棕包袱），用以保温。担子的另一头是一个分格分层的木柜，最上面是各种调料，中间是碗和调羹，下面是洗碗的小桶。近年来有了一次性的小碗和调羹，就省去了洗碗的麻烦。

四川豆腐脑分为甜味和咸味两种。甜味很简单，就是放红糖水一样，我少有吃甜味的，只是在很热的时候偶尔会买。过去农村中没有饮料出售，更无冰糕雪糕冰淇淋，天太热，吃一碗甜味豆腐脑，可以解渴。我吃得最多的，也是这里要说到的，是咸味的豆腐脑，我关注它已经不是一天两天了。

在我记忆之中，好多年来成都的豆腐脑都是一块钱一碗，好像小贩们都是开过会做出了共同决议似的。我也曾仔细看过、数过一碗咸味豆腐脑要放多少种调料，好像小贩们也都是开过会做出了共同决议似的，基本一致，少有出入。在我记忆中，以下这些是必有的：盐巴、酱油、醋、熟油海椒、花椒面、白糖、葱花、姜米、蒜泥、酥黄豆、芝麻、炒花生颗颗、大头菜颗颗，这已经是十三样了，不知道在我的记忆之中还有没有什么遗漏。虽然每样都只有一点，可是那豆腐脑的香味就是通过这么一点、那么一点组合而成的。要知道，豆腐脑本身是完全没有任何味道的。

一块钱一碗的食品，要放十几种调料，这在全国所有的饮食品种中还有第二个吗？据我所知，没有。

几年前，成都市与凤凰卫视商量，合作拍摄一部反映成都新时期城市文化的电视片，最后的结果是由著名电视主持人杨锦麟组建的香港麒麟文化公司负责全程的摄制，名字很时尚，叫《穿越——成都气质》，共十二集，每集的名字都是一个主题字，分别是《变》《通》《安》《逸》《情》《义》《载》《道》《开》《合》《天》《成》。由于拍摄团队的成员全部都是香港的年轻人，其中的多数人连成都都没有来过一次，所以，他们找到了我，要我出任团队的总顾问，于是我和他们合作了大半年。我和他们开玩笑，我多次出任过文化项目的顾问，这一次最为名副其实。因为大半年中，我的主要任务就是回答他们团队成员的无数次提问，除了十二位编导先后来成都当面向我提出若干问题，我每天都要接到他们从香港打来的电话，回答种种提问。在拍摄过程中，我也去过几次现场。在邛崃平乐古镇拍摄那天，我看到一个挑担卖豆腐脑的大爷，我就让大爷别走，等到拍摄休息的时候，我招呼大家都过来，我要请大家吃一样香港没有的小吃。大约有二十来个年轻人，听说有好吃的，一下子把担子团团围住。我先向他们讲解了豆腐脑，然后让他们扳着手指数，数大爷放了多少种调料，然后看着我付款，一碗一块钱。当他们一个二个高高兴兴吃完了之后，我问他们："好不好吃？"一致回答："好吃。"我又问："过去吃过没有？"一致回答："没有。"我又问："吃过比这更价廉物美的食物没有？"一致回答："没有。"我又问："仔细回忆一下，见过或者听说过一块钱的小吃要放十几种调料的吗？"一致回答："没有。"我又问："对于四川人对美味的追求有些什么感想？"一下子就七嘴八舌起来，但是共同一致的感想都是："大开眼界了！四川人太会吃了，太享福了！太羡慕四川人了！"

　　这时，他们向我提出一个问题："一块钱一碗，太便宜了，大爷的利润是不是太低了？能养家糊口吗？"我告诉他们：豆腐脑是豆浆点出来的最嫩的食品，一坛豆浆全部都凝结成了豆腐脑，它和豆花不一样，没有多余的"窖水"，全部卖钱。正常情况下一斤黄豆出六斤豆浆，也就是六斤豆腐脑。一斤豆腐脑舀三至四碗，一斤黄豆就是二十碗左右的豆腐脑。调料虽然有十多种，但没有一样高价，全部都是便宜的平民食品，而且用量甚微。所以，大爷有钱可挣。更重要的是，大爷挣的是手艺钱，是服务费。

当天回到酒店之后，大家继续和我聊四川美食，听我给他们上了一堂四川美食课，我讲的中心是：自李冰修建都江堰系统工程以来，都江堰的自流灌溉加上成都平原先民的精耕细作，让天府之国旱涝保收，温饱易得，故而有了享受生活的物质条件，产生了讲究休闲的文化传统，这其中重要的一环，就是把农田之中的精耕细作化为了餐桌之上的精雕细刻，在移民文化的包容之中，用精湛的技艺做出了"一菜一格，百菜百味"的川菜，做出了平民化的川菜。一块钱一碗的豆腐脑就是川菜讲究味道的典型代表。

有一个重要问题那天我没有对香港朋友讲，因为讲了他们也难以理解，这就是当天在平乐吃的豆腐脑并不完全正宗，它缺少一样重要的辅料，就是馓子。我小时候吃的咸味豆腐脑必须是在各种调料放完之后，再加几节细细的馓子。为什么要加馓子？这正是川菜烹饪技艺精雕细刻的一种表现，就是要讲究搭配，阴阳对立又阴阳统一，高度协调。豆腐脑最嫩最滑，入口即化。就在这若有若无的、麻辣香鲜的豆腐脑对口腔的抚摩之中，来一点又酥又脆的馓子，顿如绿地之中的植石，琴声之中的响鼓，月夜之中的烟火，老人院中的顽童，感觉强烈，差别鲜明，平衡适当，回味无穷。

要知道，我们常说"滋味"，我们也说"有滋有味"。滑嫩和酥脆的搭配，是口感中的远距离搭配，阴阳协调的搭配。这种搭配在川菜技艺中常常可见，例如油茶中加馓子，麻婆豆腐中加酥牛肉臊子，都是如此。豆腐脑在这一点上表现特别突出，因为豆腐脑本身特别滑嫩，所以要加酥黄豆，加大头菜颗颗，加馓子。

我们的先辈是什么时候在烹饪技艺的精雕细刻中开始讲究搭配，考虑阴阳对立又阴阳统一，并做到高度协调的？如果要联系实际，要问一问，考一考，豆腐脑是从什么时候开始加酥黄豆、加大头菜颗颗、加馓子的，文献未载，前辈未论，学院未讲，厨师未考。以我的大胆估计，时间不会太晚，因为我想到一个旁证，就是我们四川小吃之中的油茶。

四川茶馆甲天下，成都茶馆甲四川，这一点大家都知道，因为成都人几乎人人都是喜爱喝茶的茶客。可是很多茶客却不知道，我们成都地区是全中国当然也是全世界的茶饮之乡，也就是说，如今位居全球第一饮料的茶饮习俗是从我们这里传向世界的。多年前，我总结过成都地区在世界茶文化上的十个第一：最早的文字记载、最早的烹茶记载、最早将野生茶树培育为人工栽培、最早的商品茶叶、最早的名茶产地、最早的种茶人、最早的贡品茶、最早的卖茶茶摊、最早的大型商品化茶山、最早的茶诗（详见拙著《巴蜀文化志》第八章第二节）。用古代名人的一句话，就是顾炎武在《日知录》卷七《茶》中所说的："自秦人取蜀而后，始有茗饮之事。"饮茶习俗有一个长期发展演变的过程，现在可以明确地知道，有很长一段时间都是把茶叶当作一种食品，煮成"茶粥"来吃的。"茶粥"是要加入主食米粉的，是要加入盐、姜、桂皮、红枣、橘子皮、薄荷等调料的。如今这样的冲泡茶是在宋代以后才逐渐流行的。我们四川从来都是说"吃茶"而不说"饮茶"或"喝茶"，正是沿袭了古人"吃茗粥"的本义。我们四川小吃之中的油茶没有一丝一毫的茶叶，为什么叫作油茶？就因为它是古人"茶粥""吃茗粥"的余绪。放眼全国各地，西北地区的油茶，华南地区的擂茶，都和四川的油茶一样，都是古人"茶粥""吃茗粥"的余绪。最值得注意的是，四川的油茶要放酥黄豆、花生米，更是一定要放馓子。西北地区的油茶要放盐、核桃、花生、葵花子、南瓜子等坚果作配料。华南地区的擂茶也要放盐、花生、绿豆、芝麻、姜等配料（擂茶和油茶不同之处是要放茶叶，更接近古代的习俗，这正如广东话更接近中古音韵一样）。这些叫作"茶"的食品的大同小异，可证古人很早就在"茶粥"之中加入了坚果，四川还要加入馓子，目的都是一个，都是在讲究搭配，要让它有滋有味，要让它阴阳对立又阴阳统一。

近来网上有一句流行语叫作"说起来很丰满，吃起来很骨感"。说起咸味豆腐脑应加馓子，好像头头是道，可是现在成都挑担小贩卖的咸味豆腐脑却极少见到加馓子的，所以我很想念它。直到去年我们一家人到成都新会展的"转转会"川菜馆吃饭时，我见到菜谱上有豆腐脑，立即点了。端上来一看，很传统，很地道，食欲大开，因为它加了馓子。"转转会"的咸味豆腐脑用大碗装，分量比挑担小贩卖的要多，在传统的多种调料中再加了芫荽。好吃，我又点了一碗。

如同这样以各种方式向外地朋友上四川美食课，不知有好多次了。还有一次比较早，也是记忆犹深。那是1989年，我写的《巴蜀文化》一书作为《中国地域文化丛书》之一由辽宁教育出版社出版。为了书稿定稿的一些具体问题，出版社的责任编辑小王和编室主任老刘来到成都。作为东道主，我请他们在春熙南路的"龙抄手"三楼吃饭（春熙南路的"龙抄手"有三层楼，价格有明显差异。原材料都一样，只是一楼面向大众，要的是速度，制作粗放，大锅煮；二楼面向中众，注意质量，制作稍精，中锅煮；三楼面向小众，要的是品牌，制作最精，小锅煮，我认为这种经营方式是正确的。同是食客，目的各异，有的为了快，有的为了饱，有的为了便宜，有的为了口中的味道，有的为了客人面前的面子。既然顾客各有所需，经营者当然就应该在保证基本质量的基础上供应不同产品，投其所好），我点了小吃套餐，每套十六样小吃，总共用粮大约二两，还有四样代表性川菜，无论小吃还是川菜，全是小碟小盘。两位东北朋友都是第一次来成都，第一次吃到这样的川菜和小吃，所以我一道小吃一种川菜地向他们进行介绍，回答疑问。他们在惊叹和赞扬之余，说了一句我至今记忆犹新的话："袁老师，我们在想，下次你到沈阳来，我们那些大碗大盘怎么拿得出手？我们能用什么菜肴来回请你？"

美食还有一个要素

这个问题似乎不应当在这里提出，因为它太小儿科了。稍有点知识的谁不知道，早期说的是"色、香、味"，后来不断丰富，变成"色、香、味、形"，再变成"色、香、味、形、器"，再变成"色、香、味、形、器、养"，够全面了吧！

应该是够全面的了。但是，我认为必须再加一个要素：环境。

可以设想一番：你此生进餐的次数应该是数之不清，记之不清。大致算来，大多数人应该八成在家里吃，一成在食堂吃，一成在饭馆吃。吃食堂的年代也就是学生时代，如果没有早恋的经历，那个枯燥无味就不用提了。家里虽然比较温馨，但是进餐环境天天一样，几十年一贯制，所以你才会出去吃。出去吃又做何选择？第一肯定是要味道好，选在好吃。第二呢，肯定就是选环境。或者取其豪华大气，或者取其文雅幽静，或者取其特色独具，或者取其唤起乡思。所以，环境是重要的。

如果在十分恶劣的环境之中，眼前再有名的美食也不能称之为美食，特别的环境属于特例，例如监狱之中，粪坑之侧，姑且不论，就是在荒野，在沙漠，在墙脚，在路边，你都很难感到食物是多么的美好。同样是在室内的餐室，通风如何？光线如何？色彩如何？格调如何？装饰如何？还有，同桌的素质如何？都会影响人们的食欲。这些，难道还需要举例证明吗？相反，优美的、最适合自己当时心情的环境却可以大大地提高人们的食欲，把原本一般的食物看作最佳的美食。且举我亲身经历的一例。如若不信，看看我的一些记忆是否可以唤起你的记忆。要知道，这些记忆是难忘的，终生难忘的。

在我的一生中，对于美食环境的首次终生难忘的记忆是一处农家小院。

我是1950年秋季到绵竹中学读初中的。那时的中学生很少，我们广济乡全乡只有两个中学生。到了第二年，有了六个。到了第三年，有了十多个。乡政府对于我们这些中学生视若珍宝，每到寒暑假都要把我们组织起来，由一个武装民兵带着我们下到全乡各村搞宣传，宣传内容都是配合中心任务，上级需要宣传什么就宣传什么，诸如抗美援朝、互助合作等。那时刚刚土改，广大农民分到了田地，生产热情高涨，生活明显改善，农村是一片欢乐祥和的气氛。我们这几个中学生下到各村，找一个大点的晒坝，先是唱歌跳舞，然后宣讲时事政策，农民群众很欢迎，纷纷争着拉我们去吃饭，而且尽量给我们做好的吃。

1952年暑假的一天中午，我们沿着即将收割的稻田之间的小路来到了靠山边的一个地方（按行政编制，应当是后来的白云村）。只有一户背靠山脚、前临小溪的人家，数间茅屋，一方院坝，木槿花栽了一圈围篱，屋后是川西农村几乎家家都有的林盘，林盘中主要是川西最常见的慈竹，还有若干果树。我们还未走拢，看家狗就叫了起来。主人是一对中年夫妇，出来一看，知道我们是下村宣传的中学生，立即把狗招呼住，热情地邀请我们进去。我们口正渴，肚正饿，年少也不懂客气，高高兴兴地进了围篱。主人让我们在院坝中坐下，先是倒茶水（那是用吊在灶门口的瓦壶熬出来的老鹰茶，是川西地区最价廉物美的茶，四川民谚中的"好看不过素打扮，好吃不过茶泡饭"就是指老鹰茶，其香味完全可登大雅之堂。过去成都有一道名小吃叫珍珠圆子，公认为最正宗的一家开在忠烈祠街，一份珍珠圆子加一碗老鹰茶，被称为"绝配"），然后是煮醪糟，最后才让我们吃饭。因为还没有打谷子（川西过去都把水稻叫谷子），家中大米已经不多，是给我们吃的家常盐菜煮灰面疙瘩，吃了饭还从树上钩梨给我们吃（梨子性脆，掉在地上就会破碎，所以不能用竿打。而是在竹竿顶上绑一块硬竹刀，刀下是一个布袋，用硬竹刀把成熟的梨子一钩，梨子就装在了布袋里，所以叫"钩梨"），打下枣子揣到我们衣服的口袋里。

时间已过六十多年，那小溪，那茅屋，那林盘，那院坝，那中年夫妇，那木槿围篱，那看家狗，那老鹰茶，那醪糟，那盐菜煮灰面疙瘩，那钩梨，那小枣……我仍然记得一清二楚，仍然感到十分亲切。当时我就在想，如果长大了能够有一个这样环境的家多好！真正长大之后知道是不可能了，也正是从这种不可能之中，我才深深感到我们这代人曾经体念过的那种自然、淳朴、静谧、祥和的田园风光是多么珍贵。

读高中时，开始喜欢古诗，每当读到优美的田园诗如"柴门闻犬吠，风雪夜归人""漠漠水田飞白鹭"之类，特别是孟浩然的"故人具鸡黍，邀我至田家。绿树村边合，青山郭外斜。开轩面场圃，把酒话桑麻。待到重阳日，还来就菊花"，似乎每一句都会在心底引起共鸣，都会想起那小溪，那茅屋……

这是我在内心深处感受到环境必须是美味的必要因素的第一次最强烈的冲击。

1967年，"文革"已经进入高潮，成都一片全民性的狂热，文斗又武斗，经济秩序混乱，物资供应很差，但是在成都市外的一些地方情况要比成都好得多。这年9月，我因事去灌县，住在南桥桥头的一个小客栈。问了客栈老板，知道二王庙还在开放，可以入内参观。当时同去的还有一位川大数学系的女同学，我们决定忙里偷闲，去二王庙一游。

当年没有秦堰楼，也没有去秦堰楼、去二王庙后门的公路，都是从城隍庙那里登玉垒山，过玉垒关，山上有一条小路逆岷江而上直通二王庙前门。小路蜿蜒于山腰之间，头上是连天的林木，脚下是如茵的野花。走着走着，靠山的路边竟然有一个小小的饭馆，一位女老板热情招呼我们入内。当我站在门前四目一望，立即产生了入内落座的冲动。饭馆背靠大山，周围古木参天，苍翠欲滴，一派清幽。饭馆对面的路边有若干小树，透过小树，山崖下面就是滔滔的岷江，江水伴着阵阵风声呼啸而去，风声中蝉鸣夹着鸟鸣，右前方不远就是闻名中外的索桥悬在空中左摇右晃。饭馆不大，只有两张方桌。灶头不大，只有一个熬汤的鼎锅和一个炒菜的铁锅。但是，干干净净，清清爽爽。女老板说，现在都在干革命，买不到肉，但是蔬菜新鲜，米汤甑子饭，咸菜不收钱。问我吃不吃。我说："吃，当然要吃。"

很快，菜上来了。一盘烧青豆，一盘炒鲜笋，一碗丝瓜汤，一碟加了红油的泡菜，一碟萝卜干水豆豉。这是绝对的农家菜，绝对的家常菜。青豆是山坡上种的，笋子是竹林中挖的，丝瓜是藤子上摘的，泡菜是自己泡的，萝卜干是自己晒的，水豆豉是自己做的。米汤甑子饭，好久没有吃过了。她家的甑子是使用不久的杉木甑子，蒸出来的米饭还有一股杉木特有的清香，很多城里人一辈子也没有享受过。看着江水，吹着清风，听着鸟叫，吃着绝对正宗的家常菜，闻着久违的杉木香……我知道，今天的新一辈也不想一直都在钢筋混凝土碉堡一般的餐厅中用餐，他们也在追求，每逢节假日去看看成都出城的滚滚车流和"农家乐"中的嘈杂人流就完全明白了。

成都人出城，去旅游点者是少数，去各自选定的"农家乐"者是多数。作为一种新兴的郊外旅游方式，1987年从成都郫县农科村发轫的"农家乐"如今已经三十多年了，不仅传遍中华大地，还有了"农家乐"的升级版乡村酒店，还有了"渔家乐""牧家乐""林家乐"等伴生产品。据我所知，国家旅游局在成都召开过几次现场会，大力向全国推广"农家乐"旅游，可是发展到今天，全国仍然没有一个城市能赶上或超过成都的"农家乐"，成都"农家乐"的数量、规模、水平、经营收入仍然在全国领先。为什么？这有几个原因：第一是因为成都是一个典型的休闲城市，成都人骨子里有着喜爱游乐的基因（这其中的主要原因是有了都江堰系统工程之后成都平原两千年的旱涝保收让成都人温饱易得，有了休闲游乐的物质基础），第二是因为成都自然条件得天独厚，全年三百六十五天都宜于户外游乐，郊外遍布林盘农舍、大小溪流。

成都有多少"农家乐"？由于情况在不断地变化，很难有一个准确的数字。我可以抄录一个2017年5月正式公布的数字：五星级乡村酒店六家，四星级乡村酒店八家，三星级乡村酒店十五家，五星级"农家乐"四家，四星级"农家乐"二十九家，三星级"农家乐"四十家，二星级"农家乐"九家，一星级"农家乐"一家。

这些情况，以上数字，完全可以支持我的主张：在考虑美食诸要素时，必须再加一个要素：环境。

由于我这个川菜爱好者的爱好有点深沉，逐渐参加了川菜产业的一些活动，发表过一些见解，以至于被人戴上了"著名美食家"桂冠，所以我参与过几次大型餐饮项目的策划。在每次策划讨论之中，我从来都是坚持上述主张，把美食环境放在极为重要的位置。只不过和目前各行各业的项目策划或规划大多未能兑现落地一样，我的这种策划方案也都没有兑现落地，使我成了一个悲剧性的美食环境追求者，当然也成了我的一个永久的遗憾。但是，在我曾经付出过心血的这些努力中，也有一次差点就会实现我的梦想。

成都置信集团曾经是全省房地产开发的领军企业，一直把环境打造作为重中之重。置信在成都的第一个大型楼盘丽都花园是先做环境后修楼房，也就是说先建一个丽都公园，栽树养花造水面，再在旁边修楼房。当楼房修好之时，丽都公园早已绿树成荫，可以供人们免费游览了。当购房者前去参观样板房考虑是否买房时，不仅能够见到楼盘里面的优美环境，还可以去丽都公园游玩一番，大大增添了买房的决心。买房入住之后，当然更是可以天天在丽都公园中休闲游玩。正因为置信的这种运作方式，所以一度成为成都最红火的房地产企业。2001年，置信打算开发建设我国西部最大的美食城。因为朋友的介绍，筹建小组的蒋选斌找到了我，邀请我加盟置信。在介绍他们的方案时说，美食城也是按他们的传统理念先做环境，即先栽花木做环境，再修房屋建餐厅，建成之后，每一个餐厅都会在绿树掩映之中。多年来，我对美食的确有兴趣，但只是一种业余爱好，从来没有想过会"下海"，会加入一个企业去天天上班、全力以赴。可是，小蒋的这一席话拨动了我心中那根琴弦，立即同意了他的邀请，交谈之后，接受了他们新成立的"美食文化工作室"首席策划师的聘书，加盟置信。然后我又用"三顾茅庐"的精神请出了川菜大师张中尤和我合伙，共同负责。我们在丽都公园后面的芙蓉古城样板区中开设了一个试验性餐厅，有十个包间，由张中尤大师组建了厨政班子，招聘了一批青年，一心一意地研发试菜、培训员工。遗憾的是，我们热火朝天地搞了两个多月之时，置信集团董事会有了新的决定，不搞美食城了（后来在那一大块地皮上修建了青羊工业总部基地），试验性餐厅的员工全部转到新开盘的芙蓉古城搞旅游餐饮。我当然不愿去搞什么旅游餐饮，就离开了置信。很快，张中尤大师也离开了。不过，我后来屡次在想，如果这个绿荫丛中的中国西部最大的美食城搞成功了，在成都餐饮市场上会产生一些什么样的作用呢？我是不是会把我的后半生全部交给餐饮行业呢？

几年以后，我在川师兼课时的学生侯承夫妇先是在迎宾路上搞了一个农家乐，再想搞一个更好的餐饮项目，和我商量，让我出主意。我谈了我心中的蓝图，一定要有好的环境。他已经搞了几年的园林绿化，故而完全同意我的观点。那时，我们一道考察了好多处地方，最佳的一处是在沙西线上伸入徐堰河中的一个半岛，三面临水，竹木繁茂，万分适宜，我们当场拍板，决定想方设法拿下这个地块。侯承为此努力了半年，没有成功，此事也就没有再议。

　　多年过去了，我至今仍然深感遗憾，关注了半生餐饮，没有建成一个我心中环境最满意的餐饮项目，只能在各个不同的农家乐中去短暂留恋一番。写到此处是2018年8月14日，昨天我才去了一家环境较好的农家乐小过了一把环境美食的瘾，名字不错，叫青城甲，不大，位置也偏，是在都江堰市青城山镇靠近山边的环山路上。

苦尽甘来

　　在美食这个领域，我是一个不折不扣的口头革命派，会吃，会说，会评，会写，就是不会做。对于这一点，朋友们都知道，不会为难我。可是，也有某种场合会被人误解，百口难辩。例如，2010年，我和四川电视台合作开办了一个叫《吃八方》的美食栏目，由我和主持人兰妹对谈，讲川菜，讲川菜文化，最多的时候每周五期，讲了两年多以后，栏目组决定要适应市场经济的大潮，每期都介绍一个或两个餐馆的菜品，为商家做宣传，打广告，收取商家的赞助费。在金钱的巨大威力之下我无法反对，但我决定退出，因为只要我为一个商家做了宣传我就失去了对整个川菜产业进行公正评论的话语权，所以这个栏目我只做了两年多，我离开以后就是别人在做了，栏目也完全改版了。我做节目那两年因为出镜时间太多，很多厨师或美食爱好者都认识了我，我无数次在大街上、在公交上被人们叫住，向我询问某一道川菜的做法，要我传授两手绝技。我如实向他们解释，说我真不是厨师，不会做菜。对于我的解释，有人信有人不信。不信的人总认为我是要留一手，不愿外传技艺。最让我难以解释的是："你那么胖，怎么会不是厨师？"

　　不会做菜，不是因为我懒，而是有两个原因。第一，我九岁进中学，吃食堂；进川大，吃食堂；读研究生，吃食堂；到部队劳动锻炼，吃食堂；回川大办学习班，吃食堂；到单位上班，吃食堂。一直吃到我三十一岁时才第一次有了一个有厨房的家，所以从来没有学习厨艺的时机。第二，当自己有了一个有厨房的家的时候，老天爷同时给我送来一个很会做菜的妻子，会做菜似乎是她们家的传统，连她的两个弟弟都会做菜。在她的面前，我在厨房中除了可以洗菜之外完全是毫无用处，连洗碗的功夫她都看不上。请问，在这种环境之中，我还有学习厨艺的可能吗？还有拿锅铲的机会吗？

但是，在一个非常特殊的岁月中，我不得不自己做饭自己吃，时间将近一年。因为在那个非常特殊的年月和非常特殊的地点，再加之我的非常特殊的身份，只有我一个独自生活，不做饭就没得吃。

这个特殊的岁月是在十年动乱的"文革"中，这个特殊的地点是在大凉山上的甘洛县牛日河畔，这个特殊的身份是"现行反革命分子"。

这段特殊的经历的确有点特殊，所以做点简单的介绍。

我是1965年毕业的研究生，本应在1965年秋季分配工作。但是就在准备分配前夕，高教部下达了最新指示，认为我们这些文科研究生都是"象牙之塔"里培养出来的"修正主义苗子"，不宜参加社会主义建设，故而不能分配工作，而是安排到最艰苦的基层进行劳动锻炼，改造资产阶级世界观，以观后效，同时也不再招生。当年的研究生人数极少，我在1962年报考时，全国所有高校和科研机构总共才招八百多人，川大全校才招了八个（直到1965年秋季，川大全校三届研究生总共只有二十几个），1965年也就毕业了八个，即历史系四个，中文系一个，数学系两个，生物系一个。当时正值全国大搞"四清"运动（也称为"社会主义教育运动"）的高潮，省委安排川大派部分师生于1965年9月到双流县搞"四清"。于是，我们四个历史系的毕业研究生就去到双流三星公社搞"四清"。"四清"未完，"文革"开始，又叫我们回川大参加"文革"。当时按过去多次政治运动的经验，以为这次运动大约就搞半年，结束后就可以分配工作搞专业（可以坦白，我当时做了一个十分美好的梦。我读的专业是古文字学，导师是一级教授徐中舒老师，专攻的方向是金文，这是全国极少有人专研的学问，自认为学得不错，毕业论文《从金文看西周的阶级结构》受到导师的高度评价，所以梦中目标是到中国社科院或故宫研究院去搞金文研究）。做梦呀做梦，用一句俗话，真是"做梦都没有想到"，"文革"这一革竟然革了十年。

1968年秋天，已经持续两年多的"文革"形势突变。7月28日夜，毛泽东接见北京红卫兵"五大领袖"并进行严厉批评。同夜，派出由军人和工人组成的毛泽东思想宣传队接管北京各大学，很快，全国各大学全部由军人和工人组成的毛泽东思想宣传队接管。与此同时，已经在各大学毕业未分配的三届学生陆续分配离校。不久，城市中的中学生绝大部分下乡当知青，历时两年的"红卫兵运动"退出了历史舞台。

此时，我这个已经毕业三年的老研究生也被分配离校（严格来说，当年不叫分配，因为全国秩序还是一片混乱，很多单位的业务均未恢复，根本不能给这样大数量的毕业生分配适当的工作，只能是临时的安置，后来连安置也安置不完，只能让大量毕业生到各地农场劳动锻炼），去了四川人民出版社。才去两个月又接到通知，叫我去大凉山的甘洛县军垦农场劳动锻炼，文件根据是说文科大学毕业生不宜立即在事业单位工作，还需要劳动锻炼。如果我不想去完全可以不去，因为文件规定的范围是本科毕业生，而我是三年前毕业的研究生，不在文件规定的范围之内。不过因为当时的出版社也没有正常的业务工作，除了大量印刷《毛主席语录》和《毛泽东选集》，就是租型印刷无穷无尽的学习资料，我也毫无兴趣，加之多年来已经干了数不清的体力劳动，我对体力劳动一点也不怕，于是我就在1968年9月随着川大本科毕业生的队伍去了甘洛。

所谓军垦农场劳动锻炼，就是在部队的农场劳动锻炼，因为当时各个国营农场（过去的国营农场很多，每个县都有一个）还在混乱之中，不能安排，而部队农场的基本生产秩序还在，所以让所有部队农场都接受了安排大学毕业生的任务。甘洛原有一个劳改农场，因为成昆铁路要通过甘洛，劳改农场被迁走，大量土地被驻军接管。我们下去时，甘洛驻军是省军区的一个独立团，大部分官兵都在外执行任务，几百亩山地正等着我们去耕种。刚去的第一年，因为表现好，我曾被信任和重用，不仅被安排为连队革命军人委员会副主任，还被派到部队剿匪前线采访写作。1969年9月，上级突然宣布，我因为"聚众偷听敌台广播""散布三反言论"而被定为"现行反革命分子"，立即隔离，关押审查。其实我的"反革命罪行"十分简单，三天就审查得清清楚楚。所谓"聚众偷听敌台广播"就是在收音机中偶尔从外台中听到了"阿波罗"十一号上月球的特大新闻，于是大家都围着来听了一会。所谓"散布三反言论"也就是发了几句牢骚，全连队几乎人人都知道。审查结束之后就是等待处理，谁知等了近一年都未处理，只是令人极为难受的长期单独关押。1970年5月，上级宣布劳动锻炼结束，全体学生均分配工作离开了甘洛，学生连领导干部都是原来从各个步兵连队抽调来的干部，他们完成了管教学生连的任务之后也都回到了自己原来的岗位。于是，难以想象的情况出现了，整个营房中只剩我一人，早就没有人审查我，现在连管教我的人都没有了，只有一个看守库房的战士每天叫我去吃饭。几天以后，第二批劳动锻炼的川医毕业生又来到甘洛，在营房中组建了新的学生连，我不是新学生连的一员，全连官兵没有一个人理我，只是把我作为阶级斗争活教材在他们面前展示，让他们一个一个来到关押我的住房的窗外参观我这个"研究生现行反革命分子"。我实在不愿长期当动物园中的猩猩，当我见到我所能见到的最高部队领导营副教导员时，我请求换一个地方等候处理。副教导员态度很好，他说了实话，他们现在很为难，实在难以处理，难就难在我这种"但非兵"（到部队时我们全部档案都转给了部队，算是部队的人，可是我们又不是军人。因为我们下去时听的文件说是"由部队管理，过部队生活，但非现役军人"，所以我们以戏谑的口吻自称"但非兵"，喊久了，管理我们的干部都知道，有时还和我们一样喊"但非兵"）的特殊身份。因为我是部队的"现行反革命"，地方法院不接。可是我不是军人，军事法庭也不接。团部向省革委政工组早就打了报告，而且催了多次，省革委政工组一直不予回复，团部没有办法，只能等待。他把话都说明到这种份上了，我不能不等，只有等。但是我又不愿当动物园中的猩猩，就想了一个办法。我说，审查了我一年了，我的表现上级应当很清楚，我没有也不可能有任何违法活动，我不会跑，也不敢跑，我只能等上级处理，别无他路。但是我不愿在川医学生连被关押，我自愿到对面山上去守牛圈，没想到，我的请求被批准了。

我所说的牛圈不是"文革"中关牛鬼蛇神的所谓"牛棚"，而是真真正正的关牛的牛圈。

我们川大学生连住在牛日河边，继承了部队原来一个连队的营房。原来的连队养了二十几头牛，有专门的牛圈，牛圈旁边有两间草房可以住人，所有这些全部移交给了我们（严格来说，营房和牛圈都是原来劳改农场修建的）。这个牛圈在牛日河对岸的山上，周围的山地过去也曾经是耕地，几年未耕种，完全成了荒山，荒草之中生长了若干灌木，只在牛圈旁边保持了一块菜地。我们川大学生连还在时，是在牛圈旁的草房中驻一个班，任务是放牛和种菜，我去过多次，很熟悉。川大学生连撤销之后，部队收回了牛圈和耕牛，由步兵连派出两个战士住在那里守着。由于太寂寞，派谁去谁都不想去，这事是前些天看守营房那个战士告诉我的。我自愿去守牛圈，我高兴。步兵连不再派战士过去住了，步兵连也高兴。就这样，我把铺盖衣服搬了过去，住在牛圈旁的草屋中，专职守牛圈。步兵连每天派一个战士过河来放牛（就是上午把牛赶到山上吃草，下午赶回来之后他就过河回到他自己的连队去，如果下雨天就不放牛，战士也就不过来），我的任务一是把牛圈守好，二是煮饭，就是给放牛战士提供一顿午饭，三是管理菜地。就这样，我一个人在大山上的牛圈旁生活到1971年3月，将近一年之中，除了特殊情况（如有母牛要生小牛了，大风雨把牛圈吹坏了之类），我只能在非雨天看到每天轮换派来的一个战士。派来放牛的战士多是彝族，基本上不和我说一句话。除了十几里外有一个麻风村，大山上没有人居，将近一年中我只见过一个老乡，他来到此地是为了追杀一只毛狗（毛狗是当地汉族的方言，就是狐狸）。在我的协助下，毛狗被他打死了，我提供菜刀让他剐了皮，剖了膛，提供热水让他洗了手。他说他知道我们外地人喜欢狐皮，就把狐皮给了我，还简单教了我加工的方法。遗憾的是，我按他教的方法加工失败，狐皮臭了，只能扔掉。

将近一年的日子是这样过的：首先，部队领导没有任何人来问过我一句话，来查看过我，对我完全放心，我在牛圈这个小范围内是自由的。其次，放牛战士每一个月给我背一袋大米，一包盐巴，一瓶清油，每周背一块猪肉，学生连住这里时还剩下一坛豆瓣，蔬菜则在菜地中解决。另外，我必须经常到山上去砍柴，晒干之后作为燃料。第三，部队执行政策，我在正式被捕之前仍然给我发工资，每月都由放牛战士带给我，我需要给家里寄钱或买烟，都请他们代劳。当时我买烟不少，因为我的工资比战士们的津贴高得多，我请他们抽烟是理所应当。所以很快就有了一条不成文的规矩，每天过来放牛的战士都在我这里领取一包烟。

我的伙食是这样安排的：只要有猪肉带过来，我就用大锅煮一大锅肉汤，菜地里有什么适合的蔬菜就在肉汤中煮什么蔬菜，一锅可以吃两三天。煮熟的猪肉切成片用豆瓣拌一下就成为凉拌肉，另外每天用油炒一样蔬菜。用成都方言来说还是很匀净的，好的时候一荤一素一汤，孬的时候一菜一汤。米饭每天中午煮一次。多煮点，早晚都吃剩饭。这样的伙食安排我完全可以胜任，因为煮饭我是会的，虽然有时会生会烟，但是我照吃不误。凉拌的肉和炒的菜虽然毫无水平，但是我自己做的，自己永远不会嫌弃自己。更重要的是，此时"自己"二字的含金量只有我自己明白，它是"自由"二字的代名词。在经过了完全有如囚犯一般的一年关押生活之后（关押的前几个月，室内不能关灯，窗外站着双岗，上厕所都有两支上了刺刀的半自动步枪押着。后几个月没有了双岗，仍然是全天关在屋子里），这种自由太宝贵了。无数人，特别是无数青年学生都背诵过"生命诚可贵，爱情价更高；若为自由故，两者皆可抛"。可是，他们从来没有经历过不自由，所以他们从来不会懂得什么叫自由，绝对不可能体会到为什么自由是可贵的。所以，当我能够自由地在牛圈旁边生活，自己给自己煮饭的时候，每天的饭菜我都吃得有滋有味，不，应该是津津有味。我愈做愈爱做，愈做愈想做。要知道，那时我成天一个人守着牛圈，每天生活有如刻板（当年还没有克隆这个词），我最能有点主观能动性的事就是做饭。在我的努力钻研之下，没有多久，我煮的米饭就不生不烟了。当年这种对做饭的追求和喜爱，是一般人所无法想象的。当然，当这种自由的生活成为常态之后，我也就好了伤疤忘了痛，不怎么喜欢做饭了。唉，在这一点上，应该是属于有点忘本的家伙了。

除了煮饭，我还喜欢上了挑水和种菜。

当年为什么选定在这座荒芜的大山上修建牛圈？就是因为这里有一个微型的清泉。对这种太小的清泉，我们家乡叫"泉眼"，先辈选用这样的名字，估计就是因为它流出来的泉水太小，有如人的眼泪。可是，你别看它流水不多，却是无论春夏秋冬，三百六十五天都有清洁的泉水如同几支筷子一般分秒不停地流将出来。估计是过去的劳改犯发现之后，就在它的下面挖了一个直径只有五十厘米左右、深度只有二十厘米左右的微型水塘，有如一个澡盆。现在的水塘四周早已长满水草，稍远一点就根本不会发现水塘的存在。水塘虽然微型，但是供我们挑水却永远都够，因为那水塘在一个土坎之下，牛圈和草屋都在土坎之上，其间有大约五十米的距离，还要上下坡。我舀满一挑水，就把水塘快舀干了，可是挑回来之后再去，水塘又装满了。我很喜欢去水塘挑水，除我自己用，还用来浇菜地。每次去挑水，望着那如同几支筷子一般分秒不停地流将出来的泉水，会想到很多很多，诸如"问渠哪得清如许，为有源头活水来"的诗句呀，"生生不息"的哲理呀，地下水的过滤原理呀……

一大块菜地就在我住的草房和水塘之间，我们原来学生连的同学为了能够多吃蔬菜下了很大的功夫（刚来甘洛那半年没有蔬菜吃的日子太难受了，所以大家对于种好蔬菜有着发自内心的巨大动力），所以每块菜地都可以在全甘洛进行展示，保证上乘。我来到牛圈时，菜地中还有不少蔬菜，吃不完还要让轮换来放牛的战士背回去给步兵连队吃。在菜地中，有海椒、茄子、萝卜、地瓜（这是四川方言，在北方叫凉薯）、四季豆……印象最深的是苦瓜。

苦瓜，谁都吃过。可是，吃过苦瓜的人有几个知道苦瓜是甜的？而且是很甜很甜的？我知道。

因为菜地中的蔬菜吃不完，苦瓜味苦不能经常吃，我就对挂在架子上的苦瓜有点怠慢，长大了也没有及时采摘。随着季节从夏到秋，好些苦瓜愈来愈老，先是褪去了亮丽的白色，颜色转黄，然后是从下向上裂开了口子，最后是表面开始变枯。这时，我想，苦瓜老了，可以收获其中的种子了，就把老苦瓜摘了一根，顺着裂口去取种子。没有想到，老苦瓜肚皮里的苦瓜瓤从原来的乳白色完全变成了鲜红夺目的颜色，并把也是鲜红色的种籽包裹在里面。因为那鲜艳的红色吸引了我，就放到嘴巴里去尝，千万没有想到，是甜的，不是一般的甜，而是很甜很甜，那滋味真是美妙极了，这对我完全是意外的惊喜。于是，我一天吃一根老苦瓜肚皮里面那鲜红甘甜的瓤，一连吃了十多天。一边吃，一边想：什么叫"苦尽甘来"？这就是。不，应该说这才是。我又想，古人为什么会创造出这样一个充满辩证法的成语来？肯定是因为吃了老苦瓜。后来回到成都，我查过成语词典，想找到"苦尽甘来"的来历，词典只是说最早见于元曲，如王实甫《西厢记》中有"怎能勾这相思苦尽甘来"，关汉卿《蝴蝶梦》中有"今过个苦尽甘来"。可是，王实甫和关汉卿笔下的"苦尽甘来"这个成语又是怎么来的呢？词典没有说。我又想法从其他地方查找，一直没有找到出处。于是，我从吃老苦瓜的瓤得到我这样的种菜人的结论：这个成语的来源应该是吃过老苦瓜。这个成语没有出自高雅的诗文之中，而最早见于通俗的戏曲之中，更证明是应该是吃过老苦瓜。

吃八方
CHI BA FANG

2005年，川大老同学唐毓春约我和四川电视台合作，搞一个宣传推广川菜的栏目，由我任策划和主讲嘉宾，初步定名为《川菜名名堂》，我约了另一位川大老同学滕纬明一道参加编写文案。可是此事没有搞成，只留下了几则文案。一年后，成都电视台又约我搞宣传推广川菜的栏目，由我任策划和主讲嘉宾，和著名方言节目主持人兰妹合作。栏目的名称先是想叫《兰妹有请》，后来定名为《吃八方》，经过一些准备之后上马了，过去的文案旧稿也就派上了用场。《吃八方》栏目做得很顺，两年多以后在全川有了较大影响，一些川菜馆也就有了投资做广告的意愿。按常理说，为川菜馆做广告是宣传推广川菜产业的好事，可是我却决定退出。道理很简单，我每期都在栏目中讲川菜，讲川菜文化，对当下川菜产业中的若干问题进行评说，有探讨，有总结，有表彰，当然也有批评。如果栏目收了企业的赞助费，就应当为企业打广告，说好话。我如果表彰了某个企业，观众会怀疑我是不是收了钱而进行表彰；我如果批评了某个企业，观众会怀疑我是不是因为没有收钱而进行批评。这样，我就完全丧失了自由的话语权，丧失了对观众的公信度。与其如此，不如不讲，于是我退出了《吃八方》栏目。此后《吃八方》栏目也就改了版，基本上不是讲川菜和川菜文化，也不对川菜产业进行评说，而是在全川发现好的川菜和川菜馆进行推广介绍。《吃八方》栏目至今还在做，是四川电视节目中历史最久影响最大的美食节目。

　　当年为了做节目，随手做了一些文案的准备，每一集的重点各异，详略不同（坦白说，开始时小心，写得详，以后大胆了，愈来愈略，熟悉的内容就根本没有写过文案）。当年保存在电脑里没删，现在整理了一下，公布出来，对川菜界的朋友可能不无小补。

回锅肉

　　无论是学川菜，做川菜，尝川菜，列菜谱，回锅肉都是川菜第一菜。因为它好吃不贵，价廉物美，百吃不厌。要说上，上国宴绝对拿得出手；要说下，路边店几块钱一份照样资格。至于说在自己家里，不会做回锅肉的川嫂可能没得几个。1958年大炼钢铁，我们在唐家寺工地劳动，吃得又孬，又要喊作诗，我们一个同学作了一首诗，前两句就是："回锅肉，我心中的女皇！"

　　回锅肉这个"川菜第一菜"的桂冠是咋个来的？有一个民间传说。

　　清朝光绪年间，很受慈禧太后赏识的岑春煊被封为四川总督，总领四川军政大权。岑春煊到任之后，以前任总督奎俊为首的成都大小官员为他接风，特地在锦江中布置了一艘豪华官船，再跟随若干服侍的小船，在鼓乐声喧之中请岑春煊游江。一方面饱览锦江春色，一方面请岑春煊品评川菜。当岑春煊入席之时，席面上的冷菜、热菜、小吃早已摆得琳琅满目。岑春煊在用餐时，不断与众位陪同的官员有说有笑。可是当他用筷子夹起一片好像灯盏窝一般的回锅肉放进口中时，突然又把那片回锅肉从口中夹了出来，两只眼睛一直看着那片回锅肉，一语不发，只是摇头。陪同的奎俊一看，十分诧异，赶忙问道："请问大帅，是火候不对，还是味道不对？是否需要另换一份？"岑春煊仍然是不语不发，突然间说了一句："传侍厨。"身边的护卫接着就大声喊道："传侍厨。""侍厨"就是今天前来专门在后舱为总督大人做菜的厨师。一听前舱传唤，厨师急忙走了出来，扑通一声下跪，叩头请安。

岑春煊问："这份菜是你做的吗？"

厨师答："是小人做的。"

岑春煊又问："你怎么会做出这么一个味道？"

厨师又答："启禀大人，回锅肉就是这么一个味道，我已经做了四十年了。"

岑春煊再问："我是在问你，怎么样会做成这样的味道？"

一听到岑春煊如此追问，周围的官员心中都在咚咚咚地打鼓，厨师则吓得全身发抖，只好战战兢兢地说："是这个样子的……选二刀肉先蒸后切，切成四肥六瘦三指宽的片子，先用混合油下锅熬一会，再下郫县豆瓣、犀浦酱油、太和豆豉、温江蒜苗，加点甜酱，就熬……熬……熬出来了。这里头，千万不能少的是郫县豆瓣。"

奎俊见厨师抖不伸展，只好出面解围："大帅，这个厨子手艺不行，败坏了大帅的胃口，我一定加以重责，立即派另外的厨子重做。"

谁知岑春煊却说："我不是说回锅肉做得不好，而是说做得很好，是今天所有菜肴中的第一菜，我真想不到如此美味是如何做出来的，所以才问厨师。传令下去，为厨师赏银一百两。"

这时，在座诸人不仅转忧为喜，而且是皆大欢喜。从此之后，"川菜第一菜"的美名四方流传。

众人正在欢喜之时，岑春煊又问："为啥子千万不能少的是郫县豆瓣？"

这下子把厨师问到了，他只能说："我不晓得，这是我师父教我的，我师父的师父教我的师父就是这样教的。"

不能怪这位师傅，因为当年科学还不发达，谁都弄不清楚为啥子其他地方的豆瓣就是不能代替郫县豆瓣。大家可能都知道,豆瓣的生产是要把胡豆瓣瓣拿来生霉发酵,这是豆瓣出香的关键。而要生霉发酵就要靠空气中多种微生物的作用,而不同地方的空气和水中的微生物是不同的,所以发酵时所产生的霉菌就不同,而不同的霉菌所产生的香味当然也就不同。这就好比烤酒,把五粮液酒厂最好的师傅调到其他地方去烤酒,无论如何努力也是烤不出五粮液的。道理很简单,空气和水质是不能带走的。

正是因为上述原因,郫县豆瓣对于熬回锅肉是无可代替的,在其他很多川菜的制作中,郫县豆瓣的作用也是非常之大的,正因为如此,郫县豆瓣被喻为"川菜之魂"。这几年,大量川菜厨师走出国门,将川菜传遍了五洲四海。他们在国外做川菜,有几样调料是必须从四川运去的,这其中最最重要的就是郫县豆瓣。

正宗回锅肉一定要用蒜苗作配料。蒜苗是四川的叫法,在北方则叫青蒜,北方人叫的蒜苗在我们四川叫蒜薹。用蒜苗的原因是因为回锅肉中用的猪肉是四肥六瘦的肉,油分比较重,分量也比较大,主要调料郫县豆瓣味道比较浓厚,如果用了蒜苗,就可以用蒜苗的清香来进行缓冲,进行调和,这是最佳的搭配,是我们先辈在长期经验教训之中的优选。因为蒜苗比较粗壮,中间是实心,不如大葱那样是空心的,炒得断生,就有一种浓厚的清香味蹿出来,与猪肉一起产生出浓淡相宜、阴阳协调的最佳效果。一句话,就是要取蒜苗的这种浓厚的清香。川菜最讲究的是味道,这也是一个例证。

还有,煮肉时汤中要加花椒、葱、姜。这一点在很多家庭都没做到。

今天的回锅肉在不断的发展中已经逐步形成了一个系列,诸如以加工方式为特点的旱蒸回锅肉,以片子大为特点的连山回锅肉,以辅料变化为特点的锅盔回锅肉、青辣椒回锅肉、甜辣椒回锅肉、干豇豆回锅肉、盐菜回锅肉等。但是最正宗、最好吃的还是用蒜苗作辅料的回锅肉。

在中华人民共和国成立以前，袍哥（即哥老会）遍布四川城乡，处处是袍哥的码头（又叫公口）。每月初一十五码头上的袍哥兄弟伙聚会，午饭第一菜必吃回锅肉，以至当年把回锅肉又叫袍哥肉。据有的老人回忆，成都南府街有一家著名的茶楼叫飞霞阁，它的隔壁有一家川菜馆，不大，但是回锅肉做得好，每月初一十五它都搞不赢，因为要用掌盘给打招呼的码头送回锅肉。

今天的回锅肉已经随着川菜的传播而走向世界。而且据一些回忆录说，我们四川籍的革命前辈如朱老总、陈老总、小平同志，最爱吃的菜都是回锅肉。

锅巴肉片"轰炸东京"

一提到"轰炸东京"这道菜名，大家就可以想到，这是在抗战中大家为了表达对日本侵略者的痛恨之情，给某道川菜所取的名字。而一想到"轰炸东京"，也就必然想到有如炸弹投下，然后轰然一声响的效果。那么有人要问，川菜可以出色、出香、出味、出造型，怎么还可以出声音，而且还是轰然一声呢？我可以告诉大家，川菜可以出色、出香、出味、出造型，也可以出声音，如果操作得好，真的可以发出较大的声音。

这就是著名的川菜锅巴肉片。

抗战时期，全国民众对日本侵略者十分痛恨。有一位黄埔一期的退伍军官李岳阳在重庆开了一家叫"凯歌归"的川菜馆，希望能够尽早地打败日本侵略者，凯歌高奏。有一天，一位朋友告诉他说，美国的"空中堡垒"远程轰炸机已经从成都基地起飞轰炸了日本本土。而这时桌子上正好上了这道锅巴肉片。李岳阳在十分兴奋的同时，灵机一动，就把锅巴肉片这道菜改名为"轰炸东京"，凡是来用餐者就赠送一份，并大声喊道："这是轰炸东京，老板赠送，分文不取。"其他川菜馆纷纷仿效，也都把这道菜叫作"轰炸东京"，而很多人一进川菜馆，也都要叫这道菜，大声高呼"轰炸东京"，用一句今天最流行的话说，成了当时川菜馆中一道靓丽的风景线。

除了锅巴肉片，还有锅巴海参、锅巴三鲜、响铃肉片，都是利用高温的滋汁倒入刚炸酥的锅巴之中，让其发出嗞嗞的响声。如果火候拿得好，响铃肉片的声音往往比锅巴肉片还要大，只不过这道菜现在很少有人做了。所谓响铃，就是在没有冰箱的年代，把当天没有卖完的抄手用油炸酥，第二天当作锅巴来做菜。因为倒入高温的滋汁时声音清脆，所以称为响铃。此外，我们常吃的水煮肉片这样的水煮系列菜，在浇上热油时也会发出声音，只是没有锅巴系列的响声大。

　　近年来，能够发出声音的川菜又有了新的花招。几年前，重庆的厨师做出了一道创新菜，当这道菜端上桌子时，只要一接触台面，就会发出一声声清脆悦耳的鸟叫声。这是厨师把现代化的科技产品用于装盘的结果。其实很简单，就是把一种芯片装在盘子的底部，有如大家常见的有声贺年片一样，盘子一接触桌子，电路一通，叫声自然就出来了。用这种办法，可以为入席的客人们增加一种别样的情趣。

　　在我们四川，锅巴是一种美食，不仅仅是锅巴肉片。四川有句民谚叫："不想吃锅巴，何必围着锅边转。"我们这辈人小时候可能人人都围着锅边转过，都吃过妈妈做的油酥锅巴。

　　很多年轻的朋友不知道，过去在成都昭觉寺这样的大寺庙中，人多时有几百人吃饭，他们用大铁锅煮饭，用米多，时间长，必然要在锅底结成相当厚的一层锅巴。和尚们没有肉吃，总是要在粮食类的食品上做文章。他们把这样厚的锅巴在锅中炕酥，再加上一些豆瓣、花椒粉，就成为一种格外香脆的食品，他们还把这种寺庙中的特产拿出来卖钱，很受群众欢迎。重庆缙云山上的和尚把锅巴先用盐茶浸泡，晒干后再用油炸酥，撒上盐和花椒面，作为礼品送客，名叫缙云盐茶锅巴，曾经是重庆市小有名气的小吃。这种小吃，在我们四川已经少有生产，但是西安一家工厂用机器生产的袋装太阳牌锅巴一度风行全国。

蛋烘糕

成都人都爱吃蛋烘糕，因为蛋烘糕看着金色诱人，闻着香味扑鼻，吃着绵软滋润，而且营养丰富，更为重要的是有不同的味道可供不同口味的人选择。在过去成都的众多小吃品种中，蛋烘糕这种多味道的小吃是唯一的。

可是，很少有人知道蛋烘糕的来历。

这事发生在清朝道光年间的成都文庙前街。

有一位家住文庙前街的师姓穷人家，长期在锦江上拉纤，靠下苦力挣钱养家。可是在一次洪水天拉纤时闪了腰，伤了筋，不能再拉纤了，一家人一下子就没有活路。当他们一家正在一筹莫展之时，一件偶然发生的事让他家出现了转机。

在一个大雪寒天，师家几岁的小孩听到家中喂的母鸡"咯多咯多"地叫，知道是母鸡下蛋了，就跑去拿鸡蛋。他妈不要他拿，他偏要拿，而且拿着就跑。他妈去抓他，他一跤摔下去，鸡蛋被打破了，烤火炉子上烧水的小铜锅也打翻了，他妈一脚踩上去，把铜锅也踩扁了。这下子，哭的哭，昂的昂。师大爷一边诓娃娃，一边把地上的已经打破的鸡蛋和已经踩扁的小铜锅捡了起来。他怕破鸡蛋流了，立即把破鸡蛋放在已踩扁的铜锅里。鸡蛋流了一点在地上，大半都流在了扁铜锅中。师大爷心疼这大半个鸡蛋，就去加了一点灰面，用水调好，再加上了点红糖，把扁铜锅在火炉上烘烤着，想给孩子烤一点锅摊。烤着烤着，一股香味就出来了，烤好后一尝，真的比过去烤的任何东西都好吃。师大爷对妻子说："我们有活路了，这个东西是能卖钱的。"于是，师大爷把那口踩扁的铜锅干脆锤成了圆形的平底锅，把家里所有的鸡蛋、灰面与红糖都拿出来一点点地配着烤锅摊，终于烤出了又香又甜的蛋烘糕。他想拿出去卖，可是想到光吃蛋烘糕没有汤水，就把家中还有的半坛醪糟也煮成糖水醪糟，一起摆在家门口出卖。

老成都人都晓得，文庙前街上今天的石室中学在清代是成都府学所在地，有很多从各县来的住读学生。这些学生在大寒天正愁没有啥子好东西吃，就都去买来尝。一尝，都说好吃好吃。于是师大爷的蛋烘糕配糖水醪糟就在文庙前街出了名。后来，不仅学生来吃，就是教师也来吃，吃得高兴，一位府学的训导还题写了这样一副对联：

齿存蛋香锦绣文章增异彩
口留酒甜龙凤巨橼生奇花

最后，连慕名而来的学台大人也叫师大爷进府学去做来宴请宾客。当然此时的蛋烘糕已经有了不同味道、不同配料的多种花样了。从此以后，蛋烘糕就成了成都的名小吃之一，有的制作者还专门做了担子挑在肩上走街串巷，现烘现卖，一直流传到今天。只不过，后来不再一定与糖水醪糟一道吃了。

成都今天的蛋烘糕依然是用十几厘米的小铜锅烘烤，可以供应芝麻、核桃、花生、樱桃、芽菜、八宝、水晶、蜜枣、金钩、火腿、榨菜、蟹黄、泡菜、什锦等好多种味道的蛋烘糕，如果配上一碗银耳羹，仍然是成都小吃中的一道老少咸宜的上等佳品。

要想让蛋烘糕好吃，面粉中除了加入鸡蛋、红糖之外，必须加入酵面，调成酵面浆，使其发酵，烤出来才会松泡酥软。今天的做法比较简单，多是加入小苏打来进行发酵。

蒜泥白肉

　　蒜泥白肉是川菜中一道很普通但是又很好吃的菜，成都最好吃的蒜泥白肉是原来开在盐市口的竹林小餐的蒜泥白肉，当时又称为竹林白肉，我们这种年纪的人好多都吃过。

　　"白肉"之名最早见于宋人孟元老的《东京梦华录》。满族把祭祀之时的跳神肉叫白片肉，著名美食家袁枚在《随园食单》说白片肉是北人擅长之菜，"满洲跳神肉最妙"。清代的四川著名学者李化楠将这种白片肉的吃法引入蜀中，他在《醒园录》中称为白煮肉，就是我们吃的"白肉"。

　　满族的祖先是女真人，早在宋代的记载中就可以见到，女真人在最重要的祭祀活动中要吃一种"白片肉"，就是把猪肉白煮，不放任何调料，煮熟之后，参加祭神活动的人每人自己吃一片，这种习俗有点像今天彝族同胞吃"坨坨肉"，只不过是切成了片片。到了清代，满族仍然保留了这种习俗。因为在祭神时要跳神，所以汉族就把这种白肉叫成"跳神肉"。清代中叶，这种吃法传入四川，叫作"白煮肉"，不过却被讲究味道的四川人在白肉中加上了各种调料，便有了今天的蒜泥白肉、椿芽白肉。

　　竹林小餐是中国老字号，以蒜泥白肉和肉丝罐汤著名，原来开在盐市口，因为城市建设的需要已被拆除。竹林小餐的蒜泥白肉有两种必须的技法：一是只用蒜泥、红酱油和红油。蒜泥捶蓉后要加少许的盐、香油、冷汤，调成稀糊状。二是在装盘之时必须把事先切好的已经冷却的熟肉片用笊篱放到汤锅中去"冒"一滚，才能加调料上桌。川菜讲究"一热赶三鲜"，热的蒜泥白肉和冷的蒜泥白肉的口感相差很大。

在老的厨师眼中，蒜泥白肉不是凉菜，是热菜。

四川的白肉在各地形成了不同的特色，成都以外最著名的是宜宾李庄的李庄白肉。

抗日战争时期，包括当时的中央研究院在内的几家著名学术机构和同济大学与大学内迁李庄，最多时有一万二千多人，这里云集了好多著名的专家。我只要说一个数字就行了：1948年，选出了我国第一批中央研究院院士，在人文科学的成员中，当年在李庄的院士占了三分之一，共有九位。当时的生活条件非常艰苦，专家们为了改善生活就拿出一些积蓄来买小猪，交给当地的农民共同喂养，养肥了大家分。有几次，中央研究院的专家们在吃肉时为了热闹，就按参加者每人一大片，凉拌着吃，看哪个的肉切得大。就这样，在李庄就出现了这种很大片的白肉，也就是今天的李庄白肉。

还有，白肉不是用刀向下切出来的，而是用刀横着片出来的。最佳的白肉要求要用二刀肉，片出来的肉片要求皮子、瘦肉、肥肉三者相连，平整透明，大如手掌。高明的厨师还能片出卷曲有如刨花一样的卷曲形肉片。

耗子洞樟茶鸭子

1921年开于提督街与鼓楼南街交叉口的耗子洞（前几年重开，就在此处）。耗子洞本是一条窄而空的小巷子。老板姓张，因为成都姓张的卖卤菜的很多，为了区别，故称耗子洞张鸭子。

做法：剔净之后去内脏，是从翅膀下开口。用竹签插孔码味。汆水后，入熏炉用樟树叶与茉莉花茶末烟熏。蒸炽。油炸。

吃法：宰后装盘时要复形，还要刷一道香油。要配葱酱碟与荷叶饼同吃。最好是热吃，即现炸现吃。

既然叫樟茶，就是要用樟树叶来熏。过去还写为漳茶，是要用福建漳州的茶叶来熏，就有更高的要求。现在都做不到了，只要是经过认真的烟熏就不错了。

烟熏在四川方言中叫熇，这个字是古字，一般人写不来，只好写为熏。

明代有川耗子之说，见清代学者赵翼的《陔余丛考》：“以其善钻也。”

芙蓉豆腐汤与鲜花菜

六对山人《竹枝词》："北人馆异南人馆，黄酒坊殊老酒坊。仿绍不真真绍有，芙蓉豆腐是名汤。"三峨樵人注："蓉花可食，相传大宪请客，厨役误污一碗，以芙蓉花并各鲜味和豆腐改充之，大宪以为新美，上下并传，人争效之。"

鲜花入菜，自古有之，宋代文献中多有记载，各地都有。今天用得最多的是黄花菜（又叫金针菜、萱草），其次如菊花火锅、梅花鱼羹锅、炸荷花、炸玉兰、桂花糕、鲜溜香花（兰花、晚香玉、夜来香均可）等，乡间常用木槿花煮醪糟。

水煮牛肉

　　这是一道往往会让外地人"受骗上当"的川菜，它叫"水煮"，好像是白味的，有如开水白菜一般。其实它不是白味，而是又麻又辣。

　　严格来说，叫水煮也不完全不对的。它有做法是将码好味（盐、水豆粉，再用醪糟汁最好）的肉片放在油汤（煮必需的配菜蒜苗、青笋尖也是用它，先腩豆瓣，下辣椒粉、姜、蒜米，腩出香味，加绍酒、鲜汤）中划散断生，才上盘，撒辣椒末（不是面），浇热油，撒花椒面。所以，水煮二字并不是完全错误，关键在于不是白水，而是有油有味的汤。

　　自贡是大盐场，过去推井的动力都是牛，故而多老牛病牛，牛肉多而不贵，是自贡的重要食材。还有火鞭子牛肉，相传最初是用牛粪熘出来的。都是牛。

砂锅雅鱼与慈禧太后

雅鱼，古称丙穴鱼。

丙穴，有两种解释：一是地名，而且不止一处。陕西和四川都有。在四川，城口（今属重庆）、达州、广元和雅安都有。把"丙穴"和鱼联系在一起，最早的见于左思的《蜀都赋》："嘉鱼出于丙穴。"唐人李善的注释说："丙穴在汉中沔阳县北，有鱼穴二所，常以三月取之。丙，地名。"写丙穴鱼最著名的诗句是杜甫的《将赴成都草堂途中有作》："鱼知丙穴由来美，酒用郫筒不用酤。"这里明显是写的四川。

二是嘉鱼，也就是很优秀的鱼类品种名，最早见于《太平御览》卷九三七引晋人张华《博物志》："江阳县北有鱼穴二所，常以二月八日出鱼，鱼名丙穴。"这以后在古人诗文中常见。为什么称鱼为丙穴，古人有不同的说法，有说是因为鱼的尾巴像一个"丙"字，有人说是因为鱼生长在洞口如"丙"字的石穴中，有说是因为鱼是吃石浆长大的。

在四川，目前最有名的是雅鱼，学名齐口裂腹鱼，俗称细甲鱼，属鲤科，主产青衣江、大渡河等河流中，主要特点是头骨中有一根骨头酷似宝剑。产量不多，市场上多以其他裂腹鱼充任者。近年人工饲养已经成功。

砂锅雅鱼的正宗做法要加入十八种辅料，如鸡、鸡油（最后淋上）、肚、火腿、虾仁、鱿鱼、玉兰片、竹荪、香菌等，加上盐、姜、胡椒等佐料，其下要鸡腿骨垫底，加奶汤，用荥经砂锅（升温均匀，保温）慢煨。

据方志记载，清末雅州举人李景福上京，向朝中进贡了雅鱼，被慈禧所喜，赏任知府。

雅安又有传说，慈禧之父曾在雅安为官，故她生于雅安。

苏东坡与味之腴

《竹坡诗话》载苏东坡有《食猪肉》诗："黄州好猪肉，价贱如泥土。富者不肯吃，贫者不解煮。慢着火，少着水，火候足时它自美。每日起来打一碗，饱得自家君莫管。"后人称为十三字诀。

后世在不少地方都有东坡肉、东坡肘子，做法不同，风格各异。四川的可以以眉山做法为准。

味之腴川菜馆，1943年创于在城守东大街（招牌集东坡字，五个股东有四个川大中文系毕业，先迁红星路与前卫街口，后迁府南新区，现已不存），以温江烧炖专家刘均林主厨，专营东坡肘子和凉拌鸡块。技术就是猛火烧，微火炖。故耙而不烂，肥而不腻。

两种菜搭配得当：肥瘦、味道、口感、佐餐与佐酒。加之价廉物美，大受欢迎，风行几十年。今天的查渣面、温江舒炖肉都是走的这条路。

今天的做法有变，传统的就是雪豆炖肘的办法，但是，一要先汆水、二要用砂锅、三要用鲜汤（要加姜葱）、四要垫猪骨头、五要撒葱花、六用豆瓣味碟。

宫保鸡丁

这道菜得名于丁宝桢，丁宫保。

宫保二字如何写？如何讲？

缘于清代的宫保官衔，丁曾封太子少保、被追赠太子太保。

宫保鸡丁最早出现在哪里？

有四川、贵州、山东三说，四川是丁宝桢官职最高和去世之地（1876—1886年任总督），贵州是丁宝桢的出生地（1820年生于今织金县），山东是丁为官较长之地（1863—1876年任臬台、藩台、巡抚）。就在四川又有几种说法：家传、路边小店、民间献上、下属接风，还有记载说得有名有姓，是内江的曾四顺最早用此菜得到了丁的赏识。

川菜的宫保鸡丁有两种做法：贵州用糍粑辣椒，四川用煳辣椒，其他相同。山东做法相近但是肉丁大。

宫保鸡丁是什么味型？

煳辣味加荔枝味，辣香酸甜。有人叫宫保味。

用类似方法可炒肉丁、腰花。现在很多厨师为了增加分量，加入了莴笋丁，错。莴笋丁出水，降低了煳辣香味。

夫妻肺片

夫妻二字是真的吗？真的。

20世纪20年代，郭朝华、张正田夫妻先在长顺街一带提篮卖拌牛杂，出了名，人称夫妻废片。1933年开始在半边桥开小铺，改称夫妻肺片，并以此为店名。中国人民共和国成立以后在提督街的齐鲁食堂。公私合营以后不再有专店。几年前郭夫人张正田曾经重开店铺，想恢复夫妻废片老名称，但未成功。

主要原料是什么？有没有心肺片？

牛头皮和牛杂（主要是肚梁子）。李树人李老说无肺片，车辐车老说别家曾经有过，但是郭氏没有。

有过干拌的夫妻肺片吗？

过去荣乐园有过，还是名菜，现已不做。近年在一些餐馆又已出现。

为何流行？

好吃，好看（白、淡红、红、透明几种），便宜。

为什么买了熟牛杂回家却拌不出那种味道？

关键是没有专用的卤水，二是忘了加芹菜。

谈恋爱时应当吃夫妻肺片的三大理由：

1. 麻辣味重，试一下合不合心直口快的口味；2. 有喻夫妻共同创业；3. 小吃店虽小味美，生意不错，鼓励大家都能永远如此勤俭过日子。

九大碗

九大碗还有些什么名字?

八大碗、九斗碗、三蒸九扣、田席。我更喜欢田席,过去的九大碗真是在田坝中的宴席,那种气氛和景观绝对是独一味。

三蒸九扣的蒸和扣有何区别?

蒸和扣其实是一回事,扣是指的把蒸好的菜从红碗中反转扣在盘子中的动作。

九斗碗是指哪九碗?

有不同规格,一般是烧(或蒸)杂烩、红烧肉、烧笋子、凉拌鸡、粉蒸肉、咸烧白、甜烧白、清蒸肘子、蒸酥肉(也称镶碗,或写为香碗)。

为什么以蒸为主,不上炒菜?

一是便于事先准备,一起上,上得快,俗称"一道快";二是少盘炉灶,省事省钱;三是每桌一样,好走"流水席"。

九斗碗有哪些特点?

1.以蒸为主;2.肥腴而多;3.必须有肘子,为的抬色,堆头大;4.吃完了必须要带"杂包",用菜叶或荷叶包好带走,为的是带走喜庆。

成都人所喊的九大碗中的"大姨妈"和"二姨妈"是什么?

清蒸肘子和甜烧白。

关于御膳菜

川菜的主要特点之一是平民化。

自有川菜以来，四川就没有帝王。所以，严格来说，川菜中没有御膳菜。

商家要做概念，我不反对，但是不要说得太死，不要胡编乱造，不要有意欺骗顾客，误导同行。

溥杰先生公开对报纸说过：所有打"清宫秘方"招牌的药品和食品，都不可相信，因为清宫中没有什么秘方，或者早已传出宫了，或者在有关文献中特别是在清宫档案中都可以查到。

餐饮文化极为重要，但不要搞伪文化，而是要用脚踏实地的态度搞文化（包括打造品牌、菜品研究、质量保证和宣传促销）。成都某家的唐玄宗三十七代孙的"宫廷御膳"的说法不可取，我反对。

泥　鳅

　　泥鳅确有水中人参之说，其药用功效在《本草纲目》卷四十四中有载，主要是"温中益气"。

　　之所以受欢迎，是因为：1.便宜；2.好吃，细嫩，便于去骨；3.有多种吃法，还可以做成方便食品，超市都有麻辣泥鳅之类；4.有药效。

　　如何去腥味，办法很多，一般都是用酒和香料，或者是辛辣味调料去压，因为一举两得（去腥和增味）。

　　麻烦的是做清淡型，如白味火锅。是否有什么秘诀，我不知道，但是知道有一些土办法，比如用葱叶擦拭一分钟。

开水白菜

　　既要讲究"开水"，也要讲究"白菜"。

　　"开水"即清汤，是用专门的原汤（鸡、鸭、火腿的蹄或骨、棒骨或排骨、干贝等熬制），用扫汤的加工工序，使其成为清汤，再进行吊汤（也称为坠汤）而成的特级清汤，才是"开水"，一是清，二是香，三是营养。

　　"白菜"要用大白菜（老成都称为黄秧白）的菜心，修整齐，氽一水，冷水漂，蒸（加盐、胡椒粉、料酒、清汤）熟，最后灌入特级清汤。所以，不是煮的。蒸是为了入味、定型。现在的餐馆多用高山娃娃菜，虽然好看，但是不嫩。

毛血旺

作为一种烫着吃的火锅类的毛血旺是一种新菜，来源有三说：一，重庆磁器口毛姓人家；二，"毛"为粗放众多，或者是味道重有火锅风味的意思，也就是毛手毛脚的意思；三，毛就是冒，即冒血旺。

烧血旺、烧肠旺早已有之，过去在农村中的每个乡场在逢场天都有卖烧血旺、烧肠旺的摊子（因为价廉物美，很受贫穷农民的欢迎），绝非今天的什么创新。

霸王别姬山珍汤

霸王别姬早有，很多地方都有，川菜中就是团鱼烧鸡，一般认为是鲁菜的名菜，在湘菜中也流行。

一说就是鳖与鸡的谐音，一说团鱼又称霸王。

传统做法是烧或蒸，现在搞成了炖汤。

蘑菇富有营养，有食疗保健功能，含蛋白质（其中氨基酸种类齐全），有多种维生素，特别是有的含水量较多的真菌多糖（如松茸），有抗癌作用，日本人在原子弹事件以后很迷信松茸。

我参观西昌卫星基地时听当地朋友说过一件事：多年来基地出过的最大事故是有一次运载火箭发射不久发生故障，未上天，落地了，将一大片山坡的植物都烧焦了，几年以后才有植物冒出土来。基地派人去观察过，最早出现的植物就有松茸。

冒　菜

这不是一道菜，而是一种新出的烹饪方式，过去是没有的，就是不用竹签的串串香，也是从小火锅发展而来，已传到全国，所以至今上海人还叫麻辣烫。

冒菜和串串香的最大不同是不以荤菜为主而以素菜为主，特点是价廉物美，节约时间，故而颇受上班族的欢迎，我把它归入一种新式的川味快餐。

川菜的高水平的快餐一直是一个没有能突破的难点，据我所知，公馆菜等企业曾经研究攻关，未能成功，有待于有志者的努力。

富贵猪与烤乳猪

烤乳猪古已有之，先秦叫炮豚，《齐民要术》中有详载。入"满汉全席"。

四川一般都把乳猪叫奶猪，烤乳猪这道菜川菜早有，因为价贵、加工时间很长，又要杀奶猪，所以少有供应，广东一直很流行。

富贵猪是粤菜做法，在四川既无此做法，也无此叫法。

养猪是农村最重要的副业生产之一，只要不是饲养场的奶猪过剩卖不掉，我不主张餐馆做烤乳猪。

鱼 饺

饺子初名馄饨，后名粉角，最后名饺子。汉代有，最早见于张揖《广雅》，在《齐民要术》中有做法。

新疆吐鲁番阿斯塔拉唐墓出土了实物。四川忠县东汉墓出土的庖厨俑中明显有一个大饺子，与其他食品在一起，可能是蒸饺，我们称为"天下第一饺"，目前还不能给以很准确的解释。

四川把饺子归入小吃，有水饺、蒸饺、煎饺（锅贴）、炸饺、酥皮饺等。

北方的水饺在馅的品种上做文章，有好多种，西安的饺子宴天下闻名。

四川要灵巧一些，在做法与口味上的变化更多。

奶汤鱼饺是一道新菜，过去有做但是少做。类似的有蛋皮饺、豆皮饺。先把鱼片成火夹片，再包馅，封口，下奶汤。

奶汤菜也是川菜中的一种类型，如奶汤海参、奶汤鱼肚、奶汤素烩等。

盐帮菜和水煮牛肉

范吉安（1887—1982年），排行第三，人尊"范三爷"。出身于自流井大塘山（今自贡大安区）一个普通劳动者家庭，读过私塾，幼年丧父。十二岁时在自流井一家茶馆做杂工，十五岁时到新街南华宫"兴发园"包席馆当学徒。

范吉安在烹饪实践中善于总结经验，坚持改进创新。如糁汤牛肉，原来是用水煮熟牛肉片，用盐、酱油、辣椒和花椒等佐料，调成蘸水，在碟内蘸来吃。在20世纪30年代，他把糁汤牛肉改进为水煮牛肉，其原辅料和制作工艺是：以牛肉片为主料，菜薹或莴笋、胡白萝卜为辅料；将精盐、酱油、辣椒、花椒等佐料加芡粉与牛肉片拌匀，下锅与菜薹或莴笋、胡白萝卜片同煮，并加肉汤和葱，掌握好火候，待牛肉煮至伸展发亮时起锅，淋上麻辣熟油即成。水煮牛肉的特点是：肉质细嫩，鲜香可口，油而不腻，麻辣烫，是佐酒伴饭的上等佳肴，成为带有浓厚地方风味的四川名菜。

水煮牛肉于1981年被选入《中国菜谱》。

自贡过去一直是四川第三大城市，经济文化发展均有成就可言。

自贡菜称为川菜小河帮，这是古代四川民间常用分区法，川剧流派过去也分为不同的四条河道，如自贡一带就叫资阳河，四川第一个女子科班"品娱科社"就是1927年创于自贡，开了一代之先河。

蜀中井盐在宋代出现卓筒井，就是小口井，可深达几十丈。西方第一口深井只有12.19米，在美国，时间在1808年。道光十五年（1835年），自贡钻成了世界第一的深达1001.42米的燊海井，是对世界钻井史的重大贡献。

清代中叶，太平军兴，川盐济楚。抗日战争期间，又一次川盐出川，大大刺激了自贡经济的发展。

川盐是各种食用盐中最优秀的盐，纯，杂质少（海盐多镁，故有苦味）。

自贡多牛，故菜中以牛肉类最为出名。水煮牛肉是其代表。

鲈 鱼

在我国古代诗人笔下，鲤、鳜、鲫、鲈是最好吃的鱼。

《后汉书·左慈传》："今日高会，珍馐略备，所少吴松江鲈鱼耳。"

《晋书·张翰传》："翰因见秋风起，乃思吴中菰菜、莼羹、鲈鱼脍，曰：'人生贵得适志，何能羁宦数千里，以邀名爵乎！'遂命驾而归。"又有《思吴江歌》："秋风起兮佳景时，吴江水兮鲈鱼肥。"

《搜神记》卷一载曹操曰："今既得鲈，恨无蜀中生姜耳。"

李白《秋下荆门》："此行不为鲈鱼脍，自爱名山入剡中。"

苏轼《后赤壁赋》："今者薄暮，举网得鱼，巨口细鳞，状似松江之鲈。"

鲈鱼有两个优势，一是肉质嫩，价比鳜鱼便宜；二是产自外地，有点身价。

牦牛掌

传统川菜有红烧牛掌、煨牛蹄，材料用黄牛。现在黄牛很少，改用牦牛。

红烧牛掌是川菜中的一道名菜，特有的软糯滋味极有特色，入了味很受欢迎，现在在成都不少餐馆都有供应，味型也有不少出新，例如近年出现的一道酸汤牛掌我就很喜欢。

有人说：牦牛喝的是矿泉水，吃的中草药，空气中的负氧离子比城市高一百倍，有害物质比城市少一百倍。

鸡豆花

　　鸡豆花是素作（鸡浆下开水），还有一种鸡淖是荤作（鸡浆下六成热的猪油）。还可以做成三色（一加番茄成红色，一加鸡蛋黄成黄色，不加是白色）。白色的鸡淖就是川菜的一道名菜叫雪花鸡淖。

素食主义

大批的素食者的存在是因为目的不同而产生的：信仰的追求、健康的追求、环境保护的追求。

有严格素食与不严格素食之分，不严格者又有程度不同的区分。

我国的素食大行与佛教有关，戒杀生。宋代出现素食馆，清代形成菜系。

我提倡不严格素食，而且属于以荤托素派，以味道为主，在需要时可以用肉汤、用蛋、用猪油、用少量海产品。

孙中山有"四物汤"：黄花、木耳、豆腐、豆芽。

《齐民要素》有《素食》一篇，以后有《本心斋素食谱》《山家清供》《素食说略》等书。

蘑 菇

四川叫菌子，传统川菜原料中多叫香菌。

营养丰富，不寒不燥，多吃无妨，还有一个重要的好处是鲜香无比。传统川菜无味精，要提鲜就必用蘑菇。

药用作用明显，如降压、防癌、预防糖尿病等。灵芝就是一种菌。

注意：1.最好是吃干品，因为其中大量的维D先驱物质经过日晒之后就转化为维D。2.泡香菇的水千万不要倒掉，可作为汤来喝，因为好多珍品都在其中。

饮食养生

《周礼·天官·疾医》："以五味、五谷、五药养其病。"这是世界最早的记载。

《黄帝内经·素问·脏器法时论》："五谷为养，五果为助，五畜为益，五菜为充，气味合而服之，以补益精气。"

医食同源。孙思邈《千金方》卷二十四："为医者当晓病源，知其所犯，以食治之。食疗不愈，然后命药。"《千金方》专门有《食治》部分，载有关食物一百五十多种。

从唐代的《食疗本草》以来，有关食疗著作有十几种，以元代忽思慧所撰《饮膳正要》为佳。

在全世界医药宝库中，系统的药膳、药酒理论和实践是我国独家的好方法。

灯影牛肉

说是元稹命名，应当是传说，因为元稹是在达县生活过的最有名而又最早的著名诗人。

另一说法是清光绪年间，梁平人刘仲贵在达县所创。但是重庆的老四川餐馆女老板钟易凤于1932年在工艺的精细化上有重要贡献（比如在烘烤与炒制时都用醪糟），并用玻璃灯进行展示，对于其扬名天下有不小作用。

这是一种美味食品加工艺品的典型。2005年的天府食品博览会上，达川有一厂家展出了一片最大的灯影牛肉，长1.2米、宽0.8米，厚只有0.5毫米，是用10头宣汉黄牛的后腿精肉制作而成的。

制作要诀有七个字：片、腌、晾、烘、蒸、炸、炒。

关键在选料与去筋膜去污处，只能用后腿上的腱子肉。

现已进行工业化生产，除了达川与重庆之外，如成都的棒棒娃、韩慎斋、遛洋狗都在生产。

鱼香肉丝

鱼香味是川菜复合味型中最典型的独创（还有一种是怪味），全国只有川菜这样做。

很多外地厨师都做不好，也很乱，1997年我在北京，看见《北京青年报》做的一次调查，二十家餐馆有十多种做法，有的甚至就是最简单的青椒肉丝。

特点是咸、甜、酸、辣、鲜五味调和，没有精细的标准，很难掌握，是测试厨师"扯味"的最好菜品。我如果要测试红锅厨师，看扯味就考鱼香肉丝，看火候就考干煸牛肉丝。

制作时，盐、糖、醋、泡海椒是用来出味，姜、葱、蒜是用来出香。

不能乱加"翘头"，只能用玉兰片丝和小木耳。

大千食单

张大千不仅是大画家、大书法家，而且是举世少有的美食家。他早年在国内时就以美食家而著名。之后，无论住在美国还是定居台北，一日三餐的饮食都极为讲究。家中宾客如云，很多是仰慕他家美食之盛名，前往一饱口福的。他的画室叫"大风堂"，因此他的菜也叫"大风堂菜"，只是不营业罢了。他晚年与张群、张学良等过往甚密，他们办了一个"转转会"，轮流做东，而且在"大风堂"就餐最多。

张大千是四川人，口味自然以川味为重。但他云游海内外，吃得多，见得广，故能百味杂容。张大千本人就能掌勺，如夫人徐雯波尤其能做菜，有点像北京"谭家菜"中的那位姬人。"大风堂"还专门请了名厨二人，每次请客，张大千都要亲自写"食单"，也就是"菜谱"，有时还记上主要客人的姓名。这些食单现在已经成了艺术品，多次出现在拍卖会上。下面有他亲笔书写的两张"食单"。

食单一：

辛亥四年十五日，恕人（按，姓乐，成都人）乡兄自华府重来"可以居"（按，张大千在美国的寓所），命家人治具欢宴，并邀××、××兄伉俪，××亲家、亲家母作陪。

相邀、干烧鳇翅、香糟蒸鸭、葱烧乌参、成都狮子头、鸡油芦笋、鸡蓉椒乳饼、茶腿晚菘、豆泥糍饭、西瓜盅。

食单二：

辛酉元宵后一日，命家人治具邀汉卿（按，即张学良）、一荻（按，张学良夫人赵一荻）兄嫂，屏秋副院长及其夫人同进午餐。岳军（按，即张群）大兄与其哲嗣夫妇亦惠然莅临，近半日之欢。是日小园垂柳，海棠盛开，宾主欢欣，汉兄命记食单如下。爰（按，张大千本名张爰）。

干贝鸭掌、红油豚蹄、菜薹腊肉、蚝油肚丝、干烧鳇翅、六一丝、葱烧乌参、烧酒煨、干烧明虾、清蒸晚菘、粉蒸牛肉、鱼羹烩面、氽黄瓜肉片、煮元宵、豆泥蒸饺、西瓜盅。

以上两张菜单的时间地点，一是1971年在美国，一是1981年在台北。前者是初夏，后者是仲冬，时间相隔十年，菜谱变化不大，现作分析说明如下：

"相邀"，即海味大杂烩，汤菜，先上，先尝一羹。

"干烧蝗翅"即干烧鱼翅，这道菜和葱烧乌参都是张大千的看家菜，在大风堂食单上最为常见。有人想学，他说"此法不传"。

大风堂的"狮子头"既不用北方的"四喜圆子"，又不取苏州的"烧狮子头"，而必曰成都，是正宗川菜。粉蒸牛肉更是独一无二的正宗川菜，据传蒸好上盘后才淋蒜泥就是从张大千开始的。第二食帖中"氽黄瓜肉片"据说是徐夫人的拿手菜，是作为加菜上席的。黄瓜片与里脊肉皆薄如纸，入水即熟，汤清如水，可以注砚。除黄瓜的清香和里脊的鲜香外，再无他物。

"鸡蓉椒乳饼"，就是将豆腐去皮压成泥过细目箩筛后，调蛋清赋形，以鸡蓉为馅的一种佳肴。相传元司业孙大雅嫌豆腐之名不雅，改名椒乳（见明·王志坚《表异录》卷十），这个菜要蒸得不老不嫩，大小一致，再以鸡汤烩之。与张大千另一个拿手菜"肝膏"的做法类似。

"晚菘"即白菜，"茶腿"即以茶叶熏制的火腿。茶腿晚菘，是以茶腿汁（极淡）煨白菜心。"清蒸晚菘"即"开水白菜"。这道菜不是煮熟的，是隔水蒸熟的，因为只有蒸才能保持形态完整。

"六一丝"，这是张大千六十一岁那年在日本东京开画展时，东京"四川饭店"名厨陈建民为他新创的一个菜。用绿豆芽、玉兰苞、金针菇、韭菜黄、芹白、香菜梗六种蔬菜，加火腿丝，所谓"六素一荤，众星拱月"，呈红、白两色。张大千十分喜爱，每遇佳客，就上此菜。

张大千喜食鸭，鸡只做汤。

以西瓜盅为甜汤，一年四季皆宜；香糟、绍酒都要用地道的，笋是煨笋，色黄，酒香扑鼻，是浙江菜。

大千干烧鱼

大千善烹饪，以"食不厌精"为最大特点，从选料到装盘，无不如此。既能设计开单，也能亲自下厨。他明确认为烹饪是一门艺术。说："以艺术而论，我善于烹饪，更在画艺之上。"他广采众长，融中西高下为一炉，但是以川味为主，人称大千风味菜。台湾有人将他的食单整理为《大风堂菜谱》流传。如今在内江的餐馆有"大千风味菜肴"应市。

干烧鱼是川菜传统名菜，早期荣乐园名家周海秋等都擅长此菜。

烧是主要烹饪方式之一，下分多种，以味道分有葱烧、酱烧、家常烧，以原料生熟分有生烧、熟烧，这其中最特殊的是干烧。

干烧是以中火加热慢烧（大多是旺火转中火），绝不能勾芡，使汤汁全部渗入原料内部或黏附在原料之上，叫作收汁，要收干。代表菜有干烧鱼翅、干烧岩鲤、干烧脑花、干烧蹄筋、臊子鱼等。

大千干烧鱼是大千所创。其特点是：注重码味，传统做法只抹盐与料酒，他要加姜葱腌渍入味。也用肉末，但在加鲜汤时加入醪糟汁，所以味特别香而浓。

不用油而用肥肉丁是传统干烧岩鲤的做法（还要加火腿丁），这是活油，慢出，更滋润。

鲤鱼是古代最佳的鱼类。

《本草纲目》："鲤脊上两筋及黑血有毒。"现在看来不确。但是有经验的厨师认为抽出可减少土腥味。

粉蒸肉

蒸是中国传统烹饪中很好又很有特色的烹饪方式，外国没有。其优点有：1.以水汽加热，阴阳共济，味道滋润，不上火；2.受热均匀，无煎炸，既无害，又容易消化，保持营养；3.湿热灭菌，最卫生；4.原汁原味，大大减少食用油成分；5.选料必须新鲜，比煎炸炒的要求要严格得多；6.形态不变，原味不失，能够保持食物中的营养和水分。后者最为重要。

蒸分为清蒸、旱蒸和粉蒸。

粉蒸肉若用"回扣豆瓣"（即豆腐乳汤汤）最香。可用不同材料垫底，别有风味，南瓜甜，洋芋咸，青豌豆清香。

粉蒸品种较多，常见的还有肥肠、排骨，近年有一些粉蒸蔬菜，如四季豆，很不错。

蒸肉有不同做法，除常见的粉蒸肉，还有刨花蒸肉、炒蒸肉。炒蒸肉是一门绝技，我过去在绵竹吃过，现已失传。

粉蒸肉其他地方也有，叫米粉肉、鲊肉之类。

小笼蒸牛肉

也叫原笼牛肉。川菜传统名菜，麻辣鲜香、杷糯爽口，可上高档宴席。

过去出笼后放辣椒粉，现在改为蒜泥，更好。有了高压锅，家庭更方便。如果夹小锅，不摆了。被列入名小吃。

成都市名小吃治德号1934年由姚树成创办于长顺中街，以后迁提督街、祠堂街，我印象最深的是人民西路市政府对门。还有其他蒸菜，如粉蒸鸡、粉蒸肥肠、刨花猪肉。

关键在于要杷，主要在刀工，要去筋横切，现在多不讲究；在米粉中要加八角、草果、橘子皮。拌好以后，浸渍一些时间再上笼。要加入菜油，才滋润。一定现蒸现卖，回笼就变色变老。

前面介绍大千食单时已经见到，粉蒸牛肉是张大千最爱菜品之一，当年在成都时他就是治德号的常客，后来又自己下厨，尽心改进。现在成都人在小笼蒸牛肉出笼以后加红油和芫荽的吃法，就是从他家传出并流行的。

既然有小笼蒸牛肉，当然就有大笼蒸牛肉，就是用普通的蒸菜大蒸笼，将拌好的生肉倒在大蒸笼里面蒸，蒸好以后用小勺舀进一个一个小碗之中，再淋蒜泥或加红油。

鱼 头

砂锅鱼头、剁椒鱼头、鱼头豆腐，还有鱼头火锅或鱼头宴。

中国有四大家养鱼：青鱼、草鱼、鲢鱼和鳙鱼。鲢鱼也叫鲢子或白鲢，鳙鱼在四川就是花鲢。我们平时在饭馆所吃的鱼头，以白鲢和花鲢为主。所以用这两种鱼做鱼头类的菜，一是由于它们都是人工饲养的，生长迅速，价格低廉；二是由于青鱼和草鱼以吃草为主，而鲢鱼和鳙鱼以吃浮游生物为主，肉质比前二者要嫩。白鲢，尤其是花鲢的头很大，占整个身体的二分之一甚至更多，因此花鲢又称"胖头鱼"，以头部肉多而知名。

鱼头比鱼的其他部位所含营养价值更高，鱼脑中所含的营养是最全面、最丰富的，其中含有一种人体所需的鱼油，而鱼油中富含高度不饱和脂肪酸，它的主要成分就是人们所说的"脑黄金"。这是一种人类必需的营养素，主要存在于大脑的磷脂中，可以起到维持、提高、改善大脑机能的作用。如果摄入不足，婴儿的大脑发育过程就会受阻。因此，有多吃鱼头能使人更加聪明的说法。另外，鱼鳃下边的肉呈透明的胶状，里面富含胶原蛋白，能够对抗人体老化及修补身体细胞组织，更加之所含水分充足，所以口感很好。

土家酸鲊肉

鲊肉，是我国古代很早就有的食品，在我国南方多有流行。汉朝刘熙《释名·释饮食》："鲊，菹也，以盐米酿鱼以为菹，熟而食之也。" 除了鱼鲊，也有肉鲊，这在明代著名的饮食著作《遵生八笺》中有明确记载，同样要用炒米粉。现在在汉族地区已经很少有了，却保存在土家族的习俗中。据我所知，与土家族相邻的苗族、壮族、侗族也有这样的习俗，都是天天不离酸，有"住不离山，食不离酸"之谣。这就是孔夫子说的"礼失而求诸野"。

拔丝香蕉

拔丝菜最早称为"糖粘"，出自山东，蒲松龄笔下就有，现在也是山东和深受山东影响的北京一带最流行。就是利用白糖在不同温度之下浓度与口感的变化或流，或黏，或脆，形成一种出丝的状态。

各种水果如苹果、香蕉、梨、菠萝、西瓜、橘子、枣，干果如核桃、板栗、花生，根茎类植物如红薯、土豆，甚至肉类、蛋类都可以做。

拔丝菜的特点是晶莹剔透、清香鲜美、外脆里嫩、酸甜可口，在餐饮中有一种很欢乐的气氛，特别是在有小孩子的时候。

制作方法小有差异，主要是在粘糖以前的拍粉和挂糊。拍粉的目的是为了让主料的水分得到控制，成品的糊浆不会脱落，所以水分多（如西瓜、橘子）的只要拍粉，水分适中的要挂糊，水分很少的可以不挂（如红薯、土豆），太软的要先拍粉后挂糊（如香蕉）。挂糊的原料是鸡蛋清与豆粉。

炒糖可以分为干炒、油炒、水炒、油水合炒。其中以后者最容易掌握，出丝也比较长。

制作时最好上两口锅同时进行，一锅炸主料，一锅炒糖。这样做可以让主料在没有完全冷却的时候就挂糊，不至因为表面温度低而让糖粘不稳或者在表面凝成一道薄的冷壳，拔不出丝来。

上盘时，盘底最好刷一点油，以免粘盘。天冷时，最好用大盘装热水保温。

进餐时，可以用碗装凉开水凉一下，可以增加糖丝的脆度，也是为了避免烫嘴。

如果干了硬了，也可以吃，例如琥珀桃仁之类就是这样做的。

川菜做这种菜的不多，有拔丝苹果、拔丝山药、拔丝橘子。但是也做不多的糖粘菜，如糖粘羊尾、怪味花仁、玫瑰锅炸。

川菜有甜品本来就不多，常见的有：冰糖银耳、什锦银耳羹、杏仁豆腐、桃油果羹、醉八仙、枇杷冻、蜜汁酿藕、蜜汁桃脯、八宝锅蒸、扁豆泥。最常见的就是甜烧白、八宝饭。

推纱望月说菜名

川菜就其菜名而言，有的清纯质朴，透映浓郁的风土民情，如回锅肉、鱼香肉丝、樱桃肉、菊花鱼、霍香泡菜鲫鱼、老冲菜拌鸡、爽口坛子肉等；有的则诗情画意，雅趣横生，如推纱望月、满园春色、掌上明珠、熊猫戏竹等；有的典雅古朴，耐人品味，如圆笼玉簪、瑞气吉祥、九色攒盒、霸王别姬、富贵满堂等；还有的菜名民风浓郁，乡味十足，令人垂涎，像夫妻肺片、麻婆豆腐、泡坛醉鸭、豆瓣拌鸭肠、泡菜耗儿鱼、青椒酱爆鸭舌、麻酱凤尾等。

但是最好的是推纱望月，因为很有诗意，又是雅俗共赏，一般人都能懂，一看到之后就更为喜爱，很贴近。有些菜名如果不解释谁都不懂，比如神仙鸭。

不能在菜品或菜名上一味地追奇求异，其菜名要么粗俗平庸，如"红烧大使馆""伟哥汤""一丝不挂""正中下怀"等；要么则故弄玄虚，哗众取宠，如"霸王花""神仙兔""九节鞭""一品全家福"等，其实不过是辣子腰花、啤酒兔、红烧猪尾、鲜烧什锦一类的寻常菜品；有的还牵强附会，生拉活扯地加进一些典故、传说，如此等等，虚张声势，名不副实，虽能一时吸引一些顾客，但实际上只能起到误导甚至欺骗消费者的作用，这样的促销显然不会长久，不会取得实际效果。

推纱望月原本就是一道竹荪鸽蛋汤的汤菜，竹荪好似纱窗，鸽蛋有

216

如明月。高明的厨师根据川剧《三难新郎》（这出戏来自《醒世恒言》中的《苏小妹三难新郎》故事，新郎即苏轼学生秦少游）中的"闭门推出窗前月，投石冲开中天"的意境，取了这个极富诗意的名字。相传这个厨师是张国栋。

打锅盔

一般（包括一些书籍）习惯写成锅魁，应当是锅盔。

这不是四川叫法，是"湖广填四川"时从陕西传来的。因为它其形如锅，其用如盔，故名，有多种传说，如秦始皇修长城、武则天修陵墓、诸葛亮南征等，都是传说。至今陕西还有"陕西八大怪，面馍像锅盖"之说。

四川方言中的不少食品名称都是从陕西传来的，还有凉粉、醪糟、搅团等。

古代把面粉做的食品都叫饼，饼者并也。又分为蒸饼（即馒头、炊饼）、汤饼（面片、面条，初期比较宽）、油饼、胡饼，后两者都是草原民族在野外的食品，又称为烧饼。

四川乡间长期仍然是叫"饼子"与"锅盔"并存，是移民文化的反映。

四川的特点是品种多变，过去有三十多种。味道有咸、甜、白味、五香、怪味（新津的出名），辅料有芝麻、葱油、红糖、猪肉、牛肉；制法有包酥、抓酥（抹酥）、空心、混糖、油旋等。

成都名小吃军屯锅盔是刘光茂在全国考察之后所创，是把传统的酥锅盔、油旋子锅盔、肉锅盔三者合一的新品。煎炸加烘烤，必用"鏊子"，受热才均匀。烤炉特大，一次烤二十个，所以称为锅盔王。夏天可以保存两天，冬天可以保存一周。著名演员孙道临吃了之后，称他是全国的锅盔王。

我最喜欢夹锅盔，包括卤肉（过去是盘飧市的著名美食）、蒸牛肉、大头菜，也喜欢当年荔枝巷水饺的蘸汤汤锅盔，此外还有回锅肉锅盔、煮醪糟的锅盔。

遗憾的是听不到打锅盔时擀面杖敲打案板时美妙的节奏了。四川老乡王朝闻对此十分遗憾，因为那是民间师傅创造的一种在色香味之外的音乐美，一种气氛，一种情趣。

四川方言中有数不清楚的"打"，但是"打锅盔"的"打"是名副其实地在"打"，用擀面杖变换多种节奏和轻重地"打"。

肥肠粉

这是改革开放以来发展最快的小吃，有人说是川菜中的通俗歌曲。它有三大功劳：扩大市场、红苕深加工带动农民致富、为川式快餐和产业化打开了一条新路，光友、白家等企业已走向世界，功不可没。

粉必湿制，又有纯苕粉和苕粉加豆粉两大流派。

虽是小吃，从头到尾的工序却相当复杂，如制粉、洗肥肠（要用盐、白矾、酒、葱叶、生姜），配料也必须讲究（要芽菜）。遗憾的是现在不正宗的太多了。

我更喜欢吃白味的肥肠粉，配料一定要绿豆芽，出味的关键是要用正路花椒。

巧用肥肠是川菜平民化、技艺化的一大特色，很多地方人不吃的"下水"可以烧、蒸、炸、拌、卤、干煸，特别是豆汤和冒粉，是绝配。而软炸扳指乃是传统名菜。重庆的唐肥肠搞成了主题餐厅，开到了全国。

肥肠的味道在洗干净之后是一种特殊的腥味，不适度是一种臭味，适度的掌握下就成一种特殊的香味。

结子是帽结子的简称。帽子是过去的瓜皮帽，四川方言叫"瓜儿皮"。

老成都的肥肠小吃有十多种，比如肥肠汤冒饭，是美味，可惜失传。

麻婆扇贝

用做麻婆豆腐的方法做扇贝，这是现在不做的川菜，也是一般人想象不到的川菜。

早在清末，川菜的形成期就有大量的海味菜（只能说是海味菜，不能说是海鲜菜，当年没有飞机，海味材料都是干货），《成都通览》中的菜名有上百种，燕、鲍、翅、干贝、海参广泛使用，而且分出了四季不同的菜谱，有宴席菜单，比今天讲究。

国宴中常上川菜，在成都市接待更是以川菜为主，如我们常见的凉菜中的樟茶鸭片、陈皮兔丁、麻酱凤尾、怪味鸡丝，热菜中的开水白菜、麻婆豆腐、灯笼鸡、红烧牛头方、豆渣鸭脯、鸡蒙葵菜、脆皮鱼、水煮牛肉、干烧鱼翅、香酥鸭、蘑菇烧菜等都上国宴。

川菜已传播到五十多个国家，最著名的是1981年在纽约开业的荣乐园，主厨的大师有刘建成和曾国华。我生也晚，刘建成没有见过，曾国华做的菜只吃过一次，是他从纽约回成都以后在荣乐园向家乡老食客做汇报操作的时候。

赖汤圆

赖兴元，资阳东峰场人，从小跟堂兄到成都市饮食行业学手艺，被辞退，堂兄借以几元钱做本，挑担卖汤圆，时在1894年。

四"点"起家：利看薄点、周转快点、服务好点、质量高点。

三十多年后才在总府街开店，很小，位置在今天人行天桥头（原来群众艺术馆处，最近刚拆了），几张桌子，锅在门口街边，1957年我去时已用了楼上，把做好的汤圆从楼上窗口用一个提篮吊下来。

鸡油四味（以黑芝麻最为有名，共有十几种心子，如洗沙、玫瑰、冰橘、桂花、枣泥、樱桃等，形状还各有不同，如圆、椭圆、枕头、锥形），外加麻酱碟是其特点，在当时也是一种突破。

中华人民共和国成立后产量大增，早把鸡油改为猪油。原来在驷马桥北有生产基地，现在在新都搞了更大的生产基地。心子年产量超过三百万公斤，已销往国外。

赖兴元致富之后，成了资阳同乡会头面人物，他不忘乡里，于1939年捐资一百五十担谷子（约4.5万斤）在家乡办了储彦中学，即今三元寺中学，可以说是当年的希望学校。赖兴元是川商的优秀代表，可惜他的事迹极少有人知道。

成都另有郭汤圆，是以洗沙心为特色。也是从挑担开始，时间比赖汤圆要晚二十多年，开店在草市街和北东街交口处，店面比赖汤圆大气得多，长期是成都市汤圆两名牌之一。

广汉缠丝兔

用麻丝缠绕是为了更加入味。

麻丝，即大麻（俗称火麻）皮层纤维，可做麻绳、麻布、造纸。另有亚麻、苎麻等。

现在的质量不如前，是传统的手工艺不严格了。腌、刷、缠、熏，四道工序，一些厂家做不到。

作料可能也不严，过去腌制时要加入大量的姜汁，要加白酒，现在多数商家只用盐和花椒。过去刷的稀料中主料是剁碎的豆豉，香料要有砂仁，现在可能只有三奈、八角、桂皮。过去要刷几遍，现在可能不刷只腌了。因为是缠紧的，如果烟熏不够，晾得不干，就很容易发霉。近年间有几次有亲友给我送广汉缠丝兔（我爱人祖籍广汉），多数都有多少不同的霉点。

如今商品流通、百物竞争、取舍多样、时尚流行，对传统产品冲击很大。特别是缠丝兔这种产品，制作时还有血水，不能如牛肉干那样容易保存，在卫生质量、保质期上要求更高。类似的如元宝鸡、白市驿板鸭都有这种问题。

其实我们应当提倡多吃兔。高蛋白、低脂肪，不吃饲料。

金玉满堂

　　原来是浙江地区民间的一种粥，广东人取进发展为一道粤菜，要用金瓜和白菜，既好看，又寓意发财，有似一种八宝粥。现在四川有的餐馆引进来加以改进之后供应。做法没有一定之规，以五谷杂粮为主。

　　五谷有多种说法，《周礼·天官·疾医》郑玄注："五谷：麻、黍、稷、麦、豆也。"

　　细粮不含胡萝卜素，赖氨酸、苏氨酸、色氨酸含量很低，微量元素也很低。例如，如果用四：四：二的比例将玉米、面粉、大豆配合，其生物价可能提高到八十三，这是一种值得推荐的最佳比例。特别要多吃豆类，因为它的赖氨酸是细粮的五至十倍。

　　《黄帝内经》："五谷为养，五果为助，五畜为益，五菜为充，气味合而服之，以补益精气。"

芙蓉菜系

确有芙蓉花入菜，如芙蓉豆腐汤是上了传统菜谱的。

芙蓉菜名只是用其喻义，主要是取其形其色，川菜中这类以形色为主的菜名还有一些，如三色如意卷、绣球海参、珊瑚鸭子、水晶鸭方、翡翠虾仁、鸳鸯鸡淖、金银肝等。

芙蓉是指洁白无瑕，有如芙蓉，如芙蓉蛋、芙蓉鸡片、芙蓉鲫鱼、芙蓉杂烩等。还有一道比较复杂的出水芙蓉（用蒸的蛋白片做白莲花，用鸡糁、豌豆做莲蓬，菜叶做荷叶，鸽蛋做藕，汤菜）。

芙蓉鸡片在我国几大菜系中都有，都很流行，有的说最早出名的是鲁菜，有的说是湖北第一热菜，所以各地的做法并不一致。川菜是用鸡蓉加鸡蛋清和豆粉搅匀之后，再在热油锅中定型成片。这种做法应当是全国各地使用最多的做法。

有一种简化版，就是用鸡片上浆下油锅。

有一种西化版，加牛奶打糁，用芥兰等做配料。

粤式做法用虾做。

泡　菜

　　泡菜古已有之，做法早见于《齐民要素》。《醒园录》中有二十种蔬菜的泡制方法。

　　泡菜会损失一些营养，也有一些好处，如保存维生素C，增加乳酸，故能促进食欲。

　　成都市过去最有名的泡菜在三处：以餐馆论是朵颐（原在总府街，1965年拆停），朱德、陈毅都曾专门去品尝；以特色论是青城山；以地区论是新繁。

　　我吃过的最佳是正宗的青城山道家泡菜，仅此一次，1959年夏天在青城山天师洞吃的。最奇的不是咸酸适度，而是四季鲜菜一大盘，都是脆的，记忆中有灯笼海椒、乌红海椒、豇豆、蒜薹、水萝卜、白萝卜、嫩姜。

凉　粉

全国多以豆类制，豆类又以绿豆为多，唯四川与湖南多以米制。所以在四川，如果说凉粉，就是指的米凉粉。四川当然也有豆类凉粉，但是用豌豆做，不用绿豆。老一辈人直接称为豌豆凉粉。

米凉粉的最大特点是用处多，宜烧宜凉拌，凉拌也宜热凉拌。

成都市最有名的是洞子口凉粉，是凉拌的豌豆凉粉。创始人是张锡生，有三个儿子，都继承经营，即老二、老三、老五，都叫洞子口凉粉，其中又以张老五做得较大，所以又打出了张老五凉粉的招牌，早已是四川省名小吃，曾经走出四川，在北京、云南大受欢迎，但是近年发展不佳。近年一直经营最好的是文殊院对门的张老二。

当年的洞子口凉粉之所以受欢迎，是因为做得十分用心，它的调味要根据春夏秋冬的季节不同和男女老少的顾客不同有所调整，甚至在一天之中的早中晚都会有所调整。早上需要开胃，味道宜厚；中午多有饿感，味道宜淡；晚上多感疲惫，辣味宜轻，咸味适中。

据我所知，如此讲究调味变化的四川餐馆，仅此一家。如此讲究调味变化的中国餐馆，也仅此一家

豌豆凉粉是白色的，加了色素就是黄色的。

凉拌豌豆凉粉的调味关键是豆豉卤。

米凉粉在川菜中还有多种做法，如凉粉鲫鱼和凉粉烧牛肉都是上了菜谱的川菜名菜。

蟹

仅我国就有六百多种蟹。

生物学家的分类一般人不熟悉，现在常用的分类即湖、江、河、溪、沟、海蟹，是大师级名医施今墨先生所分。

大闸蟹之得名，真是由于野生的蟹要从长江口洄游到淡水中，攀过闸门要体力，捕蟹者就在有闸处守株待兔，过闸者为上，故有此名。

四川历来不讲究吃蟹，因为四川蟹的品种不好，个小，用来油酥。近年喜爱，无论习俗还是品种都是从华东传来的。

我国自周代就吃蟹，相传汉武帝就极爱吃蟹。最著名的典故是《世说新语·任诞》载晋人毕卓的名言："一手持蟹螯，一手持酒杯。拍浮酒池中，便足了一生。"后来，"持螯把酒"就成为一个成语，在古诗文中常见。

明代讲究者就有蟹八件：锤、镦、钳、匙、叉、铲、刮、针，还有蟹十二件，加剪、镊、盘、爵。清代有很多关于吃蟹的专门论述。李渔称为"一日不能忘"，每年要准备专款，不能别用，家人称为"买命钱"。

八宝饭

"八宝"，佛家语，是八种表示吉祥之物的总称。

八宝饭之"八"是形容其多，虚指。八宝饭就是多种配料的饭。

四川也叫腊八粥。腊八粥之名最早见于宋人周密的《武林旧事》。

民间的腊八粥是煮的粥，餐馆中的八宝饭是蒸的干饭。

八宝饭不是四川特色，全国各地都有，配料各有不同，但是都以糯米为主。四川称糯米叫酒米，所以四川民间称为酒米饭。

饭为"主食"，绝非虚谈。

清代名医王士雄说："饭为世间第一补人之物。"

大文士兼美食家袁枚说："饭者百味之本。"

大作家梁实秋在《雅舍谈吃》中有《八宝饭》，他认为本是一种年饭，绝不可少的是莲子。

蚂蚁上树

就是臊子粉条。川菜名菜，已从四川传到全国。关于它的起源，有几种传说，都不可靠，不可信。

做法不难，关键是要用蒜苗和郫县豆瓣出香。臊子用牛肉比猪肉好。

一般都要先把粉条泡软。我姐姐从别人家学了一种做法，是粉条不泡软，把干粉条下锅在温油中干炒，也就是不用水发而用油发，粉条发泡涨大后下蒜苗和郫县豆瓣再炒，最后加点汤"督"（指煮）一会，收汁成菜。这种做法比水泡粉条更香。

辣　椒

　　共有七百多个品种，明代传入中国，初作观赏，《牡丹亭》中就有"辣椒花"。我国至今还有专供观赏的彩色椒、盆景椒。

　　近年来研究，我国有原生野山椒，现在云南的"涮椒"就是。

　　可以培育为多枝的辣椒树，高两米。武隆有一树已经八年。

　　辣椒传入四川是在清代早期，普遍栽种和食用是在清代中期。

　　我国多数地方都吃辣椒，但是只有四川把辣椒的做法和吃法发展到了千变万化、出神入化的地步，达到了最高的境界。

　　过去有三大"辣都"之说，即四川成都、山东益都（今青州）、河北望都。近年来不少地方都号称"中国辣椒第一县""中国辣椒第一镇""中国辣椒之乡"，都不在四川，而且都在北方。

　　品种虽多，但从食用的来分，一般以辣度单位为说，不辣、微辣、较辣、很辣、特辣。我国以云南涮椒最辣，世界上最辣的是印度的魔鬼椒，其辣度是一般辣椒的七十倍左右。

　　辣椒叶可食。营养大大超过辣椒，减肥效果超过辣椒。因为含有一种成分，可以加快肾上腺素的分泌，减少皮下脂肪的积累。我多次吃过凉拌辣椒叶，好吃。

　　2001年8月23日，全国吃辣椒大赛在温州举行，专用全国闻名的号称"天下第一辣"的威远七星椒，贵州选手第一，在五分五秒内吃完了二百只七星椒。

墨西哥的大赛已举行了十三次。巴西、坦桑尼亚、墨西哥都有辣椒节。

全世界吃辣椒最多的是墨西哥人，主食（主要是苞谷粉）都要放辣椒，我尝过。

几年前的一次成都美食节上，在一品天下大街搞过吃辣椒大赛，第一名是一辆奥拓。我是美食节的两顾问之一，我反对这种比赛，但是反对无效，因为参加者太多了，太闹热了。但是，我至今仍然反对搞这种比赛，因为对人体有害。

天主堂鸡片

过去只有一家，开在崇州天主堂旁边，如今和天主堂毫无关系。

正宗的有两个特点：一是用蒸不用煮，蒸比煮更能保持鸡的香味；二是要放糖，所以是红油味，不是蒜泥味，辣度要比麻辣味轻。

现在号称正宗的很多，但是很难说哪家正宗，甚至可以说都不正宗。

川菜凉拌菜有多种味型：麻辣、红油、蒜泥、怪味、椒麻、姜汁、麻酱、芥末。

叫花鸡

　　就是内填调料，外糊泥巴的烤鸡，江浙传来，不算川菜。

　　有多种说法，过去以叫花、济公为多，现在以洪七公为多。所有这些说法我都不相信，我认为是穷人的发明，厨师的改进。

奶汤面

原本就是一种清汤面，因为讲究熬汤，汤白如奶，故有此名。白味，愿意吃辣者另有炒青辣椒的味碟。

现在有发展，如鸡丝奶汤面、三鲜奶汤面。

邛崃名小吃。相传创于民国时的艾春庭，1990年获成都市名小吃奖的是彭月明。

讲究配套者必吃钵钵鸡，过去钵钵鸡按片卖，现在多数按份卖。1990年获成都市名小吃奖的是黄维忠。如果只吃鸡片，过去要上一碗免费的鸡汤。

传统的奶汤是用鸡、鸭、猪棒子骨、肘子、猪肚等多种材料熬出来的。现在有的店作假，只用猪骨头熬，将猪脑花打碎在沸腾的汤中煮散，既有乳白色，还有香味，再加点味精，可以吃，我把它称为假冒而不伪劣的歪奶汤。

软炸扳指

扳指是射箭时带在手指上扳开弓弦的器物，有玉的，有虎骨或鹿骨的。因形似，故名。

用肠头，洗净，氽后加调料与香料，蒸炟（也有用煮的），油炸，切断，加料碟，根据各人的爱好，可以有葱酱、椒盐、糖醋、鱼香等味型。根据厨师的经验，以糖醋味最佳。

只能用肠头，因为一般肠太薄，成品就成为一层皮。肥肠是最抽水的，一斤生的煮熟了只有三两。

关键是炸的火候。如果肥肠是热的就下热油，如果是冷的，要下温油。

皮酥内炟，鲜得化渣，色泽金黄，油而不腻。

这是清代北京贵族的菜肴。《天下第一楼》里面就提到过这道菜。

1987年，巴老最后一次回成都，五老相聚（张秀熟、巴金、沙汀、艾芜、马识途），蜀风园集中全市高手拿出一桌，最受巴老欢迎的就是软炸扳指和荷叶粉蒸鸡两道菜。

查渣面

川西一绝，已经走向全国，据说，成温邛公路两侧的五十多家一年的营业额要上千万，是成都市各种小吃发展得最好的品种之一。

最早是歪打正着，查淑芳用卖不完的抄手馅用油炒干，作为臊子，因为酥香，大受欢迎，人称渣渣面，后来注册为查渣面。

最受欢迎之处仍然是搭配，鸡片、蹄花汤、泡菜，可以说是最价廉物美的绝配。

关键是质量，例如，泡菜，新鲜而断生，有的姑娘就是专门奔着那泡菜去的。很多姑娘都不知道，查渣面的泡菜之所以特别受欢迎，因为要加点糖，带甜。

菊花宴

　　菊是我国原生的代表性名花，古人食菊很早，而且从来就是文人雅士的至爱。屈原《离骚》有"朝饮木兰之坠露兮，夕餐秋菊之落英"。陶渊明《饮酒》之二有"采菊东篱下，悠然见南山"。孟浩然《过故人庄》有"待到重阳日，还来就菊花"。

　　既是药，又是美食，元结《菊谱记》："在药品是良药，在蔬菜是佳蔬。"

　　古人誉之为"延寿客"。

　　慈禧就很喜欢吃菊花。

　　早在宋代的《山家清供》，明代的《遵生八笺》中就有十多种花入菜，以梅、菊为多，也有芙蓉花，清代有荷花。现在常用的还有黄花、牡丹、玉兰、兰等。

　　川菜中有菊花火锅、菊花鸡丝、炸菊花丝、菊花鱼圆、菊花肝片汤、菊花粥、菊花饺子等。总之，可以炒、炸、溜、煮、蒸、拌、烫，可以作点心。

　　还有全国都吃的菊花茶、菊花酒。

　　目前在粤菜中比川菜还要用得多一些。

　　真正正宗的老成都火锅，也是我一生中所吃的最早的火锅，是在1963年，所用的燃料是酒精灯。

菊花火锅在《川菜烹饪事典》中被列为四川火锅第一位。过去是作为高级筵席的座汤。汤用鱼骨熬的鱼羹奶汤，菊用大白菊，配四生片（鱼片、鸡肫、腰片、鸡脯肉片）、四油酥（油条、花仁、馓子、银丝粉条）、四鲜菜（白菜、菠菜、豆尖、香菜）。那是有讲究的，是相当高雅的。

高雅，清香，与毛肚火锅完全是两种风格。

菊花火锅目前在江浙一带仍在流行。

关于阆中美食

很多人没有想过，阆中是一座迟到的名城，在二十年前的旅游书上还见不到它的名字。

因为嘉陵江在这一段又称阆水，阆水三面环城，故城称阆中。

因为五代后蜀时在此设过保宁军，所以元设保宁府，明清一直设保宁府，故又称保宁。

阆中曾经是古代巴国的都城。在秦代就已设阆中县，是我省最早设县之一，清初还是临时省政府所在地。

阆中是全国四座保存最好的古城之一，当然也是我省第一，还是我省三十二座历史文化名城之一，还有全国重点文物保护单位若干处，它现存的街巷有五分之一还保存着唐代建筑的格局，建筑与风水的完善结合在全国堪称典型，北方的四合院和南方的园林的结合也被誉为一大奇观，正在准备申报世界文化遗产。

"身葬阆中，头葬云阳。"云阳张飞庙，也称桓侯庙，全国规模最大的张飞庙，近年因为三峡工程而整体拆迁重建。

张飞镇守十七年。

刘关张出身都不高贵，刘备织席子、卖草鞋，见于《三国志》，关与张出身未载，肯定也不好，否则不会不载。《三国演义》说张飞是杀猪卖酒的，关羽的职业不明，但是一出场就是推着手推车逃难。

巴巴寺是伊斯兰教创始人穆罕默德二十九代宗传毕哲尔不董拉希的墓地，始建于康熙三十二年（1693），是我省最早与最重要的伊斯兰寺庙。

蒸馍、面鱼，都是北方的名字，是北方很多地的方流行的食品。面鱼有小麦面、高粱面、玉米面、荞麦面多种，有炸、煮多种加工形式。做法可以用模子，也可以用手扯、捏、拨。

关于西昌美食

西昌第一代表性食品是米粉。米粉是南方各省都流行的食品，以桂林米粉、云南米线最有名，四川的我最喜欢的是从什邡到三台，以绵阳为中心的这一地区的米粉，特别是过去当场压制的湿粉，最佳。西昌米粉可以说是处在云南与绵阳之间。我印象最深的是家家都有一大碗盐菜（不是酸菜）任意取用。还有就是一般都加豌豆。

我从来是爱米粉超过面条。因为米粉不晕汤，口感滑爽，吃了不烧心。

我国南方农村中小春多种油菜，少种小麦，故而民间少吃面粉，无论是包子、馒头、水饺还是面条，过去都不是普遍食品。相反，因为南方盛产大米，故而过去的很多小吃都是大米制品，如米粉、汤圆、糍粑、油糕、冻糕、叶儿粑。有几个老红军的回忆录都写过，红一方面军长征到陕北时，炊事员见到面粉都不会做，是用开水煮成糨糊吃，因为红一方面军的战士多是湖南和江西人，没有吃过面粉。四川也是一样，过去多吃米粉，少吃面条。我是绵竹人，绵竹全县在中华人民共和国成立前没有面馆，只有粉店。我1950年读中学进县城之前只吃过面条，进县城之后才第一次见到包子、馒头和水饺。

到邛海就是吃鱼，特别是船上的烤鱼。

捉虾不用人，放一只小竹笼在海边，每天去取，天天都有，只有或多或少的区别。小竹笼中部有一个喇叭式的瓶颈，虾会自己进去可是又出不来。

汤麻饼

一到街子，处处可见汤麻饼。

汤麻饼是街子第一食品，特点是双层烤制，所以也叫双酥麻饼。

现在是第七代传人皮任远与汤克勤，但是第八代的汤晓虎已授权给汤柳霞，姐弟联手，共同经营，并向外发展。传媳妇不传子的习俗极有特色。

街子的"正宗汤麻饼"有好多家，让人深感遗憾。但是，街子是很多人最喜爱的成都郊区古镇之一，包括我。

这里是"一瓢诗人"唐求故里。

这里是兰花之乡，每年正月十九有兰花会。

这里有最有特点的古街，街两边有小溪，街上有最古老的客栈、铁匠铺。

这里有凤栖山和味江，有光严禅院（古寺）中的一百零八岁的灯宽大和尚和全国唯一的一部《洪武南藏》（近年已经移交给四川省图书馆），有成都市唯一的梅花寨，有目前已经很少见的字库。

酱

《周礼》即有"百酱"，故有周公制酱之传说。

孔子说过："不得其酱，不食。"老百姓说："清早开门七件事，柴米油盐酱醋茶。"酱的位置与柴米油盐并列，今天一辈人已经很难理解。今天一辈人更难以理解的是，四川过去卖酱醋调料的商铺也卖油盐，名字就叫酱园铺，是城乡最常见的商铺之一，其行业公会就叫酱园公所，成都酱园公所所在的街道就叫酱园公所街，在今天文殊坊的东头。

最早是主食，有很多肉酱（所以小说中常有"把你剁为肉酱"），以后才变为调味品。

今天的制豆瓣酱法，至少在汉代就有。甜面酱的制法见于唐代。

京酱之称，主要在南方，特别是四川和湖南。

川菜中使用的有甜面酱和黄酱（豆酱），都可烧菜。但做蘸碟、炒菜、腌肉用面酱。

酱香为一种复合味型，如烧鸭、烧肘、烧冬笋、酱爆羊肉。猪肉中的炒菜很少。常见的只有京酱肉丝这一种，必配开花葱。

新式酱很多，特别是粤菜。现在川菜也用番茄酱、沙茶酱、卡夫奇妙酱等。

四川民间过去如果只称一个酱字的酱，就是指普通的辣椒酱，几乎家家都做。专门下了豆瓣的辣椒酱则称豆瓣酱。豆瓣酱的精品就是著名的郫县豆瓣。

羹

羹与汤可以通用，但若区别，就在于羹一定是有味道的、有内容的浓汤或浓汤一样的食品。而汤是可能不放内容或放很少内容。

苏轼家有东坡玉糁羹，是用山芋为主做的。

现在常见的有八宝羹、银耳羹、西米羹、莲子羹、各种果羹，多是小吃、甜品。西湖莼菜羹是汤菜。

现代汉语中几乎已经不再单独使用这个"羹"字，但是四川方言中把小勺叫作调羹（南方其他省份也有用的），表明小勺的功用是调舀羹汤，这应当是古代汉语在现代汉语之中的遗存。古代汉语中无论是"羹"还是"调羹"，其使用频率都要比今天多得多。

崇州冻糕

原名冻馍馍，经蒋仲宇改进而成。蒋仲宇即蒋三麻子，少年时即在温江学徒，1932年在怀远时在摸索中制成冻糕，大受欢迎，后来命名为"蒋三麻子冻糕"，印制了商标，并在包裹纸上印着"从购买之日起，在三星期之内发现冻糕酸臭者包换"，如此质量保证在四川小吃中是第一家。当时连刘文彩家每年都向他订货，一次付款，分期取货。

1975年在四川名小吃整理会上更名为崇庆冻糕，1990年被政府授予成都名小吃称号。

与其他很多米制糕不同的是，将蒸熟的酒米放在磨成的米浆之内发酵（冬季十至十四天，夏季五至七天），再加入糖、板油、麻油，置于玉米壳中蒸成。

发酵之后，酸甜可口，松泡适度。

从冻糕的制作中可知，糕点的发酵是一个重要工序。其实这是我国自古以来的传统。战国时期的文献中就有糕的制作，《楚辞》中也有。《齐民要术》中主要用笋子叶来包，就要发酵。宋代已有二十多种糕。

豆腐帘子

相传制作于明代，已有五百多年历史。

1990年授予成都市优质小吃称号。

仅产于怀远方圆几公里范围之内。其他地方生霉不佳。

鲜帘子即水帘，霉帘即干帘，两大类，以后者吃法更多，更有特点，炸、烘、烧、炖、蒸，荤素均可。特别是鲜帘子清炖，味如鸡汤而不油腻。油炸酥脆之后，加配料成各种口味，成为袋装的旅游食品。

发霉，是微生物技术的应用，这也是我国的传统。在发面、豆制品与调料制作中很常见。在酒中更是如此。我国的微生物工业发展史的古代部分，主要的都是说的食品。

怀远叶儿粑

叶儿粑在川西地区多有，资格的怀远叶儿粑与其他地方不同的是用柚子叶来包（成都过去多用芭蕉叶），在制浆时加入橘子叶来磨，故而有一股特别的果味清香。

烤　鸭

"天下第一美食。""不到长城非好汉，不吃烤鸭真遗憾。"

烤是最古老的方式之一。

古人不称为烤，而是称为"炮""燔"，古代的所有字书中也都没有这个"烤"字，烤是民间的称呼。20世纪30年代，北京一家叫做"清真烤肉宛"的餐馆请大画家齐白石题写匾额，齐白石这才发现民间早有烤的叫法，字书却无这个字，于是根据形声字的结构造了这个"烤"字，并且作注："诸书无烤字，应人所请，自我作古的。"这故事见于邓拓的《燕山夜话》。

烤鸭在明清时期原来叫作"炙鸭""烧鸭""片皮鸭"，后来才叫"烤鸭"。

烤鸭有挂炉和焖炉两种做法，都形成于明代。

乾隆喜欢挂炉烤鸭，下江南时所到之处必备。当然，烹饪方式多变，如热锅、炖菜、鸭丝炒菜、烧菜等。

果木主要用枣、梨、桃木。无烟且有香气。

有很多工序：洗净、打气、烫皮、浇糖水、晾干、堵塞、灌开水、烤制（三十至四十分钟）出炉、片鸭。

焖炉起于明代宫中，技术更难掌握。北京与"全聚德"齐名的"便宜坊"是其代表。

填鸭饲养法自古有之，《齐民要术》就有。大约四斤时填喂，长到六斤方用。

"全聚德"开于同治三年（1864），创业者杨全仁。以一鸭四吃闻名：鸭油溜黄菜、鸭丝烹掐菜、鸭架加冬瓜或白菜熬汤。

吃法有一定变化，如加蒜泥、黄瓜条、水萝卜条，加白糖等。

"便宜坊"比全聚德早得多，始于明代，名气也大得多，清代有二十多家。现在比全聚德小一些。

必须热吃。

怪　味

川菜复合味型之中最具特色的味型之一：咸鲜麻辣香甜酸。

热菜中的鱼香味，凉菜中的怪味，最有特色，也最难做好。

传统只做凉菜，以怪味鸡块为代表。可是近年来在各个餐馆之中供应者愈来愈少，几乎绝迹。我请教过几位名厨，他们的说法不一，大致的意见是：怪味鸡块很难有一个公认的标准（有的说原来就有不同的流派），很难做出特色，做不好就和一般的红油鸡块、椒麻鸡块无异。过去做怪味鸡块要用一些特别的调料，诸如叙府糟蛋、杏仁豆瓣，现在很难做到。

一般的做法是：先用麻油把麻酱解散，再加酱油、红油海椒，使其油水交融，再放花椒粉、糖、醋、味精，求得麻辣咸甜酸五种基本味的平衡，要尝味。咸酸甜是底味，在调剂增减之后，再放姜、葱、蒜泥、芝麻面，助味增香提鲜。

不能抢味，不能败味。

近年出现了新型怪味，也称新潮怪味，可以做怪味里脊、怪味猪排、怪味牛柳、怪味丸子，有淋汁型、拌味汁型、蘸味汁型、粘糖型。这些和传统川菜中的怪味是两回事。

全国著名的怪味食品还有重庆的怪味胡豆，已流向全国，且成为了一种形容用语。还有武汉怪味牛骨头，都与川菜的怪味相距甚远。

南　瓜

原产美洲，故我国又名番瓜。

老南瓜与嫩南瓜有不同吃法。如炒、蒸、烧、煮汤、粥、饼……

美国每年有南瓜节，最大南瓜的历次世界纪录都是美国创造的，最高纪录近两千斤。我所见的我国的最高纪录是一千零四十斤，出在广东梅州，用的是德国品种。

中国园艺学会下属有南瓜研究会，成立于2001年。黑龙江密山召开过"南瓜文化与产业发展学术会议"。我国还有中国南瓜协会，有中国南瓜网。

高产的南瓜早已不仅仅是蔬菜，人们已经制造出各种各样的产品，有粉、面条、饼干、汁、速溶南瓜晶、酒。

姜

姜为我国自古以来使用时间最长、用处最广的食品和调味品，直到今天，姜葱蒜仍然是家家必备。《论语》载孔子"不撤姜食，不多食"，就是说孔老夫子就是每餐必有姜，但是不多吃，这和我们今天的习俗仍然完全相同。

食用的姜又分为两种，即老姜和嫩姜。嫩姜又称为仔姜、子姜、紫姜，又写作指姜，既白且嫩，指尖还有紫红色的指甲油，有如姑娘之手指。

仔姜可做菜，如仔姜肉丝、仔姜烧鳝鱼、仔姜烧鸭块、泡仔姜、酱腌仔姜、糊辣酱姜。

老姜多作调料，汤必用（煮回锅肉绝不可少），火锅必用，烧菜必用，拌菜多用（姜汁菠菜、姜汁豇豆），吃蟹必用，清蒸鱼必用，热窝鸡必用，还有姜豆豉，天下美味。

我们四川特别应多多说一下姜，因为在我国古代，姜既是四川的特产，更是四川的名产。

我国最早记载的名姜是战国晚期成书的《吕氏春秋·本味》所载："和之美者，阳朴之姜，招摇之桂。""招摇"只知是山名，具体地望不可考。"阳朴"是地名，东汉人高诱为《吕氏春秋·本味》作注时明确这样写道："阳朴，地名，在蜀郡。"四川前辈学者邓少琴老师在他的《巴蜀史迹探索》一书中曾经有所考证，他认为阳朴就在今天的重庆北碚，当地至今仍然出产著名的"窝姜"。司马迁在《史记·货殖列传》中有"巴蜀亦沃野，地饶卮、姜……"共列出"巴蜀"地区的八种特产，姜位列第二。毫无疑问，"阳朴之姜"就是最早的中国蔬菜名牌，最早的"川姜"代表。可以这样说，今天的"川菜之魂"是郫县豆瓣，古代的"川菜之魂"就是"川姜"。具体的例证见于《后汉书·方术列传》：曹操命令左慈为他烹饪鲈鱼，当有了鱼的时候，他首先想到的调料就是四川的生姜，所以说"既已得鱼，恨无蜀中生姜耳"。葛洪《神仙传》载，孙权专门派人来求"蜀姜"做鱼。由是可见"蜀中生姜"在当时烹饪技艺之中的极高地位。从此之后，有关"蜀姜"的记载屡见不鲜。

也是常用的中药，功效很广，《本草纲目》有很高评价。

道家养生汤

　　道教以生为乐，重生恶死，甚至追求长寿。道教又认为生命之存亡长短不决定于天命，而决定于自身，人只要善于修道善生便可以长寿乃至长生成仙，这是道教与其他宗教不同之所在。

　　道教善生有多种方式，比如要修道养志、清心寡欲，要起居有节有规律，要炼丹服食，要行气导引等，其中一种就是要求恬淡，这包括内心与饮食，即内修与外养，但是更重要的是内心的淡，是内修。

　　据我所知，道家养生从来不开食谱。但是在斋戒之时要求"粗食，蔬食，节食"，这是很有道理的。此外，在服食的药物中有一些与今天的补药相同，如茯苓、地黄、枸杞、灵芝之类。

　　近代道教分为两大派，差别很大。全真道吃素，住宫观，不能结婚成家；正一道吃荤，不住宫观，可以结婚成家，一般称为火居道士。青城山、青羊宫都是全真道龙门派碧洞宗，人们熟知的青城泡菜、贡茶是其代表性食物。著名的白果炖鸡是招待客人的，道士是不能吃的。但是有一种常吃的"混元饭"（颇似佛寺的罗汉菜），就是把几种菜与饭煮在一起，很有营养。青城过去还讲究吃松柏籽、瓜果花，今天还多吃白果、板栗、猕猴桃（都江堰本地过去都叫茅梨）。

　　"今冬进补，明年打虎。"秋冬进补是多年传统，但是一定要会补，因人不同，因地不同，因季节不同。人有强弱盛衰，病有虚湿寒热，所以中医有补阴、补阳、平宰、清补之别。

借鉴医生的方子，介绍两种防秋燥的汤：

冬瓜陈皮老鸭汤，清热润燥，健脾润肺。

川贝杏仁煲猪肺，润肺生津，提神益气。

进入冬天，成都人爱吃的萝卜羊肉汤是好东西，补中益气，温胃散寒。

最好是买一本有关食疗的书，或请教中医，因为这是按中医的理论行事的。

关于青白江美食

得名于清白江，江名与区名有别。

过去没有青白江区。20世纪50年代决定在金堂华严乡建四川肥料厂，成立过金堂工业区。1960年在此基础上成立青白江区，划入金堂的华严，大同、新都的弥牟三个公社。1981年再划入金堂的城厢镇和十一个公社，并新设了大弯镇。

有一千多回族同胞，多在弥牟镇（唐家寺），青白江的清真寺是成都郊区最重要的清真寺之一。正国为有回族同胞聚居（大分散、小聚居是我国回族同胞在西北以外地区的重要特点）所以这里多年以来就是成都郊区最重要清真食品集中地，也是宰牛出牛肉的主要市场。近年在青白江、广汉地区的"天天红"牛杂火锅极为火爆（因为年龄关系，我现在已经少吃火锅，在我所见的范围内，广汉向阳镇的"天天红"牛杂火锅店是我所见到的规模最大的火锅店），就是因为当地有大量的鲜牛肚保证供应。

汉语"清真"，起源于明清时期我国的伊斯兰教学者在介绍教义时常说"清静无染""真乃独一""真主原有独尊，谓之清真"等语来称颂真主，故又称伊斯兰教为清真教，寺为清真寺，食品为清真食品。

青白临风楼的陈家菜也不错。

天回镇豆腐

　　以何氏豆腐为代表的天回镇豆腐是成都最有名的豆腐，原因有二：一是它的品种多，有多种烹饪方式的豆腐可以供应，在成都地区，只有这里可以做出一桌豆腐宴（四川豆腐宴最有名的是乐山西坝和剑门关）；二是它有一个流传颇广的传说：唐玄宗在避安史之乱逃入四川，在天回镇吃到了最好吃的豆腐，说过这样一句话："天回镇的豆腐可以当肉干。"

　　唐玄宗避乱入川，的确到过天回镇，至于吃没有吃豆腐，说过什么话，文献无载，当地流传的种种传说当然只能是传说。

　　关于天回镇，有一个在成都颇有影响的说法，说天回镇之所以得名，是因为唐玄宗避乱入川走到这里有时候，得到了北方传来的好消息，说安史之乱已被平定了，长安已经安全了。于是唐玄宗立即率领兵马回头向北，不进成都了，回往陕西了。于是，这里就因为天子回马而有了天回镇的名称。

　　这个说法是错误的。当年唐玄宗避乱入川并没有在此回马，而是进了成都，天回镇不是因为天子回马而得名。此地有小山，本名天隳山，以杜宇王"自天而降号曰天隳"的神话传说而得名。"隳"是降落的意思。因为"隳"字太生僻，不好认不好写，加之有天子回马的传说，所以就写成了"天回"。

李白诗中有"天回玉垒作长安"之句，诗中的"玉垒"是指的成都。过去的天回镇为了附会李白的诗句，还把这里的一座桥取名为玉垒桥。

香 椿

在所有树木的嫩芽中，唯有椿树的嫩芽最香，最好吃，故名香椿，不过四川都叫椿芽。四川民谚有"雨前椿芽嫩如丝，雨后椿芽生木质""雨前的椿芽雨后的笋"。就是说"雨前"的椿芽最香，最嫩，最好吃。

这里的"雨前"不是下雨之前，是谷雨之前。谷雨是二十四节气中的一个：立春、雨水、惊蛰、春分、清明、谷雨、立夏……二十四节气与阳历相配，相对固定，每年的雨水都在阳历的4月20左右。

茶叶有明前茶与雨前茶，也就是指的清明、谷雨之前采摘的新茶。

椿芽烘蛋是成都食时餐厅的名菜。很多凉拌菜中都可以加入椿芽。

如今已经把椿芽通过盐渍、糖渍加工，成为常年可食的旅游食品。

椿芽还可以作为茶叶。

过去的椿芽都是野生的，现在已经有大量的人工栽培，树子很矮，还没有桃树高。

古人常吃，《西游记》中就记载了两次。最早是唐代开始作为药用，宋代作为食品，金代元好问就有"溪童相对采椿芽"的诗句。

至今仍是药，西医用作杀菌，中医用处更多。树皮树根有抗癌作用。

《庄子》中说"上古有大椿，以八千岁为春秋"，故在古人笔下"椿"用作父辈之称。

椿树的木质极佳，国外称为"中国桃花心木"，是做家具的好木材。

魔 芋

四川特产，古名蒟蒻，见于左思《蜀都赋》和《华阳国志·巴志》。

很多人都没有见过真正的魔芋，真的是有如芋头一样长在地里，叶子也如芋头一样有如小伞。魔芋有毒，可是把大如红苕一般的魔芋磨成浆，煮开，有如点豆腐那样一点，就凝固成了可以食用的魔芋豆腐。一个地下的芋头一样的块头可以变成一大锅，有如魔变，所以叫作魔芋。魔芋又可以变成豆腐一样的食品，所以叫作魔芋豆腐。

川菜中最经典的吃法是魔芋豆腐烧鸭，我们家就特别爱吃，可谓百吃不厌。此外还有水煮魔芋、酸菜魔芋、干煸魔芋、魔芋鸡糕、冰汁魔芋等。峨眉山把魔芋豆腐埋在雪中冷冻之后变成一种干菜，就是有名的雪魔芋，主要也是用来做烧菜。经过近十多年的研究，已制成魔芋精粉，再加工为若干种魔芋食品。

在医学上魔芋食品对人体有多种好处，现在已有愈来愈多的人们用于减肥、降血压、降血糖等，此外还有一些工业用途。四川作为出产魔芋的大省，种植魔芋已经成为农村致富的重要手段。

魔芋很早就传入日本，日本人食用魔芋的数量要大大高于中国。日本人至今仍叫蒟蒻。

川菜传统菜有雪魔芋烧鸡。

钟水饺

1893年钟燮森于荔枝巷所创，一般人都叫钟水饺，或荔枝巷红油水饺。

作为四川水饺的代表，钟水饺从内到外都和北方水饺不同。

从内来说，北方水饺必须是肉和菜的混合，肉可以是猪肉、牛肉和羊肉，菜可以是多种多样。钟水饺不用菜，全是肉，而且只用猪肉一种。

从外来说，北方水饺不讲究蘸料，甚至可以不用蘸料。钟水饺不同，特别讲究调料，不是蘸而是拌。主要调料是：复制酱油（加红糖、姜、葱、香料、味精）、精制红油（加姜、葱、香料、芝麻）、蒜泥。

如果从川菜的味型来讲，钟水饺不是红油味，应当是蒜泥味。

红油味要用白糖，不用蒜泥，其辣味要比麻辣味轻。

蒜泥味的特点是微辣不麻，只用复制酱油出微甜味，用红油出辣味，不放白糖，突出蒜香，不放花辣面（但是在和馅时要加入花椒水与姜汁水）。

现在有的菜谱中把钟水饺与四川红油水饺分为两种，有道理。传统的钟水饺有一大特点是要配酥锅盔。当你把碗中的水饺吃完之后，碗底还有一些调料，这时把酥锅魁掰成小块放进去拌着吃，特香。

荞　面

　　原本是流行在西北地区的一种主食（西北一般叫饸饹），在四川则是一种特色小吃。做法相似，都是用一种小型桔槔一样的"床子"把荞麦面团压出面条，直接下在锅里煮熟。我小时候去吃荞面，更多的是去看压面。因为过去压面的"床子"比今天的要大一些，压面的师傅为了省力，也是为了扯眼球，不是用手压，而是用屁股坐在上面往下压，好看。

　　揉荞麦面要加石灰水，这是多年总结出来的经验，一是为了去其苦涩味，二是为了容易煮炟。

　　四川的正宗荞面讲究臊子，用牛肉加小笋子颗粒。也有素荞面，仍然要用小笋子颗粒。还可做荞凉面，用蒜泥味拌。

　　崇州周荞面（店主人周永安）是成都市最有名的荞面，1987年得了成都市名小吃奖。邛崃的尹荞面也有名。

　　荞面粗犷而有营养，综合的营养高于小麦面面条。除了氨基酸多，还有其他粮食所没有的芦丁。

笋

竹原产于中国，现有三百多种。可吃的笋有三十多种。

成都望江公园是我国最大的竹类公园，各种竹类有一百多种。

四川出竹，也出笋，品种多，产量大，吃法也多。

一般可分为鲜笋和干笋两大类。在四川，鲜笋主要是慈竹笋、斑竹笋、楠竹笋、白夹竹笋、苦笋，近年引进了专门用米采笋的笋子产量很高的麻竹笋。干笋主要是烟熏笋和玉兰片。宋代诗中就有"腊笋"，就是今天的烟熏笋。

历代文人写了不少，如白居易《食笋》："每日遂加餐，经时不思肉。"李商隐《初食笋呈座中》："五陵论价重如金。"与四川有关的是黄庭坚在宜宾写的《苦笋赋》，其中有句云："小苦反而成味""食肴以之开道""盖苦而有味，如忠谏之可活国"。

唐宋诗文中笋很宝贵，黄庭坚有《食笋十韵》，说洛阳是"一束酬千金，掉头不肯卖"，是因为北方竹子很少。

可烧吃，李调元有《烧笋》诗。

吃笋一定要焯水，以除去较多的草酸。

宋僧赞宁著有《笋谱》，其中所写古人的吃法和加工方法比今天要丰富得多。在没有味精的时候，聪明的厨师会用笋子的清香味来提鲜。在众多的天然材之中，提鲜第一是菌子，第二是笋子。

痣胡子龙眼包子

生有痣胡子的廖永通在中华人民共和国成立前夕创于半边桥，是从抗日战争到成都市的下江人的技术中加以发展的。特点是：1. 小笼汤包之形状与制作工艺（肉馅调鸡汤）；2. 川味包子的味道（加慈姑和姜汁，是做圆子和狮子头的方法）；3. 海式包子的制皮技术（白糖加猪油）。因为上面要露出一坨粉红色的馅，似龙眼，故名。

关键在馅，鸡汤，一定要是冷的，分三次搅匀。还要加盐、酱油、味精、胡椒粉、芝麻油、绍酒。

白　菜

我国最古老的、产量最大的、功劳最大的蔬菜。古代称为菘，最早见于《南齐书·周颙传》。

成都著名餐馆"盘飧市"有对联："百菜还是白菜好，诸肉还是猪肉香。"

无色无味，故而能容多种配料与制作工艺，有人称之为"虚怀若谷"。

从川菜中的名菜开水白菜，到大众化的醋溜白菜，都是美味。

白菜有多种，四川所称的白菜是白菜之中的大白菜。